维度 Weidu

尺度 Chidu

法度 Fadu

网络文学评价体系及引导机制研究

NETWORK LITERATURE

张邦卫———著

浙江工商大学出版社
ZHEJIANG GONGSHANG UNIVERSITY PRESS

·杭州·

图书在版编目(CIP)数据

维度·尺度·法度：网络文学评价体系及引导机制
研究 / 张邦卫著. — 杭州：浙江工商大学出版社，
2024.1

ISBN 978-7-5178-5548-4

Ⅰ.①维… Ⅱ.①张… Ⅲ.①网络文学－文学研究－
中国 Ⅳ.①I207.999

中国国家版本馆 CIP 数据核字(2023)第 120880 号

维度·尺度·法度:网络文学评价体系及引导机制研究

WEIDU·CHIDU·FADU:WANGLUO WENXUE PINGJIA TIXI JI YINDAO JIZHI YANJIU

张邦卫 著

策划编辑	任晓燕
责任编辑	金芳萍
责任校对	林莉燕
封面设计	芸之城
责任印制	包建辉
出版发行	浙江工商大学出版社
	(杭州市教工路 198 号　邮政编码 310012)
	(E-mail:zjgsupress@163.com)
	(网址:http://www.zjgsupress.com)
	电话:0571－88904980,88831806(传真)
排　　版	杭州朝曦图文设计有限公司
印　　刷	杭州宏雅印刷有限公司
开　　本	710mm×1000mm　1/16
印　　张	17.5
字　　数	253 千
版 印 次	2024 年 1 月第 1 版　2024 年 1 月第 1 次印刷
书　　号	ISBN 978-7-5178-5548-4
定　　价	78.00 元

声　明

　　本书是国家社会科学基金重点项目"媒介融合视域下新世纪文学的伦理规制研究"(批准号:22AZW023)的阶段性成果,特此声明。

鸣　谢

本书承蒙浙江省"十三五"一流学科 A 类"戏剧与影视学"(影视文化与批评)、浙江传媒学院学科建设与研究生管理处"金鹰学科丛书"的大力出版资助,特此鸣谢。

目　录

绪　论

　　自 20 世纪 90 年代中叶开始，以互联网为代表的数字媒介得到迅猛发展，形成了曼纽尔·卡斯特所谓"网络社会"（The Network Society）①、马克·波斯特所谓"第二媒介时代"（The Second Media Age）②、水越伸所谓"数字媒介社会"（Shinpan Digital Media Shakai）③。数字媒介改变了文学的创作、传播与欣赏模式，基于数字媒介的网络社会更是全方位地改变了文学的语境、观念、属性、身份、价值、场域、机制、话语、视野、质素、审美、批评等。对此，笔者在《媒体化语境下新世纪文学的转型研究》一书中将媒体化语境下新世纪文学的转型概括为以下几点：从"政治化"到"媒体化"的语境转型；从"纯文学"到"泛文学"的观念转型；从"文学性"到"媒介性"的属性转型；从"聚魅"到"祛魅"的身份转型；从"需求"到"欲望"的价值转型；从"裂变"到"增容"的场域转型；从"事业机制"到"商业机制"的机制转型；从"语言时代"到"后语言时代"的话语转型；从"本土化"到"全球化"的视野转型；从"民族性"到"世界性"的质素转型；从"审美"到"泛审美"的审美转型；从"学院批

---

　　①　〔美〕曼纽尔·卡斯特：《网络社会的崛起》，夏铸九、王志弘译，社会科学文献出版社 2001 年版。

　　②　〔美〕马克·波斯特：《第二媒介时代》，范静哗译，南京大学出版社 2000 年版。

　　③　〔日〕水越伸：《数字媒介社会》，冉华、于小川译，武汉大学出版社 2009 年版。

评"到"媒体批评"的批评转型;等等。① 在新世纪文学的"百花园"中,网络文学异军突起,与传统型文学、市场化文学并峙虎踞,成为一个迁绕不过去的存在。对此,科学地评价网络文学、科学地构建网络文学评价体系及引导机制,已成为繁荣发展社会主义文艺必须与亟须要做的事,这也成为本书试图整理、廓清并深入分析的主要内容。

一、概念与对象

从 1998 年至今,中国网络文学已有 20 多年的发展史,这已差不多接近只有 30 年历史的中国现代文学了。尽管从整体上看中国网络文学确实没法同中国现代文学相比,毕竟中国现代文学 30 年是一个"有大师"的时代,但是以痞子蔡(蔡智恒)的《第一次的亲密接触》肇始的网络文学经过 20 多年的深耕与洗礼,仍然涌现了风生水起的作家、创作了蔚为大观的作品、搭建了疆域广阔的文坛,以不俗的成绩为读者所侧目、为市场所瞩目。仅以网络文学第一个 10 年为例,一些优秀作品还是颇有价值的,尤其是经济价值与产业价值,并具备了"准经典"的文化资本属性。2000 年,网络文学掀起了一个出版高潮,在《悟空传》(今何在)的带动下,《这个杀手不太冷》(王小山)、《我不是沙子》(沙子)等网络文学作品相继出版。与此同时,《告别薇安》(安妮宝贝)与《旧同居年代》(多人合集)也火爆上市。而陈村主编的"网络之星丛书"(首届网络原创文学获奖作品,包括小说卷《性感时代的小饭馆》、小说卷《我爱上那个坐怀不乱中的女子》、散文卷《蚊子的遗书》)也适时出版。2001 年,宁肯的长篇小说《蒙面之城》投稿多家期刊而未果,最终不得不把它放在网上,因其影响较大,后被《当代》相中而予以发表。2002 年,慕容雪村即写即贴的长篇小说《成都,今夜请将我遗忘》火爆"天涯"网站。同年,宁肯的长篇小说《蒙面之城》获第二届"老舍文学奖"。2003 年,木子美因在博客上发表

---

① 张邦卫:《媒体化语境下新世纪文学的转型研究》,中国社会科学出版社 2017 年版。

其性爱日记《遗情书》而迅速蹿红,其博客成为当年点击量最高的私人网页之一。正是因为"木子美现象",网民开始关注博客,甚至有了所谓"博客文学"。2004 年,起点中文网崛起。2005 年,《诛仙》(萧鼎)等网络小说出版,该年被称为"奇幻小说年"。一批传统作家与批评家开通了自己的博客。2006 年,博客上爆发了"韩白之争",引发了一个月左右的混战。以《鬼吹灯》(天下霸唱)为首,"恐怖灵异"类网络小说开始走俏。2007 年,"穿越小说"在各大网站纷纷推出,形成继玄幻、历史、盗墓等三波网络写作热点后的新热点。该年所选出的四大穿越奇书是《鸾:我的前半生我的后半生》(天夕)、《木槿花西月锦绣》(海飘雪)、《迷途》(夜安)和《末世朱颜》(晓月听风)。此外,《许你来生》《勿忘》《望天三部曲》《女儿国记事》《清空万里》《弄儿的后宫》《小楼传奇》等作为"主流产品"被推向市场。2008 年,网络诗歌因汶川大地震的悲情悲壮而喷涌。盛大文学有限公司横空出世,这是中国最大的社区驱动型网络文学平台。起点中文网主办"全国 30 省作协主席小说联展"活动。纵横中文网开站。《瓦砾上的诗》(多人合集)、历史玄幻小说《巫颂》(血红)与《尘缘》(烟雨江南)、历史架空小说《家园》(酒徒)与《窃明》(灰熊猫)被称为"年度最具影响力网络作品"。2009 年,当年明月(石悦)的《明朝那些事儿》结篇,实体出版的《明朝那些事儿》系列(共 7 部)成为发行量高达 500 万册的畅销书。此外,玄幻类小说《盘龙》(我吃西红柿)、玄幻类小说《斗罗大陆》(唐家三少)、科幻励志类小说《狩魔手记》(烟雨江南)、职场小说《争锋——世界顶级企业沉浮录》(凌语嫣)、黑道小说《东北往事:黑道风云 20 年》(孔二狗)、幻想小说《卡徒》(方想)被称为"年度最具影响力网络作品"。值得一提的是,2009 年 6 月 25 日,由中国作家协会《长篇小说选刊》与中文在线 17K 小说网主办的"网络文学 10 年盘点"活动在中国作协会议室举行了闭幕式和揭榜仪式。《此间的少年》(江南)、《成都,今夜请将我遗忘》(慕容雪村)、《新宋》(阿越)、《窃明》(灰熊猫)、《韦帅望的江湖》(晴川)、《尘缘》(烟雨江南)、《家园》(酒徒)、《紫川》(老猪)、《无家》(雪夜冰河)、《脸谱》(叶听雨)荣获优秀作品十佳;《尘缘》(烟雨江南)、《紫川》(老猪)、《韦帅望的江湖》(晴川)、《裹渎》(烟雨江南)、《都市妖奇谈》(可蕊)、《回到明朝当王爷》(月关)、《家园》(酒徒)、《巫颂》(血红)、《悟空传》(今何在)、《高手寂寞》(兰帝魅晨)荣获人气作品十佳。① 正因如此,赵勇明确指出:"网络文学的生产方式、生产规模与生产效益对主流文坛造成了极大的冲击,而它的价值观念、操作方案、产业化模式等也开始向整个文学界蔓延。"②

实际上,"网络文学"这个概念的确切内涵和有效外延,至今仍在争论之中。一是认为网络文学是"网络上的文学",这是最初也是最广义的定义。这种说法把网络文学与传统文学混为一谈、不加区别,没有看到网络文学的异质性与创新性,是难以经受细思与推敲的。二是认为网络文学是"在网络上创作出来的、通过网络进行传播的文学作品"。这种说法虽然注重了网络文学的原创性和网络传播的个性,但实质上依然没有扣住作为一种新的文学样式的网络文学的网络性,这种网络性对文学的影响不仅存在于创作、传播之中,也深度影响文学活动的其他环节,如阅读(消费)、接受、评论、改编等,而且这种影响已全面渗透、深入机理,甚至是发生在文学精神层面的,所以,这种说法也是有片面性的。三是认为网络文学是"利用网络的多媒体和Web交互等信息技术创作出来的,以互联网络为传播媒介的文学作品"。这种说法彰显了网络文学在创作手法、物质载体、传播渠道的创新性,彰显了作者与读者关系的交互性,彰显了网络文学与网络信息技术的先天血缘,这种说法是比较合理的。值得一提的是,这三种说法不仅反映了网络文学的发展进程,也反映了网络文学的内在逻辑。诚如黄鸣奋所说:"它们对应于网络与文学关系的三层意义:在第一层,网络仅仅是网络文学的载体;在第二层,网络是网络文学的家园(书籍不过是其可能旅居的客栈);在第三层,网络是网络文学的血肉,是它的不可分离的组成部分。反过来,似乎也可以

---

① 白烨主编:《中国文情报告(2009—2010)》,社会科学文献出版社 2010 年版,第134—135 页。

② 赵勇:《文学生产与消费活动的转型之旅——新世纪文学十年抽样分析》,《贵州社会科学》2010 年第 1 期。

这样说:在第一层意义上,网络文学是网络的一种资源,是网络信息库的有机组成部分;在第二层意义上,网络文学是网络发展的写照,是活跃于网上的网虫、网友或网民情思的表达;在第三层意义上,网络文学是网络理念的印证,显现了数码叙事的魅力。"①

从理论上说,要给一种文学准确定义,原则上需要考虑以下三点:一是所使用的表达媒介与传播媒介;二是存在的方式和塑造形象的方式;三是审美特质和艺术理想。鉴于此,欧阳友权在《网络文学概论》一书中给网络文学下了一个中肯的定义:"所谓网络文学,是指由网民在电脑上创作,通过互联网发表,供网络用户欣赏或参与的新型文学样式,它是伴随着现代计算机特别是数字化网络技术发展而来的一种新的文学形态。"②这一定义包含三层意思:一是网络文学是诞生于网络、在网络上原创、通过网络发表的一种新的文学样式;二是网络文学是在网络上首发的文学作品,传统印刷作品的电子化、数字化不是网络文学;三是网络文学是为广大网民创作的,阅读是通过网络来完成的,并可以形成写手与网民、网民与网民之间的互动交流。正是基于对网络文学的这种认知,欧阳友权明确指出了网络文学与传统文学的区别,主要表现在以下几点:一是媒介载体不同;二是文本形态不同;三是主体身份不同;四是创作模式不同;五是传播方式不同;六是功能价值不同。③ 谢有顺在《需要深度和精美》一文中认为:"传统文学是一个大家闺秀,很有气质,很文静,但要慢慢接近才行,而网络文学就像一个浓妆艳抹的小姐,谁都可以说说道道,网络文学吸引人的地方也许正在于此,它有更多的消闲和表达自我的成分,阅读起来非常轻松。但比起传统文学来,网络文学在艺术上还显得粗糙、随意,模式也还显得单一,它远远不能满足人们对美

---

①　黄鸣奋:《从网络文学到网际艺术:世纪之交的走向》,《江苏社会科学》2005 年第 1 期。

②　欧阳友权主编:《网络文学概论》,北京大学出版社 2008 年版,第 4 页。

③　欧阳友权主编:《网络文学概论》,北京大学出版社 2008 年版,第 4—12 页。

的更高要求。"①用所谓"大家闺秀"和"浓妆艳抹的小姐"来指称传统文学与网络文学,从中透露出以谢有顺为代表的传统评论家对网络文学的傲慢与偏见。与此相反,率先"触网"的上海作家陈村在谈到汇集首届网络原创文学奖作品的"网络之星丛书"时,观点倒是显得十分公允,他认为:"Internet 的出现给了文学一条从作者直接抵达最多读者的路径……有人一口咬定网上的作品都是垃圾,那是精神错乱,我们应该怜悯他。有人说网上的作品才是文学,那是理想,我们要努力。我看到的情形,站得远一些说,网上网下作品的好坏比例大体是一样的,都有佳作和劣作,都离伟大的文学较远。或者说得绝对一些,它们本来就是一个东西。"②也正因如此,网络文学的事实存在以及当下的勃兴、繁荣景象,迫使我们不得不重新思考文学的通变与变迁,并以此重建网络时代的文学观以及与之相适应的批评标准、评价体系和引导机制。

与"网络文学"相关的概念有"新媒体文学""网络小说"等。所谓"新媒体文学"是指借助数字化技术传媒如网络、手机等创作和传播的文学。仅从传播媒介与载体的角度来分析,"新媒体文学"至少应该包括网络文学、手机文学(包括短信文学、微信文学)等,当然随着媒介技术的新飞跃以及新媒体的新发现,"新媒体文学"可能还会诞生新的文学样式,毕竟"新媒体"这个概念是可以不断延伸与迁移,诚如清华大学熊澄宇教授所说的,"新媒体"是一个相对的概念,媒体是信息载体,"新"是相对于"旧"而言的,一种新出现的信息载体,只要其受众达到一定的数量,这种信息载体就可以称为"新媒体"。从这个角度来看,"新媒体文学"与"网络文学"从逻辑关系上看,其实质就是种属关系,"新媒体文学"所指称的对象应远远大于"网络文学"。所谓"网络小说"是指利用网络如 BBS、Web 界面连载的小说,"网络小说"是"网络文学"的主要形式。"网络小说"有广义的网络小说和狭义的网络小说

---

①　谢有顺:《需要深度和精美》,《文学报》2000 年 4 月 20 日。

②　陈村:《网络两则》,《作家》2000 年第 5 期。

之分，广义的网络小说是指所有网络上的小说，狭义的网络小说是专指由网络写手原创并首次在网络上发布的小说。网络小说与传统小说相比，一般来说，网络小说文体较宽松，内容广泛，类型众多，情节冗长，结构松散，网络语言鲜明，俗气浓郁，产业性、商业性与功利性强。尽管如此，网络小说仍然涌现了一大批优秀作品，如《紫川》《英雄志》《悟空传》《诛仙》《鬼吹灯》《佛本是道》《盗墓笔记》《明朝那些事儿》《天行健》《坏蛋是怎样炼成的》《斗破苍穹》《斗罗大陆》《庆余年》等。特别是近年来，网络小说因备受影视改编的青睐而成为影视剧的"蓄水池"与"IP 源"，从而从整体上推动了网络小说在网络文学场域中的至尊地位。所以，尽管从理论上说，作为概念的"网络小说"比作为概念的"网络文学"要小，或者说"网络小说"只是"网络文学"的一种类型，在逻辑上两者是一种显而易见的种属关系，但国内还是有部分学者因为"网络小说"的成绩与成就，用它来代指"网络文学"。但是，为确保理论研究的严谨，"网络文学"与"网络小说"还是需要区分的，毕竟"网络文学"除小说之外，还有其他体裁，如网络诗歌、网络散文、网络日志、网络评论等，也是值得关注的。

与"网络文学"相关相似的概念还有"网络文艺""电脑文艺"。准确地说，"网络文艺"是对互联网各种新兴文艺类型的总括。这也是 1995 年以来中国互联网进入民用和商用至今，"大众/用户"在网络这一时代媒介上展开文艺性创作、表达的"内容海"和"行动轴"。2015 年 10 月，《中共中央关于繁荣发展社会主义文艺的意见》颁布，其中专辟一条强调"大力发展网络文艺"，这是"网络文艺"作为概念为主流社会和官方阶层所认可、接纳、固化的真正开端。此后，"网络文艺"被政、产、学、研等领域广泛使用、不断阐释，理论内涵日益清晰，显现着该新词的生命力与传播力。"网络文艺"指称十分广泛，包含文字中心的网络文学，静态视觉的 CG 绘画和漫画，动态视觉的影视、视频、综艺和动画，诉诸听觉的听书、音乐，实时互动的直播、游戏，作为批评元素的弹幕、评论社区（网站）、评分制度，还有给传统写作乃至学术文章带来新传播契机的订阅号，等等。从整体上说，"网络文艺"有 5 个鲜明特点:粉丝文化、草根性、娱乐性、受众年轻化、与资本亲密对接等。"网络文艺"是一个综合的、混生的、开放性的总体,无论其文化来源还是内在的文艺分类和分层,都是复杂的并发展着的。它是一个基于互联网世界整体嵌入人类生活的现实而出现的巨型文艺生态,也是过去人类历史上所有文艺基因的互联网"搬迁"与"移民",是一次走向新大陆和具有"诺亚方舟"之物种传承意味的千年之变。① 由此可见,"网络文艺"与"网络文学"从逻辑关系上看,其实质仍旧是种属关系,"网络文艺"所指称的范围应远远大于"网络文学","网络文学"只不过是"网络文艺"的有机构成之一。所谓"电脑文艺"是指以电脑媒体为依托的文艺作品的总称,从媒介类型的角度来讲,"电脑文艺"与"网络文艺"是一致的。黄鸣奋认为:"如果从字面来理解的话,所谓'电脑文艺'至少可能有六种含义:其一,以电脑为主体,指计算机自动生成的作品;其二,以电脑为手段,指人以电脑为工具而创作或鉴赏的作品;其三,着眼于文艺方式,指专门为文艺而设计、符合文艺特点的计算机程序(文艺软件);其四,以电脑为对象,指专门为电脑而创作的各种文艺作品,如用以普及电脑知识的情景喜剧、带有艺术性的电脑广告等;其五,以电脑为内容,指以电脑为题材的文艺作品;其六,以电脑为环境,指上了电脑的一切类型的文艺作品。"②

二、文献与通鉴

从 1998 年到 2022 年,中国网络文学已有 20 多年发展史。从现有文献来看,对网络文学的研究已渐成热点,但尚缺乏对如何建立既符合文学本质又具有网络特点的网络文学评价体系,以及既符合国家利益又符合市场指

---

① 夏烈:《网络文艺的主流化与发展观》,《中国艺术报》2019 年 1 月 16 日,http://www.xinhuanet.com/book/2019-01/16/c_1210038433.htm。

② 黄鸣奋:《女娲、维纳斯,抑或魔鬼终结者? ——电脑、电脑文艺与电脑文艺学》,《文学评论》2000 年第 5 期。

令与文学规律的网络文学引导机制的有效研究。

(一)关于网络文学"合法性"与本体性问题的研究

关于网络文学"合法性"与本体性问题的研究主要包含三个问题：一是"什么是网络文学"的命名问题；二是"网络文学是不是文学"的判断问题；三是"网络文学有什么特点"的本体问题。谢有顺、陈村、白烨、李洁非、李敬泽、陈崎嵘、张末民、邵燕君、金惠敏、王绯、赵勇、孟繁华、蒋述卓、李凤亮、杨守森、欧阳友权、黄鸣奋、南帆、张邦卫、夏烈、周志雄、欧阳文风、庄庸等对此都有扎实的研究。从 2001 年至 2006 年，一大批有影响的论著先后面世，如黄鸣奋的《网络媒体与艺术发展》《超文本诗学》，欧阳友权的《网络文学概论》《网络文学论纲》《网络文学本体论》《数字化语境中的文艺学》《网络传播与社会文化》，王岳川的《媒介哲学》，金惠敏的《媒介的后果——文学终结点上的批判理论》，张邦卫的《媒介诗学：传媒视野下的文学与文学理论》，王绯的《21 世纪新媒体与文学发展》，王万举的《中国网络文学概论》，等等。这些论著不仅引导甚至推进了网络文学"合法性"与本体性问题的研究，也为网络文学的"合法性"命名、合理性在场提供了共识。

在此，特别值得一提的是欧阳友权主编的《网络文学概论》(北京大学出版社 2008 年版)。《网络文学概论》是我国第一部普通高校网络文学课程的原创性教材，具有拓荒意义，意味着野蛮生长的网络文学在经过近 10 年的喧哗与骚动之后，终于进入了学院派的视野，并且以教材的形式获得了一种不言而喻的"合法性"命名。概括地说，《网络文学概论》为网络文学的学理性建构及学界对网络文学的认知、评论和研究打下了坚实的基础。

事实上，在《网络文学概论》之前，欧阳友权的《网络文学论纲》(人民文学出版社 2003 年版)也是值得关注的。可以这样说，《网络文学论纲》是《网络文学概论》的前奏与奠基，是中国网络文学研究摸索期中最典型的优秀代表作。在该书中，欧阳友权在梳理了网络时代的文学生态的基础之上，深入剖析了网络文学的语言逻辑、文化内涵、形态样式、创作嬗变、接受方式、价值取向等一系列本真性的问题,并对网络文学的发展前景进行了乐观性预见。诚如董学文在《网络文学论纲》的序言中所说的,"(该书)进一步拉开了网络文学研究这一新领域的学术帷幕,并将其推进到一个新的阶段"。董学文还进一步断言《网络文学论纲》的致思致理,不啻"筚路蓝缕,以启山林"。①

如果说欧阳友权的《网络文学论纲》《网络文学概论》从某种角度来说恰如法国著名批评家蒂博代所谓"教授的批评"的话,那么王万举的《中国网络文学概论》(花山文艺出版社 2019 年版)就是蒂博代所谓"作家的批评"。王万举的《中国网络文学概论》成书于中国网络文学发展积淀 20 年之时,并且更多地切入了融媒体与内容产业实现等新兴内涵,在总结大量研究成果的基础之上,对"网络文学"做出了更加完整的定义,而且也依据网络文学这一文化艺术整体发展进程提出了许多新的观点。王万举认为,"网络文学"是文学在市场机制和互联网机制的交互作用下展开其动力系统的艺术/文化形态。从中可以看出,网络文学的成熟从根本上是文学发展进程中"换媒体"及"换语境"的必然结果,从中印证了麦克卢汉所谓"媒介决定论"的科学性。正是基于"换媒体",文学的功能尤其是娱乐功能才得以拓展,文学的艺术形态与文化形态才得以加强。于是,一个庞大的文学亚艺术体出现了,一个文学的新形态(传奇/游戏化文体)定型了。这个文体的寓所,在互联网之前是纸介机制;在互联网之后是全媒体机制。与此相一致,从 20 世纪 80 年代末期开始的"雅俗分野"到 1993 年起步的文化产业化,再到以网络机制为依托的文学产业链的形成,其实质也在王万举的这个定义里得以体现。这个实质就是两个效益的统一,它的阶段性成果就是人们现在乐此不疲、津津乐道的接受效果和经济效益的统一体——通俗化网文。对此,有学者认为《中国网络文学概论》"第一次对网络文学做出完整定义",对网络文学本质

---

① 董学文:《序》,欧阳友权等:《网络文学论纲》,人民出版社 2003 年版,第 3—4 页。

特征的科学揭示具有重大实践意义。①

(二)关于网络文学生产机制、消费机制与传播机制问题的研究

关于网络文学生产机制、消费机制与传播机制问题的研究,目前学界既有对单一机制的专题研究,也有对三种机制的整体研究。王先霈主编的《新世纪以来文学创作若干情况的调查报告》,邵燕君的《倾斜的文学场——当代文学生产机制的市场化转型》,陈定家的《比特之境——网络时代的文学生产研究》,单小曦的《现代传媒语境中的文学存在方式》,葛娟的《亚文学生产与消费研究》,张邦卫的《文学媒介化与新世纪文学生产方式的变迁》《媒介化与新世纪文学消费方式的转型》《媒介化与新世纪文学传播方式的转型》,禹建湘的《网络文学产业论》,苏晓芳的《网络与新世纪文学》等都是很有代表性的论著或论文。概言之,网络文学的生产机制、消费机制与传播机制以网络技术为基础,既根植于原有的机制,又突破了原有的机制,形成了以技术、市场、资本、受众、网站、网民、政府与政策等为核心的新机制,这种新机制虽然释放了巨大的能量,占据了可观的市场份额,但尚未成为独立、成熟和系统的评价机制。

(三)关于网络文学的美学问题与价值问题的研究

关于网络文学的美学问题与价值问题的研究主要聚焦于四个问题。一是在"新世纪文学"的整体框架之内审视网络文学的美学问题与价值问题,如孟繁华的《坚韧的叙事——新世纪文学真相》《文学革命终结之后——新世纪文学论稿》,邵燕君的《新世纪文学脉象》,周立民的《精神探索与文学叙述——新世纪文学论稿》,申霞艳的《消费、记忆与叙事——新世纪文学研究》,杨剑龙等的《新世纪初的文化语境与文学现象》,张丽军的《谔谔之

---

① 王万举:《〈中国网络文学概论〉第一次对网络文学做出完整定义》,https://baijiahao.baidu.com/s? id=1651354238323445926&wfr=spider&for=pc。

声——关于新世纪文学的理性思考》,房伟的《中国新世纪文学的反思与建构》,雷达主编的《新世纪小说概观》等。二是直接审视网络文学的美学问题与价值问题,如欧阳友权的《网络文学概论》《网络文学论纲》《网络文学本体论》《数字化语境中的文艺学》,南帆的《双重视域——当代电子文化分析》,黄鸣奋的《超文本诗学》《网络媒体与艺术发展》,于洋等的《文学网景——网络文学的自由境界》,苏晓芳的《网络与新世纪文学》,杨守森等的《数字化时代与文学艺术》,欧阳文风的《短信文学论》及他与王晓生等的《博客文学论》,禹建湘的《网络文学产业论》等。三是从"网络文学入史"的理论诉求审视网络文学的美学问题与价值问题,如白烨主编的"中国文坛纪事""中国文情报告"系列编年丛书,马季的《读屏时代的写作——网络文学 10 年史》等。四是从"文学批评"的视域审视网络文学的美学问题与价值问题,如黎杨全的《数字媒介与文学批评的转型》等。

(四)关于网络文学评价体系、引导机制的研究

与传统文学相比,网络文学的评价体系、引导机制还没有完成建构。有鉴于此,业界与学界对于建构网络文学评价体系、引导机制的必要性、迫切性已有充分的共识,只是在如何建构上见仁见智。首先是政府层面的指导:(1)2014 年 10 月,习近平《在文艺工作座谈会上的讲话》对中国文学(包括网络文学)的未来发展做了思想指导、精神奠基与顶层设计;(2)2014 年 12 月,国家新闻出版广电总局印发了《关于推动网络文学健康发展的指导意见》,明确提出要"逐步建立科学的网络文学作品评价体系";(3)2015 年 10 月,中共中央发布了《关于繁荣发展社会主义文艺的意见》,明确提出"大力发展网络文艺",坚持"重在建设和发展、管理、引导并重"的方针,实施网络文艺精品创作和传播计划,鼓励推出优秀网络原创作品,推动网络文学等新兴文艺类型繁荣有序发展;(4)继广东、上海、浙江、江苏、四川等省市成立网络作家协会之后,中国网络作家协会在中国作家协会的指导下于 2015 年成立。其次是学术层面的引导:(1)对网络文学进行宏观把握、整体评价,这比较常

见，如欧阳友权的《网络文学评论 100》《近十年网络文学的六大热点》，马季的《网络文学透视与备忘》，黄鸣奋的《网络文学之我见》，周志雄的《网络文学批评的现状与问题》等；(2)对单篇网络文学作品的评价，这比较少见，常散见于各种网络文学网站、网络作家博客和微博跟帖之中，存在着诸如评价随意且浅薄、评价体系混乱、评价功能削弱等问题；(3)大力倡导构建网络文学评价体系，如王颖的《亟待建立网络文学评价体系》，陈崎嵘的《呼吁建立网络文学评价体系》《网络文学评价体系亟待建立》，李朝全的《建立客观公正的网络文学评价体系》，李薇与张凤杰的《不断改进和完善评价体系 引导网络文学健康发展》等；(4)以书代刊的《网络文学评论》《华语网络文学研究》在具体推进网络文学评价与引导上贡献很大；(5)许多高校纷纷成立网络文学创作与研究中心，如中南大学、北京大学、北京师范大学、厦门大学、山东大学、山东师范大学、安徽大学、杭州师范大学、温州大学、浙江传媒学院等；(6)对网络文学评价体系如何确立、引导机制如何建立提出了一些有建设性的策略，如高宁的《基于多属性综合评价方法的网络文学评价指标体系研究》，李薇的《网络文学作品评价体系研究》，乔世华的《"构建网络文学评价体系"之我思》等。

三、设想与框架

(一)总体设想

本书的研究对象是网络文学，即有着 20 多年发展历史的中国网络文学。网络文学虽然方兴未艾，但时至今日尚无完整的话语体系与理论体系，尤其是评价体系及引导机制。网络文学的存在毕竟是不可否认的，它的喧嚣与骚动也是不可抹杀的。所谓"存在就是合理的"，当网络文学以其自身的实力与冲劲推动当代文学转型的时候，我们就必须以"通变"意识重塑网络时代的文学观及批评观。所谓"批评"，其实就是一种评价。而对网络文学的评价似乎很难用单一的标准去衡量,也绝非一种单一的批评或片面的批评,而是一种综合的批评,它需要进行多方面的考量,以达到评价体系的理所当然、水到渠成。这样,建构一套属于网络文学自己的批评话语与评价标准,既是现实所需,也是时代所需。本书既要研究这种建构的必要性,更要研究这种建构的可行性,以及网络文学批评话语与评价标准对接国家顶层文艺设计的路径,即为什么建构、如何建构、怎样践行网络文学批评话语与评价标准的新世纪的新课题。

(二)总体框架

本书的研究重点是网络文学的评价体系及引导机制,包括评价标准问题、定性和量化评价问题、引导机制建设问题,故命之为《维度·尺度·法度:网络文学的评价体系及引导机制研究》。其中"维度"关涉网络文学的评价标准问题,"尺度"关涉网络文学的定性和量化评价问题,"法度"关涉网络文学的引导机制建设问题。"三度一体""三度融合",可以说是本书的总体框架。在"维度""尺度""法度"的总体框架下,本书涵括的内容至少有以下五个方面。

1.中国网络文学 20 年的整体概观

(1)网络文学的存在合理性与命名"合法性"。(2)中国网络文学 20 年的发展进程梳理。(3)网络的媒介革命、文化革命、文学革命、审美革命及其价值意义。(4)网络文学同传统文学相比的异质性存在与同质性延续。(5)网络文学的本体性问题与特质特性归纳。(6)从整体上概述从 1998 年以来的网络文学的成绩与不足。(7)网络文学的影视改编现象、产业开发问题及知识产权(IP)保护问题。(8)21 世纪以来网络文学的整体概观与研究述评。

2.网络文学评价的现状与问题

(1)网络文学评价的正能量,包括为读者阅读提供指引、为作者创作提供参考、为出版机构决策提供依据、为影视机构提供改编厚土、为其他传播者提供支撑。(2)网络文学评价的负能量,包括评价体系混乱、评价指标单一、评价标准失范以及缺乏普适性与公正性、批评功能弱化等,特别是以传统批评话语对网络文学进行整体批评的失语失声失真、不接"地气"和"网味"的隔靴搔痒、自说自话,以及由网民践行的所谓"草根批评""点赞批评""拍砖批评""粉丝批评""跟帖批评""随意批评"等。

3.网络文学评价体系的构成与建构

(1)建构网络文学评价体系的必要性与可行性分析。(2)加强网络文学作品集聚地(网上专区、专门频道等)的评价体系建设,包括实行网络文学评价实名制、引导专业人士开展网络文学评价、鼓励广大读者参与网络文学评价、支持网络文学网站评价业务建设、鼓励传统出版机构参与网络文学评价业务。(3)确立科学的网络文学评价方法,即以定量为主、定性与定量相结合的"多属性综合评价法"。网络文学评价体系的构成指标设置,包括量化指标、质化指标及相关指标的权重设置,其中量化指标的一级指标至少包括人气类指标、道具类指标、用户评价指标、销售类指标、影响力、推荐票、编辑推荐、出版实体书、改编影视、改编游戏、更新频率等,质化指标至少包括语言文字规范性、作品创意、舆论导向、审美伦理、主流认同与获奖等。(4)推出网络文学的年度排行榜与网络文学 20 年"准经典 100"排行榜。

4.网络文学批评的范畴与范式

(1)21 世纪以来文学批评的典型性症候和批评形态,以及数字化语境下文学批评的转型分析。(2)当下网络文学批评的怪象与乱象、本相与本质。(3)主流批评对网络文学的忽略与忽视,以及无法介入的尴尬等问题剖析。(4)网络文学批评的理论话语的缺乏和核心范畴的缺失,以及建构网络文学批评理论的必要性与可行性。(5)从现有网络语料库中选择切合网络文学批评的关键词与核心范畴。(6)网络文学之经济效益与社会效益的双重考察标准的确立,以及审美价值构成与表现。(7)从现有批评实践的归纳与总结中,梳理网络文学批评的几种基本范式。

5. 网络文学引导机制的建设与建构

(1)21世纪以来网络文学的运行机制,本质是体现在生产、传播、消费等流程的一种商业机制。(2)大力发展网络文学,既是国家意志也是国家策略,既是文学内驱也是产业之需。从国家新闻出版广电总局《关于推动网络文学健康发展的指导意见》和中共中央《关于繁荣发展社会主义文艺的意见》的政策解读及对网络文学引导机制的语境解读可知,作为一种审美意识形态,网络文学正从自律发展走向他律发展。(3)从文化安全的角度探讨国家对网络文学的介入性策略与引导性举措;从文化认同的角度探讨网络文学的去商业化策略与自我提升谋略。(4)在政府管理层面,要尽快建立健全网络文学的准入和退出机制;在社会环境层面,要正确引导读者传播优秀网络文学作品;在企业建设层面,要强化企业责任与文化担当,创新网络文学的引导范式。(5)以网络文学引导机制的建设为契机,打造网络文学精品工程,实施网络作家培育工程。以"网络浙军"为案例,重点剖析网络文学引导机制之"浙江模式",并与"上海模式"相结合,建构网络文学引导机制的"中国经验"与"中国模式"。

(三)重点难点

1. "网络文学"的界定需要获得普遍认可。

2. 网络文学20年的整体概观与局限性述评。

3. 由网站(企业)主导的网络文学作品评价的利益模式如何转型为服务型模式,并突破所谓"商业秘密的壁垒"向研究者透露相关的真实数据。

4. 网络文学评价体系指标设置及各指标权重的设置要获得包括网站(企业)、政府(作协)、网络作家、网民、评论者在内的普遍认同。

5. 网络文学20年"准经典100"排行榜的制订与发布,以及网络文学精品工程的实施。

6. 网络文学批评的理论范畴与实践范式的具体内涵。

7.网络文学引导工程要获得各利益方的积极参与。

四、思路与方法

(一)基本思路

1.从文学发展的角度论证网络文学的合理性与命名"合法性"。

2.从文献学与史料学的角度对"网络文学20年发展史"进行整体概观和局限性述评。

3.以当下网络文学的事实和评价现象为参照,并结合文学社会学、文学规制论探讨建立网络文学评价体系及引导机制的必要性与合理性。

4.以计量分析法与语料库统计法探究网络文学评价体系及引导机制的具体内涵。

5.从文学经典、文学传播的角度探索网络文学精品工程及排行榜的必然性与可行性。

6.从话语传播的角度研究网络文学批评的理论范畴与实践范式。

(二)研究方法

1.历史唯物主义研究。

2.辩证法。

3.现象学还原。

4.文献检索与史料挖掘。

5.计量分析法与语料库统计法及问卷调查法。

6.传播效果综合分析。

7.文化研究。

8.解构与建构相结合。

五、创新与价值

(一)创新之处

1.学术思想上的创新。包括文学发展观与通变论、"网络文学入史"、网络与新世纪文学转型、文学社会学、文学经济学与文化资本论、"多属性综合评价法"、文学功利性与非功利性的辩证法、审美意识形态、美学重构与诗学重构、重组文学场论、文学经典化与再经典化等。

2.学术观点上的创新。包括网络文学的合理性与命名"合法性"、网络文学20年的整体概观、网络文学评价的现状与问题、网络文学评价体系的构成与建构、网络文学批评的范畴与范式、网络文学引导机制的建设与建构、网络文学的影像化与产业化等。

3.研究对象上的创新。网络文学是一种新兴的文学形态,以事实上的繁荣召唤着理论与主流的关注,从文学评价的角度对"网络文学评价体系及引导机制"进行综合研究,这本身就是一种挑战。

4.研究方法上的创新。包括文献检索与史料挖掘、计量分析法与语料库统计法及问卷调查法、传播效果综合分析、定性与定量综合分析法、"多属性综合评价法"等。

(二)价值之维

1.理论价值

(1)梳理网络文学20年发展史,推动网络文学入史;(2)建立科学有效、客观公正的网络文学评价体系,为网络文学"树标立杆";(3)建立网络文学批评的理论体系,繁荣网络文学评论,解决网络文学评论的标准问题;(4)打造网络文学精品工程,制订令人信服的排行榜,扩大网络文学精品力作的知名度与影响力；(5)建构网络文学引导机制,大力发展网络文艺,引导网络文学驶入健康发展的"快车道"和"好高原""美高峰",提升中国文学整体的软实力,助推"网文出海""华文出海"。

2. 应用价值

(1)本书的去向是各级作协(含网络作协)、网络作家、大专院校、文学爱好者、商业网站、文学社区、出版机构及影视传媒公司等;(2)本书由于直接关联当下繁荣的网络文学产业化,除有一定的经济效益之外,还会有较大的社会效益。

| 第一章 |

网络文学评价的现实困境与理论依凭

　　从 1998 年至 2022 年,中国网络文学已有 20 多年的发展史。在此期间,中国网络文学的发展史大致可以分三个阶段:第一阶段是从 1998 年到 2003 年,是网络文学艰难探索自由草创期。这一时期的网络文学带有"玩票"性质,"纯文学"的痕迹明显,商业线下出版是网络文学主要的营利模式。第二阶段是从 2003 年到 2015 年,是网络文学商业化变革与类型化发展期。这一时期形成了原创文学网站的营利模式,并形成了整套成熟的网络文学生成机制。第三阶段是从 2015 年至 2022 年,是网络文学 IP 产业化与跨媒介期。这一时期实现了网络文学内容的价值最大化改编,网络文学被纳入 IP 化运作的文化产业链渠道,并开始得到翻译和海外传播,即所谓"网络文学出海"或"网文出海",从而使中国的网络文学成为继美国的好莱坞电影、日本的动漫、韩国的电视剧之后的"世界文化第四极"(唐家三少张威语)。事实上,对中国网络文学发展史的线性梳理与历史性总结,大致可以分为两类:一是关于中国网络文学 10 年史的梳理与总结,代表作是马季的《读屏时代的写作——网络文学 10 年史》^①;二是关于中国网络文学 20 年史的梳理与总结,代表作是欧阳友权主编的《中国网络文学二十年(1998—2018)》^②和邵燕君、高静主编的《中国网络文学二十年·典文集》^③。可以说,书写属于中国网络文学的发展史,这三部著作有着不可磨灭的贡献,尤其是欧阳友权主编的《中国网络文学二十年(1998—2018)》全景式呈现中国网络文学 20 年发展格局,堪称"一部完整的当代中国网络文学史"。总之,中国网络文学经过 20 多年的发展,从新生到壮大,从蹒跚学步到蔚为大观,从遭受非文学的质疑到得到文学的"合法性"、普遍性认同,从野蛮生长到渐次准经典化,从无序生长自生自灭到文学共同体共生共荣,从民间书写到庙堂引导,从边缘挣扎到新世纪文学的"鼎足而三",可以说,中国网络文学 20 多年的发展史从本质上说就是网络文学的"进行曲""加冕礼"及"建构史"。

一、网络文学的评价问题

在中国网络文学 20 多年的发展进程中,至少有两个相伴相生的主体性问题尤其值得关注:一是网络文学的"合法性"问题,二是网络文学的评价问题。前者要商讨的是网络文学如何确认,后者要探讨的是网络文学如何评价。在中国网络文学 20 多年强势壮大的客观性、事实性存在的语境下,所谓

---

① 马季:《读屏时代的写作——网络文学 10 年史》,中国工人出版社 2008 年版。该书共有八章和两篇附录,其中附录一《网络文学大事记》以编年的形式记录了网络文学 10 年的大事,颇具史料价值。

② 欧阳友权主编:《中国网络文学二十年(1998—2018)》,江苏凤凰文艺出版社 2018 年版。全书共分十章,立足大数据,以史论结合、宏观与微观相结合的方式,细致勾勒中国网络文学的演变脉络,概览全民写作时代的隆起、文学网站平台的发展、网络作家阵容、网络文学作品、网络文学产业经营、网络文学阅读、网络文学理论批评、女性及少数民族网络文学等不同分支的发展历程,以及网络文学 20 年大事件(包括网站类、作家类、作品类、活动类、理论批评类、学术论争类、政策法规维权类)。

③ 邵燕君、高静主编:《中国网络文学二十年·典文集》,漓江出版社 2019 年版。该著对中国网络文学 20 年做了文学史梳理,挑选了 20 部代表作进行了推荐性点评。

"存在就是合理的",网络文学的"合法性"问题早已不是一个问题,毕竟任何的傲慢与偏见在网络文学的客观性存在与事实性发展的映射与烛照之下,遗存的也只能是苍白与乏力。在网络文学的"合法性"问题得以纾解之后,网络文学的评价问题便渐次突显,无论是政府还是学界与业界,都深感健康的网络文学批评、科学的网络文学评价是时代之需、产业之需、国家之需,当然也是网络文学的内在之需。毕竟中国网络文学经过 20 多年的发力聚力、积累积淀,已是成规模、成体系、有影响力的文化现象,已是一种不容忽视的现象级存在。对此,欧阳友权明确指出:"从总体上看,今日的网络文学已经改变了整个中国当代文学的发展格局……中国的网络文学在世界上独树一帜,打造了世界网络文学的'中国时代'。全世界没有哪个国家的网络文学能像中国这样发展得这么快,这么繁荣,这么有影响,成为一个产业,构成一个强大的社会文化现象。"①事实上,网络文学在文学阅读和数字阅读市场占有绝对优势。第 49 次《中国互联网络发展状况统计报告》显示,截至 2021 年12 月底,我国网民总规模为 10.32 亿,互联网普及率达到 73％,互联网应用规模位居世界第一,其中网络文学用户总规模为 5.02 亿,占网民总数的48.6％,网络文学的读者数量和规模达到史上最高位。另据第三方机构QuestMobile 数据:从性别数据来看,我国网络文学男性用户占比为 50.7％,女性用户占比为 49.3％,男性用户和女性用户基本持平;从城市数据来看,截至 2021 年 11 月,网络文学用户最多的城市是北京市,其次分别是上海市、重庆市、广州市、成都市;从省份数据来看,山东省是网络文学阅读大省,其次分别是江苏省、河南省、河北省、浙江省。种种迹象表明,网络文学培养了用户使用智能手机等电子设备、充分利用碎片时间开展阅读活动的良好习惯。如今,网络文学的读者群体已经覆盖全国所有省、自治区、直辖市。无论从读者的绝对数量还是分布范围来看,网络文学的"全民阅读"都已成不可阻挡之势。正因如此,网络文学从"小众创作"到"大众创作",从"文学现

---

① 欧阳友权:《网络创作能否打造文学经典》,《上海文化》2021 年第 8 期。

象"到"社会现象",从"文学事业"到"文学产业",从"粗制青涩"到"精创成熟",从"精英阅读"到"全民阅读",从"国内冲刺"到"海外扬帆",所有的一切无不在迫切地召唤健康的网络文学批评和科学的网络文学评价的出场。

"现象级"的网络文学期待批评入场、标准出台、评价到位。但事实并非如此,网络文学批评与评价最初是"缺位"的,而现在是"不到位"的,之所以如此,就在于没有建构客观公正、行之有效的网络文学评价体系。换言之,网络文学凭借其自身的文学生产力、产业开发力、社会影响力回应了这个时代所有异见者对它的一切非议与质疑,以一种迂绕不开的存在彰显其勃勃生机和光明前景,成为文化产业的内容之源、当代文化的生猛悍将、全民阅读的核心对象。这诚然需要全社会做好网络文学批评与评价的"补位工作",包括"从不在场到在场""从缺位到补位再到到位"。对此,欧阳友权认为:"在'粗放式'创作、规模化生产的语境之下,网络文学的评价标准已经不是'要不要'或'有没有'的问题,而是建构什么样批评标准的问题,构建网络文学评价标准势在必行,并已成为行业焦点。"①

(一)网络文学的评价问题是一个关涉舆论导向和价值规范的社会问题

从理论上说,文学批评是批评主体按照一定的批评标准对批评对象进行分析、鉴别、阐释、判断的理性活动。由于批评主体是有价值立场和思想标尺的,那么批评主体自然就会用自己的价值立场和思想标尺去评价作家作品及现象。从这个角度来说,文学批评其实也是一种思想传播、一种价值推送、一种立场导向。网络文学有庞大的消费群体及广泛的影响力,唯有健康的批评和科学的评价才能形成正确舆论导向和价值规范。在自媒体高度发达、网络舆情错综复杂的新形势下,"占领网络阵地"和"净化网络空间"显得十分有必要。正如习近平总书记所说的,"要加强网络伦理、网络文明建

① 欧阳友权:《建立网络文学评价标准的必要与可能》,《学术研究》2019 年第 4 期。

设,发挥道德教化引导作用,用人类文明优秀成果滋养网络空间、修复网络生态"①,"各级党委和政府要担当责任,网络平台、社会组织、广大网民等要发挥积极作用,共同推进文明办网、文明用网、文明上网,以时代新风塑造和净化网络空间,共建网上美好精神家园"②。要做好以上这些当然少不了网络文学。在网络文学已成气候的新时代,网络文学的问题事实上已经不仅是一个"网络的问题",也不仅是一个"文学的问题",而且事关我们国家意识形态安全和主流价值观建设,事关国家文化战略、网络话语权和新媒体阵地掌控,事关大众文化消费、国民阅读和青少年成长,事关新时代的文学风尚、文化引领和价值导向,甚至事关文化软实力打造和国家形象传播等一系列重大问题。从这一点来看,网络文学的评价问题,包括有没有网络文学批评,有什么样的网络文学批评,用什么样的评价标准来评价网络文学,虽立足于文学但又远超出文学,不是一个可以忽视的文学小问题,而是关涉舆论导向和价值规范的社会大问题。可以说,网络文学的评价问题,已经远远超出网络文学本身,并远远超出评价标准本身。

（二）网络文学的评价问题是一个关涉去芜存菁和打造精品的审美问题

不可否认,蓬勃发展的网络文学一直存在"有数量缺质量""有高原缺高峰"的局限,需要用一定的标准去解读、评价、规范和提升,以促进蓬勃发展的网络文学从"长个子"向"强筋骨"转型,或者说,从"虚胖"走向"健壮"。我们知道,网络写作是一种典型的商业写作,一个网络作家为了"粘"住粉丝,占据更大的市场份额,获得更多的商业回报,"多码字"甚至"码更多字"成了网络作家的常态和不得不承受的写作之重。高产之下,难免"萝卜多了不洗泥",来不及精心构思和打磨,草率、粗疏甚至粗制滥造也就在所难免。近年来,提到网络文学,一个字,就是"火"！但是在网络文学火爆的背后,丛生的

---

① 习近平:《习近平谈治国理政(第二卷)》,外文出版社 2017 年版,第 534 页。
② 习近平:《习近平谈治国理政(第四卷)》,外文出版社 2022 年版,第 319 页。

乱象也令人触目惊心。如有的网络作家专注于玄幻、仙侠、穿越、架空等题材,忽视甚至不屑于反映现实生活、表现时代精神的现实题材创作。有的网络作家三观有偏、导向不正,热衷于写职场腹黑、"种马"滥情、后宫争宠,或谄媚市场,搜神猎奇以迎合受众。有的类型小说大同小异、陈陈相因,"男频"之作无不是写升级、打怪、抢宝藏,"女频"之作无不是写充满美人心计的后宫争斗、职场争宠。有的网络作家盲目跟风,以借鉴之名行抄袭之实,甚至抄得心安理得。有的网络写作为了商业利益放弃文学追求和艺术责任,创作"灌水",情节拖沓,篇幅拉得越来越长,套用一句俗话,就是"没有最长,只有更长"。有的网络写作低俗、粗俗、鄙俗,甚至俗不可耐,却依然"以俗为荣",笃信"俗通天下",在价值观上底线崩塌、品性崩溃。有的网络写手随心所欲的写作态度、漫不经心的表达、即兴式的发挥、装腔作势的姿态、抖机灵的调侃、无病呻吟的抒情,乃至粗鄙的谩骂、肉麻的吹捧、不负责任的讥讽等,无不给网络文学的整体抹了厚厚的一层黑灰。正因如此,欧阳友权指出:"面对网络上泥沙俱下、良莠并存的文学现状,亟待有积极健康的文学批评,亟待运用一定的批评标准去过滤、评判、引导和规制,需要有鲁迅所说的'剜烂苹果'的工作,以实现网络文学行业健康有序和可持续发展。"①

(三)网络文学的评价问题是一个关涉批评入场与批评发声的专业问题

从理论上说,批评总是与创作同在,是高水平创作的"磨刀石""去病药""壮骨贴"和"助推器"。批评既是一种创作,也是一种传播,更是一种赋能。网络文学的快速发展呼唤能与之匹配、与时俱进的批评。事实上,面对野蛮生长、快速发展、急剧嬗变的网络文学,当下的网络文学批评至少存在三大痼疾。一是批评主体缺位,职业批评家尤其是学院派介入者不多,严重缺位,许多学人守着自己的"一亩三分地",不愿意或不屑于把视线移到稚嫩而

---

① 欧阳友权:《建立网络文学评价标准的必要与可能》,《学术研究》2019 年第 4 期。

粗糙的网络文学上去,而把评价网络文学的话语权拱手让给了在线网友,让网络论坛、社区、贴吧、作品评论区成为网络文学评价的主阵地。二是批评标准悬置,旧的批评标准已经靶向失依、无所适从,新的批评标准尚未建立起来,尤其是契合网络文学特点的评价方式与批评范式处于缺位状态,终而让这一领域处于无所依傍、无从置喙的"空转"状态。换言之,一边是标准老化,一边是作品新化,间隔重重,纵有批评也不过是隔空打牛、隔靴搔痒,真正管用、"治病救文"的网络文学批评少之又少,与红火的网络写作相比,基本处于集体失语状态。三是批评效能虚化,近年来,批评的实践化让位于理论化,玩理论、玩话语、玩术语、玩概念、玩套路可以说是层出不穷。套用一些大而化之的传统理论和前沿理论远观遥望网络文学,以"不在现场"的"虚在"浮光掠影地扫描网络文学作家作品及现象,没有从作品实际出发给予作品更具针对性的评价,无关痛痒的批评话语与作品无关,宏大叙事远远多于微观品鉴、作品剖析,从而导致批评空心化、效能虚化,以致有网络作家曾放言"让批评家走开""不相信批评家的废话"。所以,让批评入场,科学立标,理性发声,就显得愈来愈有必要、有刚需、有特需、有亟须了。

二、网络文学评价的现实困境

网络文学评价既指向作家创作,又指向读者欣赏,还关联着市场消费、产业开发和文化软实力。但由于网络文学的独特性及与传统文学的异质性,当下的网络文学评价处于一种左右不是、左右为难的尴尬处境:以偏向传统文学的评价方法来评价网络文学,读者(网民)不认可;以偏向网络文学的评价方法来评价网络文学,官方(主流)不认可。要打破这个悖论,走出这个困局,真正做到和而不同、相互兼容,构建网络文学场域内各个参与主体都认可认同的评价标准及评价体系就显得十分有必要了。

(一)建构网络文学评价体系面临的悬空窘境

建构网络文学评价体系虽然在现实的吁求下,自 2012 年就已提出,但时至今日,依然还是仁者见仁、智者见智;虽然在建构的必要性上取得了共识,但在建构的可能性、可行性上依然是众说纷纭,落地实操的力度明显不够。事实上,近年来呼吁建立网络文学评价体系和批评标准的文章还是颇多的。2012 年,王颖在《文艺报》发表《亟需建立网络文学评价体系》,王国平在《光明日报》发表《网络文学亟待确立批评"指标体系"》;2013 年,陈崎嵘在《人民日报》发表《呼吁建立网络文学评价体系》,康桥在《光明日报》发表《网络文学批评标准刍议》;2014 年,李朝全在《河北日报》发表《建立客观公正的网络文学评价体系》;2016 年,欧阳婷在《中国艺术报》发表《网络文学评价体系构建刻不容缓》;等等。这些都是较早思考网络文学评价体系的代表作。2016 年,中国文艺理论学会网络文学研究会在湖南怀化学院举办了主题为"网络文学评价体系构建"的大型学术年会,从而将建构网络文学评价体系这个急需解决的问题广化、深化。2016 年,张立、介晶、高宁、梁楠楠的专著《网络文学发展现状及评价体系研究》出版。2017 年,庄庸、王秀庭的专著《网络文学评价体系构建:从"顶层设计"到"基层创新"》出版,并且一大批知名学者如欧阳友权、单小曦、周志雄、禹建湘等纷纷撰文,极大地推进了对建构网络文学评价体系的深度思考,并使之热点化。如欧阳友权就先后撰有《建立网络文学评价标准的必要与可能》《网络文学亟待建立自己的评价体系和标准》《网络文学评价体系的实践与理论依凭》等,这些文章事实上已成为建构网络文学评价体系的一种引领。又如单小曦在《文学评论》上发表的长文《网络文学评价标准问题反思及新探》,在批评了当前存在的"普遍文学标准说""通俗文学标准说"和"综合多维标准说"后,提出"建构网络文学批评标准需要采用合理的价值预设和历史性、语境化的原则。在新媒介时代可以'倾向'或'根据'文学活动的媒介要素,建构出契合网络文学批评需要的'媒介存在论'批评。媒介存在论的网络文学评价标准,由网络生成性尺度、技术性—艺术性—商业性融合尺度、跨媒介及跨艺类尺度、'虚拟世界'开拓尺度、主体网络间性与合作生产尺度、'数字此在'对存在意义领悟尺度等多尺度的系统整体构成"①。可以说,单小曦的"多尺度的系统整体论",既延展了尺度,又整合了系统,诚然有利于助推网络文学评价体系的建构。总之,关于网络文学评价体系和评价标准的论述,数量不可谓不多,热度不可谓不高,但细思起来,总让人感觉"好像说到了,又好像没说到""好像是点到了,又好像是没点到",而且大多是原则性的呼吁和宏观性的倡导。

(二)建构网络文学评价体系面临的两难境遇

建构网络文学评价体系与评价标准,已是学界的共识。但是,共识的背后却有着一个鲜明的症结,那就是学界对网络文学评价体系的建构虽有强烈的呼吁和积极的倡导,但对网络文学评价标准却少有具体论述和准确标举。事实上,建构网络文学评价体系必然要面对一个残酷现实,那就是:一方面阅读网络文学是网民的一种生存方式,而不再仅仅是艺术行为,或者说,更多是一种产业行为;另一方面,资本成为网络文学发展的真正推手和终极掌控,或者说,作者的创作、读者的阅读、平台的运营,无不是强大的产业链、资本链、利益链上的一环。究其本质,这是文学与资本对控制权的争夺。网络文学从根本上说,包括两个方面:一是文学,二是网络。就网络文学评价而言,包括两个方面:一是文学评价,二是网络评价。这里值得思考的现象是:倾向于文学者,认为网络文学也是文学的一支,因而传统文学理论同样适用于网络文学;倾向于网络者,则认为网络文学不同于传统文学,传统的文学理论已经不适用于网络文学。无论是前者还是后者,两者都不约而同地强调建构网络文学评价体系的迫切性与重要性,但是在评价体系与评价标准的创设上却力度不足、精度不够,而且在批评实践中有意无意地"唯传统批评是用"。也就是说,在建构网络文学评价体系与评价标准上,所

---

① 单小曦:《网络文学评价标准问题反思及新探》,《文学评论》2017 年第 2 期。

谓"新体系"其实还是旧体系,所谓"新标准"其实还是旧标准。对于这一点,诚如有学者所说的:"对网络文学的评价,可以有许多标准,但主要的取向是两个方面,即思想价值取向和审美趣味取向……希望有更多有识之士,关注网络文学现状,建构网络文学理论体系,撰写出中国网络文学的《文心雕龙》和《人间词话》。"①在这里,虽有美好的期待,但标准的循旧性、依旧性、守旧性十分明显,表现出文学与网络的两难处境、守旧与破旧的两难处境、理论期待与批评实践的两难处境。这种两难处境同样体现在欧阳友权《网络文学本体论纲》一文前后矛盾的表述之中。他一方面认为网络文学是有别于传统文学的新的文学样式,是继口头说唱文学、纸质印刷文学之后的第三种文学形态,是网络媒介对传统文学惯例的悄然置换和消解;但另一方面在追问网络文学的文学性、审美性时却认为"一种新型文学的审美价值确证并不取决于它的载体,而取决于它能否走进人类审美的殿堂,以'文学性'建立其自己的人文价值体系"②。可见,像欧阳友权这样强调网络文学网络性的知名学者,也难以跨越和超脱对传统文学评价体系的遵循和依傍。还有一大批传统批评家本着与时俱进的精神,强调新批评标准要在网络文学的特殊性即网络性上加强考察,提出在遵循传统的批评标准的基础上,还应该格外加上体现网络文学网络性(或网生性)的新标准,诸如"技术传媒的标准、网民粉丝群黏度与点击量的标准、市场产业化标准、写作中的'续更'能力,等等"③。然而,这些新标准的创设与设置,都齐刷刷地指向"商业资本",有着"商业资本"的底色,是"商业资本"长袖善舞的表征,毕竟"点击率"既是网络文学的"命门",也是网络文学的"大地"。这就是传统评价标准的异化与畸变,想纳新却为新所纳,想抵抗资本却被资本收编,不过是资敌以矛、授人以柄和自毁长城,倡导网络性却有意无意地耗散、消弭了文学性,这其实也是

---

① 陈崎嵘:《呼吁建立网络文学评价体系》,《人民日报》2013 年 7 月 19 日。
② 欧阳友权:《网络文学本体论纲》,《文学评论》2004 年第 6 期。
③ 欧阳友权、喻蕾:《网络文学批评史的问题论域》,《中南大学学报(社会科学版)》2017 年第 3 期。

网络文学评价体系的两难境遇之一。

(三)建构网络文学评价体系面临的三大痼疾

在后现代主义文化语境下,由于反权威、反逻各斯中心主义思潮的漫延,所有体系都会遭受怀疑、面临解构。换言之,在当下这个后现代主义文化语境下,建构体系必然面临着先天的困难和深度的质疑。同样道理,建构网络文学评价体系也同样会招致质疑和不信任。毕竟对于试图建构的一套评价体系而言,是否具有合理性、可行性,本身就是一个值得思考的问题,更何况这一套评价体系还没有用自身的科学性、实践性、普适性来夯实自己的存在之基、应用之维。尽管如此,面对野蛮生长以至繁荣发展的网络文学,批评与评价不能缺席,也不应该缺席,至少我们可以先做一些“点”的工作,通过一系列的“点”去持续充实“面”,从而不断完善体系的建构。但令人遗憾的是,自 2012 年提出建构网络文学评价体系之后,时至今日,网络文学评价体系依然是“点不清”“面不全”,一些阻碍建构网络文学评价体系的痼疾一直存在,也一直没有消除。之所以说是痼疾,是强调问题的顽固性,即学界已经意识到这些问题,但由于种种原因无力去除,而且有些问题还有着愈演愈烈之势。对此,陈海在《网络文学评价体系的三大痼疾及相关建议》一文中明确概括了网络文学评价体系的三大痼疾:一是在“理论工具方面,一些批评者理论素养不足,批评不符合学术规范”;二是在“批评内容方面,一些批评者纠缠于网络文学作品的总体质量问题,否定已经受到普遍认可的精品力作。在具体操作中,只局限于用精英文学标准审视网络文学”;三是在“批评体制方面,近年来批评者的官方化和学院化日趋严重”。[①] 这些痼疾直接阻碍了网络文学批评获得科学性、合理性,直接阻碍了网络文学评价标准获得通识性、通用性,从而也直接阻碍了网络文学评价体系的建构。

---

① 陈海:《网络文学评价体系的三大痼疾及相关建议》,《文艺评论》2019 年第 1 期。

(四)建构网络文学评价体系面临的三个悖论

时下,网络文学创作蓬勃向前,而网络文学评论却相对滞后,从而形成所谓"倾斜的文学场"[①];一边是网络文学创作"写手众多",一边是网络文学评论"人手短缺",从而形成"失衡的文学场"。之所以如此,一个重要原因在于网络文学评价本身遇到了一些难以迂绕的悖论式难题。一是在路径选择上,是赓续传统还是基于现实? 沿用传统评价标准,肯定难以适合网络文学的现实,必然会出现"鸡同鸭讲"和"橘逾淮而为枳"的尴尬;完全抛开传统评价标准,另起炉灶、另搞一套,这无异于自断根脉,肯定会被主流意识形态和主流文坛遗弃。这样,网络文学评价必须要做到赓续传统与基于现实的融合,不允许也不能有任何的偏见与偏至。对此,欧阳友权认为:"在网络文学评价活动中,不仅仍然需要采用传统的思想性标准和艺术性标准,还应该将文论传统的有效资源施之于现实的网络文学实践,达到理论赓续与评价对象的统一,并以此作为网络文学评价的路径选择。"[②]二是在持论逻辑上,是立足审美还是适应市场? 我们知道,文学既是功利性的,也是非功利性的,而所谓"非功利性"其实是一种更高层次的"功利性",只是这种"功利性"含而不露、隐而不现而已。正如古罗马诗人贺拉斯所说的:"诗人的愿望应该是给人益处和乐趣,他写的东西应该给人以快感,同时对生活有帮助……寓教于乐,既劝谕读者,又使他喜爱,才能符合众望。"[③]就网络文学而言,首要的追求是适应市场的商业价值与产业价值,所以尊重读者、适应市场、遵循经济规律构建商业模式,是网络文学与生俱来的基因之需。这样,在网络文学评价中,事实上有着两种偏至,即强调审美性者拒斥产业性,强调产业性者则忽视审美性。前者强调艺术审美,后者强调商业至上。那么,评价网络

---

　　① 邵燕君:《倾斜的文学场——当代文学生产机制的市场化转型》,江苏人民出版社 2003 年版。

　　② 欧阳友权:《网络文学评价的三个悖论》,《中国社会科学报》2021 年 9 月 17 日。

　　③ 伍蠡甫主编:《西方文论选(上册)》,上海译文出版社 1979 年版,第 113 页。

文学是立足于前者，还是着眼于后者？抑或，这两者是矛盾对立，还是可以兼容并存？对此，欧阳友权明确指出，"网络文学的艺术审美与适应市场是可以兼容并存的，只要不违背社会效益优先的原则，不唯利是图迎合低俗市场，在实施网络文学评价时，完全可以将立足审美与适应市场统一起来，实现'双效合一'……既要有艺术标准，又需要有产业性维度，缺少任何一个持论逻辑，其评价都难以切中肯綮"①。三是在话语倚重上，是线下评论还是线上评说？当下网络文学的评价主要有两种渠道及话语方式，即线上评说与线下评论。线上评说的主体是网民，是一种最为迅速、最为直观也最为鲜活的评价，它既可以实时交流，也可以延时交流，甚至可以在贴吧、论坛、书评区交流。线下评论的主体是专业批评家或学院派研究者，其理论成果多发表在平面媒体，如报纸和学术期刊上，是更具专业性、学理性、说服力和权威性的一种评价，但也是一种具有滞后性的评价。线上评说与线下评论各有所长、各有所短，两者之间的异质性和落差度很明显。值得注意的是，线上评说与线下评论常常互相鄙视，线上评说看不起线下评论的理论腔、隔靴搔痒、云遮雾罩，线下评论看不起线上评说的粉丝腔、蜻蜓点水、浅尝辄止。就评价的影响力而言，线上评说的影响力主要在业界，而线下评论的影响力主要在学界。这样，从建构网络文学评价的良好生态而言，无论是线上评说还是线下评论，都应该消除鄙视、打破壁垒、取长补短、扬长避短，这才是网络文学评价的明智选择和必由之路。

三、网络文学评价的理论依凭

网络文学评价问题已经成为中国网络文学发展的迫切问题、重要问题。中国作协发布的《2020 中国网络文学蓝皮书》指出："研究者建立网络文学评价体系的自觉性越来越高，但体系的建成依然任重道远……符合网络文学

---

① 欧阳友权：《网络文学评价的三个悖论》，《中国社会科学报》2021 年 9 月 17 日。

传播和受众特点的评论方式尚未形成。"也正因如此,无论是业界还是学界,作家还是读者,政府还是行业,官方还是民间,都有必要为建构网络文学评价体系找到共同的理论依凭和立论基点。或者说,在网络文学评价场域,有没有这样的共识、基点显得尤为重要,否则依然还是"各说各话""各行其是""公说公有理,婆说婆有理",也就不可能实现所谓同频共振、"同声共鸣"、"同标同认"。

(一)思想性

无论我们如何强调网络文学的特殊性,网络文学始终依然是文学,那么它就不可能不是语言的艺术和审美的意识形态。这也就意味着评价它需要运用文学的标准,即文学史上被公认的行之有效的批评尺度,如孔子所主张的"思无邪""辞达而已",孟子所主张的"知人论世""以意逆志",刘勰在《文心雕龙》中所主张的"六观",恩格斯在《致斐迪南·拉萨尔》中所主张的"美学观点和史学观点"及"较大的思想深度和自觉的历史内容,同莎士比亚剧作的情节的生动性和丰富性的完美融合"[①],列宁在《党的组织和党的出版物》一文中所主张的"对于社会主义无产阶级,写作事业不能是个人或集团的赚钱工具,而且根本不能是与无产阶级总的事业无关的个人事业。无党性的写作者滚开!超人的写作者滚开!写作事业应当成为整个无产阶级事业的一部分,成为由整个工人阶级的整个觉悟的先锋队所开动的一部巨大的社会民主主义机器的'齿轮和螺丝钉'"[②]。关于这一点,毛泽东《在延安文艺座谈会上的讲话》明确指出,"文艺批评有两个标准,一个是政治标准,一个是艺术标准",并且还认为,"我们的要求则是政治和艺术的统一,内容和形式的统一,革命的政治内容和尽可能完美的艺术形式的统一。缺乏艺术

---

① 〔德〕恩格斯:《致斐迪南·拉萨尔》(1859 年 5 月 18 日),《马克思恩格斯选集》第 4 卷,人民出版社 2012 年,第 440、443 页。

② 〔俄〕列宁:《党的组织和党的出版物》,《列宁选集》第 1 卷,人民出版社 1995 年版,第 663 页。

性的艺术品,无论政治上怎样进步,也是没有力量的"。① 习近平《在文艺工作座谈会上的讲话》明确提出"历史的、人民的、艺术的、美学的"批评标准,且明确指出精品之所以"精",就在于其"思想精深、艺术精湛、制作精良"。② 强调"三精统一"实际上是对新时代语境下"什么是优秀文艺作品"的创新性回答。具体地讲,"思想精深"指向的是文艺作品的思想意蕴层面,涉及作品的倾向性、真实性、情感性等,这是一种思想标准;"艺术精湛"指向的是文艺作品的审美层面,涉及作品的形象性、典型性、审美性、艺术性等,这是一种审美标准;"制作精良"指向的是文艺作品的品质、质量、水平以及是否满足受众需要、市场需要、社会需要,这是一种质量标准。概括地说,评价一部作品是否优秀,关键就在于它能否经得住思想标准、审美标准和质量标准的综合考量,是否真正做到了"思想精深、艺术精湛、制作精良"的统一。从总体上说,文艺作品的思想内容是十分丰富多样的,它可以是政治观、历史观、道德观、价值观,也可以是哲学观、社会观、生活观、人生观、艺术观。所有这些理念和观点的表现,绝不是"教科书式"的说教和宣讲,也不是赤裸裸的灌输与劝服,而是同生动的艺术形象相结合、相融合的。所以,衡量、评价一部作品的思想性,不能仅仅停留在政治观点和政治倾向层面,还必须考量其他方面的思想内容。一言以蔽之,思想性绝对不等同于政治性,思想标准绝对不等同于政治标准,思想评价绝对不等同于政治评价。

在网络文学评价中,我们倡导思想性及思想性标准,其实从另一个角度来讲,就是强调"导向性",或者说要发挥网络文学评价的"导向功能"。对于更好地将社会主义核心价值观融入作品的故事架构、人物塑造和主题意蕴中的网络文学作品,网络文学评价要加以肯定和扶持。相反,对于执意迎合某种利益、纯粹满足欲望、扩大非理性恐惧的网络文学作品,以及有着文化

---

① 毛泽东:《在延安文艺座谈会上的讲话》,《毛泽东选集》第 3 卷,人民出版社 1991 年版,第 868—870 页。

② 习近平:《在文艺工作座谈会上的讲话》,人民出版社 2015 年版,第 10、30 页。

失重、价值失范、审美失偏、信仰失落、叙写失序问题的网络文学作品,甚至是标榜文化消费主义、历史虚无主义、文化帝国主义、娱乐快感主义、解构主义的网络文学作品,还有不能辩证地思考灵与肉、个人与集体、私欲与公德、强权与公理、家与国的网络文学作品,网络文学评价应该加以揭示和批评。唯有如此,网络文学评价才能真正做到激浊扬清、去芜存菁、去糟粕留精华。当然,对网络文学的思想性和政治性,不能机械地加以判断,要注意网络文学的潜在结构和隐喻性功能,正视网络文学所表达的大众意识形态的合理性和正当性。换言之,在网络文学评价中,提思想性标准比提政治性标准要更恰当,提导向正确比提政治正确、党性正确要更恰当。

(二)艺术性

作为一种新型的文学样式,网络文学必然要遵循文学的标准和对审美性的考量,这是毋庸置疑的。在马克思主义文艺理论中,恩格斯在提出"美学观点和史学观点"之后,还特别强调"较大的思想深度和自觉的历史内容,同莎士比亚剧作的情节的生动性和丰富性的完美融合"[①];别林斯基更是旗帜鲜明地指出"确定一部作品的美学优点的程度,应该是批评的第一要务。当一部作品经受不住美学的评论时,它就已经不值得加以历史的批评了"[②]。文学作品首先是一种艺术,它不等同于社会生活,也不等同于历史科学,它的社会历史内容是经过艺术的典型化的,它向人们提供的是通过艺术的假定而达到的艺术真实。一部作品如果具有重要的历史或现实的内容,却没有审美的素质,那就没有任何艺术价值,文学批评对它也就不适用了。正如卢卡契所说的:"文学起源与发展是社会的总的历史过程的一部分。文学作品的美学本质和美学价值以及与之相关的它们的影响是那个普遍的和有连

---

　　① 〔德〕恩格斯:《致斐迪南·拉萨尔》(1859 年 5 月 18 日),《马克思恩格斯选集》第 4 卷,人民出版社 2012 年版,第 440、443 页。

　　② 〔俄〕别林斯基:《关于批评的对话》,《别林斯基选集》第 3 卷,上海译文出版社 1980 年版,第 569 页。

贯性的社会过程的一部分。"①从这个角度来讲,文学批评首先应该是美学的批评,要求以文学鉴赏为基础,从艺术形象的审美感受出发,依据文学创作的特殊规律,"沿波以溯源""沉浸兴会""和声共鸣",对文学作品进行艺术的审查。强调文学批评首先是美学的批评,并不意味着文学批评可以放弃历史的批评、社会的批评、政治的批评。对此,别林斯基早就指出:"不涉及美学的历史批评,以及反之,不涉及历史的美学批评,都将是片面的,因而也是错误的。批评应该只有一个,它的多方面的看法应该渊源于同一个源泉,同一个体系,同一个对艺术的观照。"②

依此类推,网络文学评价首先应该是艺术的评价,切实做到习近平总书记《在文艺工作座谈上的讲话》所说的,"把人民作为文艺审美的鉴赏家和评判者",要"运用历史的、人民的、艺术的、美学的观点评判和鉴赏作品",做到"思想精深、艺术精湛、制作精良"。③ 国家新闻出版广播电视总局在举行"2015 年优秀网络文学原创作品推介"活动时,就对所谓"优秀网络文学原创作品"做了一个大致判断:"推介的作品具有较好的思想主题,题材多样,艺术上有所创新,既包括了一批紧跟时代步伐、弘扬主旋律、彰显民族正气的作品,又包括了创作形式独特、题材内容新颖、深受读者喜爱的知名作品。"④ 2021 年,中宣部出版局在实施"优秀现实题材和历史题材网络文学出版工程"时,也对所谓"优秀网络文学作品"有一个官方共识:思想性、文学性、可读性有机统一,作品具有较高的文学性、艺术性,既能满足人民文化需求,又能增强人民精神力量,既有较好的市场反响,又有较高的文化价值、社会价值;作品导向正确、质量过硬,能以文学的力量温暖人、鼓舞人、启迪人,有助

---

① 〔匈〕卢卡契:《马克思、恩格斯美学论文集引言》,《卢卡契文学论文集(一)》,中国社会科学出版社 1980 年版,第 273 页。

② 〔俄〕别林斯基:《关于批评的对话》,《别林斯基选集》第 3 卷,上海译文出版社 1980 年版,第 569 页。

③ 习近平:《在文艺工作座谈会上的讲话》,人民出版社 2015 年版,第 10、14、30 页。

④ 王志艳:《国家新闻出版广电总局推介 21 部优秀网络文学原创作品》,http://www.xinhuanet.com/politics/2016-03/28/_128840669.htm。

于提升人们的思想认识、文化修养、审美水准、道德水平；等等。① 不管是"优秀网络文学原创作品推介"还是"优秀现实题材和历史题材网络文学出版工程"，本质上都是融合了思想性标准与艺术性标准的网络文学评价，或者说，是坚持了思想性、艺术性、可读性和影响力的综合评价。

（三）产业性

从理论上讲，文学既有审美性，也有生产性、商业性、经济性及消费性，或者说，它既是作品也是商品。马克思在《1844 年经济学哲学手稿》中写道："宗教、家庭、国家、法、道德、科学、艺术等等，都不过是生产的一些特殊的方式，并且受生产的普遍规律的支配。"②马克思在 1857 年《〈政治经济学批判〉导言》中，首次明确提出了"艺术生产"的概念，并深刻阐明了"艺术生产"的内涵。他说："就某些艺术形式，例如史诗来说，甚至谁都承认：当艺术生产一旦作为艺术生产出现，它们就再不能以那种在世界史上划时代的、古典的形式创造出来；因此，在艺术本身的领域内，某些有重大意义的艺术形式只有在艺术发展的不发达阶段上才是可能的。如果说在艺术本身的领域内部的不同艺术种类的关系中有这种情形，那么，在整个艺术领域同社会一般发展的关系上有这种情形，就不足为奇了。"③从马克思的经典论述中可以看出，社会生产有物质生产和精神生产两种情况，艺术生产作为一种精神生产，与物质生产既有联系又有区别。一般而言，物质生产制约并支配着艺术生产，但艺术生产与物质生产又有着不平衡性和非同步性。对于马克思的艺术生产理论，英国学者希・萨・柏拉威尔（S. S. Prawer）在《马克思和世界

---

① 中宣部出版局：《2021 年"优秀现实题材和历史题材网络文学出版工程"优秀作品评选标准和规则》，评审会议材料，2021 年 12 月 3 日。

② 〔德〕马克思：《1844 年经济学哲学手稿》，《马克思恩格斯全集》第 3 卷，人民出版社 2002 年版，第 298 页。

③ 〔德〕马克思：《〈政治经济学批判〉导言》，《马克思恩格斯选集》第 2 卷，人民出版社 2012 年版，第 710 页。

文学》一书中评论说,马克思"把主要用于经济学的术语也用在文学和其他艺术的历史上,如生产等。他把诗人也叫作'生产者',把艺术品叫作'产品',虽然是一种独特的、有别于其他种类的'产品'。马克思通过使用这样的术语叫我们不要忘记把艺术放在其他社会关系的框子里来观察,特别是应该放在物质生产关系和生产手段的框子里。只有明确了这一点之后,他才能独立地、抽象地研究艺术,才有余暇观察一下艺术领域自身"①。应该说,希·萨·柏拉威尔的评论是抓住了马克思艺术生产理论的精髓的。

在资本主义条件下,艺术生产与物质生产的关系变得复杂起来。一向被视为高雅的诗歌等文学创作,一旦融入资本主义的生产链条,就会沾染更多的商品生产色彩。对此,马克思深刻指出,在文学艺术的生产中,由于受资本主义生产方式的制约,作家具有了身份的二重性,既是非生产劳动者,又是生产劳动者。其实,马克思关于作家身份的二重性的判断,同样适用于作品、读者,即作家是生产者、作品是商品、读者是消费者。尤其值得重视的是,在市场经济语境和消费社会中,文学的商业性、经济性及消费性得以尽情彰显。换言之,在市场经济充分发展,大众传播媒介更多向市场化与商业化偏移,消费社会完全建构的背景下,文学活动事实上已更多地表现为一种商业活动、市场行为,文学作品事实上已成为一种特殊的商品,即所谓"文学是作为商品的艺术"。这样,依据市场的法则,在整个文学活动中,文学接受与消费就占据了极为重要的地位和作用。这是因为,作为观念形态的文学文本,必须要经过编辑、出版(含数字出版)、印刷、销售、改编、摄制等系列环节才能物态化,并以物态化的形式走进市场、被读者购买并阅读,从而成为广大读者的消费对象。这样,一个完整的转换链条就生成了,即所谓"文本—作品(产品)—商品—消费品"。对此,笔者在《媒体化语境下新世纪文学的转型研究》一书中,借用 M. H. 艾布拉姆斯在《镜与灯:浪漫主义文论及

---

① 〔英〕希·萨·柏拉威尔:《马克思和世界文学》,梅绍武、苏绍亨、傅惟慈等译,生活·读书·新知三联书店 1980 年版,第 383 页。

批评传统》一书中的"文学四要素说",以新世纪文学的"要素商业性"来解释新世纪文学的"过程商业性""环节商业性",并进而阐释新世纪文学的"整体商业性",即包括"作为市场的世界""作为生产者的作者""作为商品的作品""作为消费者的读者"。[①]

相较于传统文学,网络文学的生产性、商业性、消费性更加明显。事实上,中国网络文学经过短短的20多年的发展,已经改变了整个中国当代文学的发展格局,并且成为一种产业,构成一个显著的社会文化现象,打造了世界网络文学的"中国时代"。从根本上说,中国网络文学与资本的介入、助推及市场化、产业化密不可分。从2003年起点中文网开启"VIP付费阅读"的商业模式,到中文在线、掌阅科技、阅文集团成长为上市公司,再到网络文学IP版权分发、多媒体改编形成泛娱乐文创产业链和产业集群,进而中国网络文学与美国好莱坞电影、日本动漫、韩国电视剧相提并论,即形成所谓"世界四大文化奇观"。近年来,网络文学IP全产业链开发,更是热点频出,涌现出大量现象级爆款。2021年2月发布的《2019—2020年度网络文学IP影视剧改编潜力评估报告》显示,2019年至2020年网络文学IP拉动下游文化产业总产值累计超过1万亿元。由此可见,商业绩效、产业价值已成为中国网络文学不可或缺的经济驱动、市场引擎。这样,包括商业性、消费性、经济性在内的产业性,也就必然成为网络文学评价的理论依托和考量基点。需要注意的是,在网络文学评价的过程中,不能唯产值、唯数字、唯量化,我们需要的是经济效益与社会效益的双效合一、利益与效益的统一。

(四)影响力

由于网络文学的特殊性,网络文学评价需要聚焦于传播力、影响力。对于这一点,习近平总书记曾指出,要"切实提高党的新闻舆论传播力、引导

---

① 张邦卫:《媒体化语境下新世纪文学的转型研究》,中国社会科学出版社2017年版,第157—180页。

力、影响力、公信力"①。可见,传播力、影响力都是衡量新闻舆论的标准之一。从传播力、影响力的维度来考量,同样适用于网络文学及网络文学评价。一部网络文学作品的影响面、接受度、受众人群分布、粉丝反应、市场效果等,均是可以量化计算、精准把握的,如作品点击量、付费阅读数、月票数、盟主数、打赏数、免费阅读的频次与时长、贴吧话题数、长评短评数等。这种量化计算的影响力评价,虽根植于网络文学平台,但同样可以适用于网络文学作品评价、网络文学作者评价。诚如欧阳友权所说的:"'网络'这个媒介的'常量'始终渗透在网络文学评价体系的各个维度及其批评标准的每个要素之中,一部作品的文学影响力、社会影响力、读者影响力等,均可以在传播效果中得到立竿见影的认知与评估,这是任何一种传统文学都不可能实现的。"②可见,聚焦传播效果的影响力是网络文学评价的理论依凭之一,而且因其可操作性和量化计算,更容易令人信服。事实上,从中国作协主推的"中国网络小说排行榜"到"中国网络文学排行榜",再到"中国网络文学影响力榜",究其本质,都是以影响力作为主要评价依据和标准的。如 2021 年 9月发布的"2020 年度中国网络文学影响力榜",旨在发挥优秀网络作家作品在价值导向、题材类型、文学品质、美学追求等方面的风向标作用,推动网络文学在文本质量、IP 改编、国际传播等方面的高质量发展,三个代表性榜单是:(1)"网络小说影响力榜",包括《大国战隼》(步枪)、《长乐里:盛世如我愿》(骁骑校)、《第一序列》(会说话的肘子)、《猎赝》(柳下挥)、《北斗星辰》(匪迦)、《2.24 米的天际》(行知)、《山河盛宴》(天下归元)、《汉阙》(七月新番)、《画春光》(意千重)、《情暖三坊七巷》(姚璎);(2)"IP 改编影响力榜",包括《凡人修仙传》(忘语)、《完美世界》(辰东)、《吞噬星空》(我吃西红柿)、《燕云台》(蒋胜男)、《万古第一神》(风青阳)、《一念永恒》(耳根)、《奶油味暗恋》

---

① 人民日报社评论部:《论学习贯彻习近平总书记新闻舆论工作座谈会重要讲话精神》,人民出版社 2016 年版,第 1 页。

② 欧阳友权:《网络文学亟待建立自己的评价体系和标准》,《社会科学辑刊》2022年第 2 期。

（竹已）、《庶女攻略》（吱吱）、《元龙》（任怨）、《长夜难明》（紫金陈）；（3）"海外影响力榜"，包括《诡秘之主》（爱潜水的乌贼）、《元尊》（天蚕土豆）、《妖神记》（发飙的蜗牛）、《超神机械师》（齐佩甲）。① 从"中国网络文学影响力榜"及其"网络小说影响力榜""IP改编影响力榜""海外影响力榜"三个分榜来看，影响力事实上已成为官方认可、社会认同的评价要素与标准之一。

再如2023年3月发布的"2021年中国网络文学影响力榜"，从艺术价值、经济效益、社会影响力、未来潜力等维度进行综合考量，推出了"网络小说榜""IP影响榜""海外传播榜""新人榜"四大榜单，共有30部网络文学作品和10位新人作家上榜。四大榜单具体如下：（1）"网络小说榜"，包括《生命之巅》（麦苏）、《铁骨铮铮》（我本疯狂）、《三万里河东入海》（何常在）、《热望之上》（蒋离子）、《先河一号》（银月光华）、《星辰与灰烬》（野加凉）、《临渊行》（宅猪）、《这个人仙太过正经》（言归正传）、《砸锅卖铁去上学》（红刺北）、《不让江山》（知白）；（2）"IP影响榜"，包括《你是我的城池营垒》（沐清雨）、《赘婿》（愤怒的香蕉）、《半妖司藤》（尾鱼）、《雪中悍刀行》（烽火戏诸侯）、《君九龄》（希行）、《第一序列》（会说话的肘子）、《仵作娘子》（清闲丫头）、《星辰变》（我吃西红柿）、《斗破苍穹》（天蚕土豆）、《混沌剑神》（心星逍遥）；（3）"海外传播榜"，包括《惜花芷》（空留）、《驭鲛记》（九鹭非香）、《我的蓝桥》（蓬莱客）、《超级神基因》（十二翼黑暗炽天使）、《冬有暖阳夏有糖》（童童）、《许你万丈光芒好》（囧囧有妖）、《抱歉我拿的是女主剧本》（百香蜜）、《长安第一美人》（发达的泪腺）、《九星霸体诀》（平凡魔术师）、《重启之极海听雷》（南派三叔）；（4）"新人榜"，包括刘金龙、耳东兔子、三九音域、柳翠虎、一路烦花、轻泉流响、伪戒、我会修空调、纯洁滴小龙、晨星LL。② 从整体上看，"2021年中国网络文学影响力榜"尽管有多种维度考量，如题材、质量、导向等，但影响

---

① 《中国网络文学影响力榜（2020年度）发布》，https://baijiahao.baidu.com/s？id=1711113881589693500&wfr=spider&for=pc。

② 《中国网络文学影响力榜（2021年度）在长沙揭晓》，http://wap.hnswl.cn/content/646747/94/12395224.html。

力作为一种综合评价尺度却尤其被看重和推崇。

　　当然,网络文学的影响力不仅仅在于可以量化的数据,还表现在打破陈规,拥抱新事物、新思维和新的想象力。那些具有创造力、创新性、开拓性的优秀作品,其影响力未必能从月票榜单、IP 影响榜单等得到佐证,但是它们的示范性、导引性、类型性、先锋性等却不容忽视、不容低估。换言之,这些网络文学作品一开始未必有巨大的点击量、粉丝数,也未必受资本的青睐,在 IP 产业开发上绩效未必理想,也未必是现象级的爆款,但是它们呈现出的想象空间和情感模式的创新性,为网络文学的"某流"提供范本和摹本、源头和基因,为网络文学的生生不息提供生长点和基准点。所以,从这个角度来讲,"创新"指向网络文学持续发展的可能性,理应成为影响力的构成要素。

| 第二章 |

网络文学的"合法化"与评价体系建构

纵观中国网络文学 20 多年发展史,确实存在一个网络文学由"事实性在场"到"合法性进场"的线性进程。假如我们把痞子蔡(蔡智恒)在 1998 年发表《第一次的亲密接触》视为网络文学的首次登场亮相,或者说网络文学"事实性在场"的肇始的话,那么,迄今为止,网络文学已经走过了 20 多年的历程。20 多年间,网络文学从无到有,从小到大,从弱到强,从小量到海量,从野蛮生长到一路高歌再到突飞猛进,从文坛"丑小鸭"变成"天鹅",甚至已经与传统纸质文学平分天下。或者说,如果仅从作者数量、作品数量、粉丝数量、产业价值等维度考量的话,那网络文学在 21 世纪的文学领域中可以说占据了"半壁江山"。虽说"存在就是合理的",但是对于网络文学的"合法性"命名,或者说对于什么是网络文学、网络文学是什么,有着"命名焦虑"与"命名质疑"的论调丛生,赞成者有之,质疑者有之,反对者有之。

一、转变:从"网络上的文学"到"网络性的文学"

最初,网络文学是指"网络上的文学",或者说,是"网络+文学"。这一命名从根本上看,强调的是网络文学的传播媒介,而非其独特的属性与特性。公允地讲,将网络文学解释为"网络上的文学",这是面对一种新型文学形态时人们所共有的一种无措与无奈,在当初并无太多不妥,还是可以勉强接受的权宜命名。毕竟在传统纸质文学与网络文学界限森严、泾渭分明、等级悬殊的文化语境下,加之人们对网络文学缺乏深度认知,以及对传统纸质文学的膜拜与固守,对于两者的异质性,人们首先看到的是两者在发布平台与传播阵地上的不同。但是,随着网络文学野火燎原般的迅猛发展,"网络上的文学"或"网络+文学"的联合式命名,就像一件儿童的衣服对于成人不再合身一样,显得特别不合时宜,特别局促偏狭。这样,网络文学的野蛮成长迅速地撑破了这一命名本身的内涵,或者说,边界的移动与跨界的行动,让网络文学的命名转进为"网络-文学"的偏正式命名。在这里,网络文学指的就是网络上具有网络性的文学。"网络"作为一个修饰语限定了"文学"的能指与所指,这样网络文学就成了文学大家族中有鲜明特色的类型与样式。具体地说,作为一种概念的网络文学,在被文学社会普遍接受的进程中,不再指向传播媒介,而是指向文学类型、文学形态。换言之,网络文学从"网络上的文学"向"网络性的文学"转变。在这里,"网络性"(或网生性)尤其关键,既有公认的确定性,也有存在异议的非确定性,以及自身所蕴含的自由性、民主性、开放性、交互性、娱乐性等。当然,任何试图廓清"什么样的文学是网络文学"及"网络文学是什么"的努力都难免有不周全的遗憾,毕竟从文学发展的角度来看,没有一成不变的文学,也没有一成不变的本质。对本质的追问终究是徒劳的,我们需要的不是脆弱的文学本质论,而是与时俱进的文学属性论。所以,任何时候都不宜对网络文学进行绝对的本质主义界定,毕竟随着网络文学的不断发展,网络文学的内涵与外延将不断拓展,能指与所指也将不断变化。网络文学今天是这样的,明天也许就会是那样的,毕竟唯有流动的文学、嬗变的文学、创新的文学才是不死的文学。虽说"文学的边界是移动的"(陶东风语),但是,无论如何我们依然需要一个约略的、大致的、模糊的边界。就网络文学与传统纸质文学而言,边界必须要有,混为一谈不利于两者的个性化发展。只是这个边界是类型学意义上的边界,而非媒介学意义上的边界。

事实上,关于网络文学的命名还是争议不断的。痞子蔡在《网络文学和我》中说:"如果只要发表在网络上的都算网络小说,那么万一曹雪芹复活,把《红楼梦》贴在网上,《红楼梦》就是网络小说了吗?"他认为还是要等到网络文学更多元化之后,再来界定它为好,"如果现在一定要一个定义,那应该是在网络时代出生的写手在网络上发表的作品,暂时被简称为网络文学"。[①]邢育森认为:"网络文学不仅仅是局限于描写网络的文学,而是一种以网络为媒体进行出版和传播的文学。"并指出了网络文学与传统文学的差异主要在于以下几个方面。其一,文体风格。由于网络文学是通过计算机上网阅读的,因此,它节奏明快,情节动人,语言简练,风格独特。其二,读者对象。网络文学面向那些经常上网的青年男女,因此,它是更贴近年轻一代的文学,是更能引起他们共鸣与认可的文学。其三,流通机制。网络文学流通相对宽泛,更公平,更快捷。其四,文学水平。网络文学由于没有专业培养、竞争压力和名利报酬,产生不了传统文学意义上的经典名作,承担不了传统文学所应有的社会角色和时代使命。其五,创作队伍。网络文学的创作队伍是那些经常上网的青年男女,有着强烈的平民化、世俗化与民间化倾向,打破了文学精英对话语权的垄断,以一种类似于民间文学的方式树立了自己的形象。其六,发展方向。网络文学在将来会成为文学流通的主要方式。读者进行付费阅读,作者也获得稿酬,网络文学将步入正轨。[②] 所以,邢育森把网络原创文学的宗旨归纳为"自由、真空和开放"[③],笨狸(又称 Banly,真名张震阳)把网络文学的特点归纳为"自由灵动和生动幽默"[④],安妮宝贝认为网络写作是"灵魂选择的方式,它好像是黑暗中的一场幻觉"[⑤],李寻欢则把

---

①　痞子蔡:《网络文学和我》,转引自吴晓明《网络文学创作述论》,《湛江师范学院学报(哲学社会科学版)》2000 年第 4 期。

②　邢育森:《我看网络文学》,《网络报·大众版》2002 年 1 月 3 日。

③　邢育森:《新地下文学宗旨》,《互联网周刊》1999 年 11 月 22 日。

④　Banly:《撩开网络文学面纱》,《信息产业报》1998 年 11 月 9 日、16 日。

⑤　邢育森:《网络文学的生机与希望》,《文学报》2000 年 2 月 17 日。

网络写作的精神内涵概括为"自由,不仅是写作的自由,而且是自由地写作;平等,网络不相信权威,也没有权威,每个人都有平等表达自己的权利;非功利性,写作的目的是纯粹表达而没有经济或名利的目的;真实,没有特定目的的自由写作会更接近生活和情感的真实"①。

但是,认为网络文学是一个难以成立的假命题、伪概念的也大有人在。李敬泽认为:"文学产生于心灵,而不是产生于网络,我们现在面对的特殊问题不过是,网络在一种惊人的自我陶醉的幻觉中被当作了心灵的内容和形式,所以才有了那个'网络文学'。"②李洁非认为,"网络文学"并不成立,应该叫"网络写作"更合适。③ 余华认为,传播方式的不同,构不成文学的本质区别。④ 朱威廉认为:"网络文学就是新时代的大众文学。"⑤吴俊指出,文学"取决于它自身的叙述和表现,同其物化的载体(媒介)形式——不管是纸质书刊还是电脑网络——并无必然联系"⑥。阿来指出:"互联网只是一种媒介,但直接以网络文学命名,包含了一种盲目的技术崇拜。"网络文学貌似很新,但骨子里是很旧的东西,所谓霸道总裁、宠妃这些题材,与传统文化中的至善至美正完全相反。⑦

围绕着网络文学有三个值得关注的标志性文学事件。一是"体制内作家的悲惨时代"与"网络文学的黄金时代"的同时代对比。2006 年,作为体制内的作家,洪峰在街边以"作家乞讨"的行为艺术向当地文化局讨要拖欠的工资,这透出了"体制内作家的悲惨时代"的迫近。与此相反,体制外的网络作家却在"写小说,挣大钱",分享着"网络文学的黄金时代"。2009 年,《南方

---

① 邢育森:《网络文学的生机与希望》,《文学报》2000 年 2 月 17 日。
② 李敬泽:《"网络文学":要点和疑问》,《文学报》2000 年 4 月 20 日。
③ 李洁非:《Free 与网络写作》,《文学报》2000 年 4 月 20 日。
④ 余华:《网络和文学》,《作家》2000 年第 5 期。
⑤ 朱威廉:《文学发展的肥沃土壤》,《文学报》2000 年 2 月 17 日。
⑥ 吴俊:《网络文学:技术和商业的双驾车》,《上海文学》2000 年第 5 期。
⑦ 王一平:《阿来:网络文学的命名,包含了盲目的技术崇拜》,https://www.sohu.com/a/353816620_114988。

人物周刊》做了一个专题《网络文学的黄金时代——写小说,挣大钱》,专访天下霸唱、当年明月、孔二狗、血红、慕容雪村、赫连勃勃大王等当红网络作家,这透出了"网络文学的黄金时代"的到来。两起事件形成鲜明对比,即体制内作家"没工资"与体制外作家"挣大钱",传统文学的式微与网络文学的勃兴,呈现出不同文学生产机制、不同文学群体、不同文学场域、不同文学世界的真实状况。二是轰动文坛的"韩白之争"。这是一场以"80后"作家韩寒和著名评论家白烨为中心展开的论战,导火线是著名评论家白烨曾经断言:"'80后'作家写的东西还不能算是文学,只能算是玩票。"白烨的依据就是"他们很少在文学杂志亮相,文坛对他们不了解,他们'进入了市场,尚未进入文坛'",并点名批评"80后"代表作家韩寒的作品"越来越和文学没有关系"。白烨的评论引发了韩寒的强烈反击,他在新浪博客上回应:"文学不文学,不由文坛说了算。文坛是个屁。"双方的论争迅速吸引了韩寒粉丝及一大批文化名人的围观,随后双方"亲友团"的互掐则更将这场文学论争演变成一场文化混战。归根结底,"韩白之争"的焦点在于双方对于"什么是文学""文学的标准是什么""文学与文学杂志的关系""文坛是什么""文坛的标准是什么""市场与文坛的关系"等问题有各自不同的认知、判断、标准、坚守,对彼此的文学观、文坛观、审美观、价值观不认同。这样不在同一个频道、同一个基点的论争只能是"鸡同鸭讲""对牛弹琴",谁也说服不了谁。三是陶东风与萧鼎(张戬)的"装神弄鬼之争"。2006年6月,著名学者陶东风在新浪博客发文《中国文学已进入装神弄鬼时代》,以萧鼎的《诛仙》为例说明当下玄幻文学不同于传统武侠小说的最大特点是"专擅装神弄鬼",从而引发《诛仙》铁杆粉丝的诸多不满。两天后,萧鼎在新浪博客发表回应文章《究竟是谁在装神弄鬼?——回陶东风教授》,称"我的书,原也不是因为要给教授看完给予评语并获得所谓认可而写的",随即对陶东风的标题和观点进行了针对性反驳:"先别说代表那大过天的中国文学,在我看来,《诛仙》只是一部得到许多朋友喜爱的作品而已。""陶教授在这篇文章中有许多我不敢认同的言辞,若是默不作声,我自己倒还罢了,但是以陶教授的意思,却是看这些书的读者们的所谓价值观、道德观也有问题了……"萧鼎最后说:"装神弄鬼四字,我当不起,哗众取宠,窃为先生不值。这四个字,还是原封奉还罢!"概言之,陶东风与萧鼎的"装神弄鬼之争"的焦点在于,作为网络文学主要类型的玄幻小说是不是文学、有没有价值,以及文学可否书写神鬼故事、读者认同与追捧是否是衡量玄幻小说的第一标准等。

　　对此,李灵灵认为:"这些争论显示了不同的文学审美评判标准和文学观念的冲突,特别是主流文学批评家、研究者和新生的原创网络文学群落之间的文化冲突。中国当下文学不再是铁板一块了,一种令主流文学圈'望而生畏'的力量正在兴起——'粉丝文化''粉丝经济'。"[①]事实上,在网络文学"合法化"的进程中,粉丝成了最有力的助力者与呐喊者。韩寒在"韩白之争"中"大获全胜"、萧鼎在"萧陶之争"中"占尽风头",皆缘于所谓"粉丝利器"。粉丝们非理性的偏执、蜂拥而上的"口水",让白烨、陶东风等不得不关闭博客。从另一个角度来讲,像白烨、陶东风等传统批评家、学院派研究者的"止言撤退",本质上诚然是一种无奈的默认。换言之,那就是作为一种事实性存在的网络文学已无法被忽视,也难以被否认。传统难续、主流不再,所谓"无可奈何花落去,似曾相识燕归来",文学从广义的文学到狭义的文学再到泛文学,从传统文学到现代文学再到当代文学,文学本来就是约定俗成的,而不是一成不变的。所谓"一代有一代之文学",网络文学就是网络时代的文学。当更多的读者尤其是粉丝高度认同甚至疯狂追捧网络文学时,纵使是白烨、陶东风这样的纯文学的坚守者、卫道者,也难以阻挡网络文学的枝繁叶茂。

二、嬗变:从"非法偷生"到"合法共生"

　　中国网络文学从"玩票"起步闯入文学场域,使当代文坛发生了格局演

---

　　①　李灵灵:《新媒体与中国网络文学》,东南大学出版社 2020 年版,第 5 页。

变,套用邵燕君的话来说就是形成了"倾斜的文学场"。这中间有三个代表性的说法。一是白烨的"三分天下说"。早在 2010 年,白烨就提出了"三分天下"的观点,他在《中国文情报告(2009—2010)》一书中指出:"新世纪文学在新的变异中逐步形成新的格局,对此人们有各种各样的概括与描述,我的'三分天下',即以文学期刊为主导的传统型文学、以商业出版为依托的市场化文学(或大众文学)和以网络媒介为平台的新媒体文学(或网络文学)的'三足鼎立'的观察与看法,现在看来,已是越来越确定也越来越明晰的一个现实存在。"①从白烨的论述中,在 21 世纪的文学场域,"三足鼎立"是一种"现实存在",而网络文学是"三分天下"有其一的"事实性存在"。二是王晓明的"六分天下说"。对于 21 世纪中国文坛的动态与趋向,王晓明曾在《六分天下:今天的中国文学》一文中指出,当时中国的文学版图可以划分为六块,分别是严肃文学(纯文学)、新资本主义文学、反抗的文学、网络文学、短信文学和博客文学。② 前三者是纸面文学的代表,后三者是网络文学的代表。王晓明指出,文学地图的巨变背后,尤其是网络文学的迅猛膨胀、急剧分化,以及纸面文学的快速重构、领地重分,是社会结构、科技条件、政治/经济/文化机制及其相互关系的结果。在新的文学变局和文学格局之下,轻视网络文学的强势崛起,忽视网络文学与纸质印刷文学的"合法共生",那只能是"自欺欺人"或"一叶障目"。三是欧阳友权、黄鸣奋、邵燕君、张邦卫等主张的"鼎足三分说"。从"三分天下说"到"鼎足三分说",虽说都是"三分",但"三分"的确指却发生了变化,从传统型文学、市场化文学、新媒体文学的"三分"变成了严肃文学、畅销书文学、网络文学的"三分"。尤其是将新媒体文学具化为网络文学,所指为网络类型小说、自媒体文学、跨媒体平台的文学存在等在网络上发布的具有网络性(或网生性)的文学,这是值得肯定的。

---

① 白烨主编:《中国文情报告(2009—2010)》,社会科学文献出版社 2010 年版,第 6 页。

② 王晓明:《六分天下:今天的中国文学》,《文学评论》2011 年第 5 期。

纵观 21 世纪中国文学版图和文坛格局,传统主流文学(严肃文学或纯文学)在受到市场化文学(大众文学、畅销书文学)的冲击之后,再次受到网络文学的强势冲击,从而出现版图重分和格局重演。于是乎,传统主流文学(严肃文学或纯文学)一统天下的时代已经一去不复返,取而代之的是"天下三分"或曰"鼎足而三"的时代。这样,"一分为三"的 21 世纪文坛改变了当下文学的运作方式,包括文学的生产方式、传播方式、消费方式以及附魅方式。对此,笔者在《媒体化语境下新世纪文学的转型研究》一书中有所解释:一是改变了文学生产途径,人们不必获得作家身份也可以自由写作;二是改变了文学传播途径,人们不必经过审批也可以自由发表作品;三是改变了文学的认证标准,作家作品不必通过文坛体认也能获得文学声誉;四是颠覆了以往的文学观念,文学出现了有目共睹的"泛化"。① 当然,在"一分为三"的 21 世纪文坛,传统主流文学依然占据要津与优势,但绝对不是"一家独大""一花独放""一枝独秀",而是三者"共生共荣""互联互通",更是"各有千秋""各擅胜场"。对此,白烨明确认为:"传统文学依然有影响,有活力,这自不待言,但影响在缩小,活力不及别的新兴板块,却是一个事实。传统文学不是一切都好,新兴文学也不是一切都坏,两个方面都需要互相学习长处,弥补短处,以适应新的读者、新的环境、新的时代。如何在挑战中寻求新的机遇,在坚守中独得新的成长,或者说进而增强应变的积极性与主动性,这已是一个必然面对的严峻问题。"② 在这里,白烨所说的"新兴板块"与"新兴文学",很明显指的就是市场化文学与网络文学。从某种角度来说,网络文学的占比与分量较之市场化文学可能更多、更重。

---

① 张邦卫:《媒体化语境下新世纪文学的转型研究》,中国社会科学出版社 2017 年版,第 15—16 页。
② 白烨主编:《中国文情报告(2009—2010)》,社会科学文献出版社 2010 年版,第 5 页。

三、迭变:从"被污名"到"自正名"

在中国网络文学 20 多年的发展进程中,对网络文学的质疑总是接连不断,且在网络文学肇始之时尤其强烈。一大批有话语权的批评家和作家认为,网络文学是一个难以成立的假命题、伪概念。批评家李敬泽就曾经质疑网络文学本身能否存在、网络文学命名能否成立,当然他后来改变了,从一个网络文学的质疑者转变为支持者。李敬泽曾经认为,网络文学只不过是文学借助了网络在新的狂欢场上拉起了一面"私人写作"的旗帜,是网络写手的私人日记本,这与作为公共场合的网络的公共性是相悖的。李敬泽指出:"文学产生于心灵,而不是产生于网络,我们现在面对的特殊问题不过是,网络在一种惊人的自我陶醉的幻觉中被当作了心灵的内容和形式,所以才有了那个'网络文学'。"[①]批评家南帆对网络革命能够诱发文学革命提出了他的怀疑。南帆认为,一些人将网络空间形容为"后纸张"时代的书写与传播工具,强调网络的强势介入将大力革新现有的经济、社会、文化形式,那么,对于文学来说,网络技术革命是否诱发了真正艺术革命的契机?[②]透过南帆的含蓄话语可知,他对网络革命诱发文学革命是持怀疑态度的。除此之外,一批专注于传统文学的学者也对网络文学持否定性判断,他们认为,网络文学缺乏终极关怀,是一种快餐文化、大众游戏,一些所谓"网络原创文学"充斥着写作的随意化、语言的粗鄙化等负面文化因素,这对于汉语言的审美化表达和年轻一代的汉语言修养会造成伤害。他们甚至还认为,文学需要精品,文学史需要经典,但网络文学的快餐化写作、商业化写作、粉丝化写作却难以为文学的厚重、文学史的延展提供精品和经典。更有甚者,榕树下网站创始人朱威廉也不敢标举网络文学,而是强调"网络文学就是新时代

---

① 李敬泽:《"网络文学":要点和疑问》,《文学报》2000 年 4 月 20 日。
② 南帆:《双重视域　五种形象》,福建教育出版社 2016 年版,第 226—227 页。

的大众文学",这是十分吊诡的事。事实上,当时朱威廉主政的榕树下网站聚集了一大批知名的网络作家,如李寻欢、邢育森、安妮宝贝、今何在等。

尽管如此,网络文学的历史性与现实性的"在场"却是不容否认的事实,它的"在场确证"正在舒缓这种"命名焦虑"与"身份纠纷"。或者说,网络文学以不可争辩的"在场"与"崛起"回应了种种质疑与鄙夷。但时至今日,学界对中国网络文学的起源仍有争论。按贺予飞《中国网络文学起源说的质疑与辨正》一文所述,主要有四类代表性的观点:一是代表作起源说,主要是以 1998 年痞子蔡的《第一次的亲密接触》和 1997 年罗森的《风姿物语》为起点的代表作判别之争;二是事件影响起源说,是研究者根据《第一次的亲密接触》引发的创作热现象以及 2008 年"网络文学 10 年盘点"、2018 年"中国网络文学 20 年 20 部优秀作品"评选等事件产生的广泛影响而进行的回溯性认定;三是平台功效起源说,具体是由 1997 年创建的榕树下网站、1998 年创立的黄金书屋与 1996 年开设的金庸客栈三家平台所产生的不同功效而进行的起源判定之争;四是"网生"起源说,主要基于互联网技术基础与文学制度而诞生的华文网络文学作为中国网络文学的起点标志。[①] 按代表作溯源的话,中国网络文学起源于 1997 年或 1998 年;按事件影响溯源的话,中国网络文学起源于 1998 年;按平台功效溯源的话,中国网络文学起源于 1996 年或 1997 年或 1998 年;按"网生"溯源的话,中国网络文学起源于 1991 年。但是,无论是以起源最早的 1991 年还是得到普遍认同的 1998 年来审视,中国网络文学发展史的长度与厚度都是可观的,至少我们可以概括为"中国网络文学 20 年"或"中国网络文学 30 年"。如果按照"中国网络文学 30 年"来梳理网络文学的生命演化路径,那么中国网络文学可以分以下四个阶段:一是自生阶段(1991—1996),作品型发展路径;二是扩展阶段(1997—2007),平台型发展路径;三是引领阶段(2008—2013),产业链型发展阶段;四是自我

---

① 　贺予飞:《中国网络文学起源说的质疑与辨正》,《南方文坛》2022 年第 1 期。

更新阶段(2014—2022),生态型发展路径。① 对此,贺予飞明确指出:"网络文学不是单一的作品层、现象层、组织层能够概括完整的,它是一个多元化的生态系统……实际上,网络文学的作品型、平台型、产业链型、生态型发展路径是网络文学沿'点—面—圈—系统'不断进化的生命演变史。"②

"中国网络文学20年"或"中国网络文学30年"的生命演变,从某种角度来说是网络文学对其"被污名"的倔强抵抗,同时也是其"自正名"的坚强建构。毕竟没有一成不变的文学,也不可能有一成不变和"放之四海而皆准"的标准,文学的身份、地位、性质、作用等都是不断变化的。用固定的文学观念去套用新出现的网络文学,这既不合适,也不科学,从某种角度来说,就是削足适履和机械呆板。如果我们认同"什么是文学"或"文学是什么"的命题是一个不断漂移的所指,那么,我们就应该对网络文学的命题持开放包容的态度。正如欧阳友权所指出的:"以史学眼光看,人类的文学史可以说是媒介变迁、载体延伸的传播史,文学存在方式的每一次变迁都与特定的媒介载体和传播技术的进步相关联。在互联网出现之前,人类的文学经历了'口头文学'和'书写文学'两个阶段,计算机网络的出现,使文学走进了数字媒介语境下的'网络文学'阶段,从而形成了媒介传播技术下的文学'三部曲':口头文学—书写文学—网络文学。"③也就是说,作为一种文学新形态的网络文学,它既依附于网络媒介,又寄生于网络媒介,还勃兴于网络媒介,甚至受制于网络媒介,可以说,网络媒介是网络文学的生存空间和基本底色。事实上,欧阳友权的《网络文学概论》《网络文学论纲》、黄鸣奋的《超文本诗学》、马季的《读屏时代的写作——网络文学10年史》等都传递出一个共同的观点,即网络文学是一种用电脑创作、在互联网上传播、供网络用户浏览或参与的新型文学样式。这一定义包含三层意思:第一,网络文学是借助计算机

---

①　贺予飞:《中国网络文学起源说的质疑与辨正》,《南方文坛》2022年第1期。

②　贺予飞:《中国网络文学起源说的质疑与辨正》,《南方文坛》2022年第1期。

③　欧阳友权:《网络文学概论》,北京大学出版社2008年版,第4页。

网络形成的一种新的文学形态,它可以体现人与赛博空间(cyberspace)的虚拟审美关系,也可以写网络生活,但无论写什么,都必须是借助电脑完成的原创之作;第二,网络文学应该是在互联网上首次发表的,"印刷文学电子化"不能算是网络文学;第三,网络文学应该是为网络受众即广大网民创作的,读者需要在网上浏览或欣赏,并可能形成网民之间的互动,网络就是这种文学生动鲜活的生存空间。①

网络文学是网络技术与文学联姻、碰撞的结果,这是另一种意义的"文学＋网络",网络化的存在方式使其具有不同于传统纸质文学的新形态、新样式。与传统文学相比,网络文学的异质性有六点表现:一是媒介载体不同,传统文学是纸质印刷作品,而网络文学的载体是网络;二是文本形态不同,传统文学是物态化的作品,而网络文学是数字化的作品;三是主体身份不同,传统文学的主体更多是知识精英,而网络文学的主体更多是普通网民;四是创作模式不同,传统文学主要是个人化、精英化的写作,而网络文学主要是集体化、大众化的写作;五是传播方式不同,传统文学主要是一维传播、作品传播,而网络文学主要是多维传播、事件传播、影视传播、产业传播等;六是功能价值不同,传统文学的价值主要是真实性、精神性、审美性、教育性,而网络文学的价值主要是虚拟性、商业性、娱乐性。

从整体属性和根本性质来看,网络文学虽然赓续了中国通俗文学、民间文学的传统,但它是一种让文学回归大众的"新民间文学""新大众文学",它既有属于网络虚拟世界的自由性、大众性、娱乐性,又有属于后现代主义的文化逻辑。这其实也是网络文学区别于传统文学的主要特征。事实上,关于网络文学的特征还有许多不同的表述,它们都抓住了网络文学的某一个特性而加以彰显和命名,如大众文学、个人文学、私人文学、涂鸦文学、速度文学、共享文学、键盘文学、指头文学、产业文学、粉丝文学、新娱乐文学等。所有这些命名都从不同的维度概括了网络文学的个性化存在与个性化特

---

① 欧阳友权:《网络文学概论》,北京大学出版社2008年版,第4页。

质。一般而言,网络文学的基本特征被广泛认可的有以下三点。

一是"新民间文学"精神。以《迷失在网络中的爱情》而出名的网络作家李寻欢(路金波)曾经认为:"网络文学的精神内涵是隶属于网络而不是文学的,它于文学的最大意义是使文学重回民间。"①"使文学重回民间",这是网络文学最大的意义,这既是一种赓续,也是一种回归,更是一种在网络时代的突破。也就是说,文学可以穿透知识权威、技术官僚的层层壁垒抵达底层民众、社会边缘。具体地说,网络文学的"新民间性""新民间精神"可以从语言向度、文学空间、"粗口秀"式的叙事方式、"大众狂欢"式的阅读方式、趋零距离与削平深度的价值维度、抵制崇高的精神姿态等方面得到体现。由此可见,网络文学是一种"新民间写作",是一种网络时代的"新民间文学",它的"民间性根基"就在于平等、开放、自由、民主的网络空间对底层民众的接纳与安置。

二是虚拟世界的自由性。欧阳友权认为:"网络文学最核心的人文本性就在于它的自由性,网络的自由性为人类艺术审美的自由精神提供了新的家园。"②网络文学的自由性源自网络的自由性,表现在网络写手的自由表达与发言中,表现为"我是网虫我怕谁"的去权威与去精英意识,以及在文本中酣畅淋漓的言说与率性而为的评论;同时表现在网络文学运行的自由机制上,如审查制度的放宽、写作机制的开放、评论机制的互动、传播机制的多元等。欧阳友权在《网络文学的本体追问与意义体认》一文中分析了网络文学表征自由精神的四种方式:网络写作的非功利性形成了创作动机的自由;网络写作的匿名性特点提供了虚拟身份的自由;网络传播技术为网民提供了发布作品的自由;网络的交互性特征还为文学网民创造了交往的自由。③ 所以,李衍柱认为:"网络文学是通向自由、民主理想境界的艺术形式。自由是

<hr />

① 李寻欢:《我的网络文学观》,http://all.163.com/culture/city/huigu4/wangluo03.html。

② 欧阳友权:《网络文学自由本性的学理表征》,《理论与创作》2003 年第 5 期。

③ 欧阳友权:《网络文学的本体追问与意义体认》,《文艺理论研究》2007 年第 1 期。

审美活动的本质,也是文学的本质。网络文学与人类社会已出现的各种文学形式相比,它是最自由、最民主的文学。"①

三是后现代文化特征。从理论上说,后现代主义的文化逻辑总是力图打破传统的逻各斯中心主义,以及"中心性""整体性""神圣性"等观念。后现代主义一边主张反乌托邦、反形而上、反神圣性、反本质主义、反基础主义、反决定论、反体系性、反整体性、反确定性,一边主张多元主义、多边主义、世俗化、偶然性、去中心、个别性、话语延宕、庸常叙事、颠覆权威、抛弃规则等。著名学者王岳川就说过:"后现代文化氛围下的文艺与美学,无一不打上后现代的时代烙印……艺术感知模式的支离破碎、艺术感性魅力的丧失,先锋的革命性和艺术家的风格性的消逝,使艺术一步步成为非艺术和反艺术,审美成为'审丑'。艺术不再具有'超越性',艺术成为适应性和沉沦性的代名词。艺术等同于生活,生活成为后现代人无底的艺术棋盘。"②如此,存在于"后现代文化氛围下"的网络文学又有着怎样的后现代文化特征呢?按照欧阳友权的观点,我们可以将之概括为以下五点:一是历史理性的颠覆;二是深度模式的削平;三是反对威权主义,拒斥中心话语;四是主体的零散化;五是距离感的消失。③ 可见,网络文学有着解不开的后现代情结,有着化不开的后现代话语,有着抹不去的后现代精神,有着拆不去的后现代逻辑。

四、蜕变:从"圈外游移"到"圈内列席"

如果我们把主流文坛或体制内文坛视为一个"圈"或者传统意义上的一个"合法圈",那么中国网络文学在 20 多年的"合法化"进程中确实存在

---

① 李衍柱:《网络文学:通向自由理想境界的艺术形式》,《求是学刊》2005 年第 1 期。

② 王岳川:《当代西方美学主潮》,黄山书社 2017 年版,第 220 页。

③ 欧阳友权:《网络文学概论》,北京大学出版社 2008 年版,第 119—124 页。

着从"圈外游移"到"圈内列席"的变化。从整体上说,网络文学在数量上完全可以用"海量"来形容;在质量上虽然良莠不齐、良少莠多,或者说存在所谓"大而不强、丰而不富、多而不优、快而不稳"的现象,但还是有一大批质量好、水平高的作品得到了主流文坛或体制内文坛的认可和接纳,当然这是一个渐次推进的"合法化"进程。这至少可以从两个方面得到确证:一是网络文学作品参评体制内权威文学大奖,这是"作品入圈"或"作品合法化";二是网络文学作家参加中国作家协会,这是"作家入圈"或"作家合法化"。

(一)网络文学作品参评体制内权威文学大奖

在当代中国,国家级的权威文学大奖有五个,分别是茅盾文学奖、鲁迅文学奖、中国出版政府奖图书奖、中华优秀出版物奖图书奖、"五个一工程"奖。按照法国著名理论家皮埃尔·布迪厄的观点,文学评奖是文学作品获得象征资本的主要途径。这样,从某种角度来说,网络文学作品参评被主流文坛"把持"着的文学奖项,其实就是一种"合法化"身份的默认或确认。最早向网络文学张开双臂的国家级大奖是鲁迅文学奖。2010 年第五届鲁迅文学奖向网络文学开放,就有一部网络小说《网逝》(文雨)入围参评,虽最终与大奖擦肩而过,但对网络文学的"合法化"而言却是弥足珍贵的。继鲁迅文学奖之后,茅盾文学奖也向网络文学开放。在 2011 年第八届茅盾文学奖评选之前,新修订的《茅盾文学奖评奖条例》首次注明:将向持有互联网出版许可证的重点文学网站等征集参评作品。这意味着网络文学得到资格化授权和"合法化"默认,被看成是主流文学对网络文学的接纳。此次参评的网络文学作品有 7 部,分别是:新浪网推荐的《成长》《遍地狼烟》《青果》,起点中文网推荐的《从呼吸到呻吟》《国家脊梁》《办公室风声》,中文在线网推荐的《刀子嘴与金凤凰》。在这 7 部网络文学作品中,只有《遍地狼烟》通过第一轮投票,但其在第二轮投票中被淘汰。这一结果也被网友们视为茅盾文学奖对网络文学的"明迎暗拒"。网友们认为主流文坛实际上仍然歧视、排斥网络文学作品,对网络文学作品仍然存在一定的偏见。尽管如此,单就网络文学的"合法化"而言,茅盾文学奖的"明迎"还是值得肯定的,毕竟作为全国长篇小说最高荣誉的茅盾文学奖敞开胸怀欢迎网络文学作品参评,这既是中国作协对网络文学的态度,也是中国网络文学的一大盛事。在 2015 年第九届茅盾文学奖评选之际,晋江文学城、半壁江中文网、中文在线三家文学网站共推荐了 5 部网络文学作品参评,包括疯丢子的《战起 1938》、却却的《战长沙》、张巍的《太太万岁》、尚建国的《文化商人》和欧阳乾的《江湖凶猛》。这 5 部网络文学作品最后都没有入围第九届茅盾文学奖提名名单。对此,晋江文学城总裁办总监胡慧娟在接受媒体采访时表示,社会对网络文学有一些固有认知或偏见,但能参加茅盾文学奖评选,其实是对网络文学网站和作者的一种极大的肯定和鼓励。在 2019 年第十届茅盾文学奖评选之际,有红袖添香、潇湘书院、纵横中文网、晋江文学城、创世中文网、云起书院、半壁江中文网、小说阅读网、江山文学网、大佳网等文学网站推荐的 17 部网络文学作品参评,包括《盛世医妃》(凤轻)、《写给鼹鼠先生的情书》(吉祥夜)、《二胎囧爸》(李开云)、《神藏》(打眼)、《燕云台》(蒋胜男)、《乌云遇皎月》(丁墨)、《永远的纯真年代》(董江波)、《青果青》(古筝)、《请叫我总监》(红九)、《总有一天你会喜欢我》(囧囧有妖)、《冠军之心》(林海听涛)、《孤王寡女》(妙锦)、《大西院》(魏海龙)、《明月度关山》(舞清影)、《青春制暖》(西子情)、《完美守护养成记》(萧西)、《他看见你的声音》(殷寻)等。① 对此,中国作家协会网络文学委员会主任陈崎嵘认为,从公布的第十届茅盾文学奖的 234 部参评作品来看,"网络文学参评作品明显增多,且多为现实题材。这也说明网络文学

---

① "17 部网络文学作品参评第十届茅盾文学奖",是作者根据《第十届茅盾文学奖参评作品目录》梳理出来的,主要依据是网站推荐、网络作家的事实性网络文学作品。但《234 部作品参评第十届茅盾文学奖:网络文学作品共 14 部》一文(https://www.sohu.com/a/314590158_99941658)却主张"14 部网络文学作品参评第十届茅盾文学奖"。这是因为该文没有将蒋胜男的《燕云台》、董江波的《永远的纯真年代》、魏海龙的《大西院》3 部网络文学作品计算在内。

作品的质量在提升、主流文坛的认可度在提高、社会影响力在逐步扩大"①。

参评茅盾文学奖的网络文学作品如表 2-1 所示。

表 2-1　网络文学作品参评茅盾文学奖情况简表

时间	作品与作家	数量/部
第八届（2011 年）	《成长》（王海鸰） 《遍地狼烟》（菜刀姓李） 《青果》（顾坚） 《从呼吸到呻吟》（郑彦英） 《国家脊梁》（关中土） 《办公室风声》（宋丽旦） 《刀子嘴与金凤凰》（容三惠）	7
第九届（2015 年）	《战起 1938》（疯丢子） 《战长沙》（却却） 《太太万岁》（张巍） 《文化商人》（尚建国） 《江湖凶猛》（欧阳乾）	5
第十届（2019 年）	《盛世医妃》（凤轻） 《写给鼹鼠先生的情书》（吉祥夜） 《二胎囧爸》（李开云） 《神藏》（打眼） 《燕云台》（蒋胜男） 《乌云遇皎月》（丁墨） 《永远的纯真年代》（董江波） 《青果青》（古筝） 《请叫我总监》（红九） 《总有一天你会喜欢我》（囧囧有妖） 《冠军之心》（林海听涛） 《孤王寡女》（姒锦） 《大西院》（魏海龙） 《明月度关山》（舞清影） 《青春制暖》（西子情） 《完美守护养成记》（萧西） 《他看见你的声音》（殷寻）	17

---

① 上官云：《234 部作品参评第十届茅奖：网络文学作品明显增多》，https://baijiahao. baidu. com/s? id＝1633584829416905935&wfr＝spider&for＝pc。

(二)网络文学作家参加中国作家协会

作为文学战线的领头羊,中国作家协会(以下或简称"中国作协")有着与生俱来的体制"合法性"。从某种角度来说,中国作协代表的是主流文坛,是主流中的主流,是主流中的核心,是主流中的旗帜。中国作协对网络文学的扶持和对网络作家的"收编",本质上是主流文坛对网络文学及网络作家的认可及"合法性"让渡。早在 2009 年,中国作协就成立了"全国网络文学重点园地联席会议"工作机构,定期召开由中国作家网、盛大文学、中文在线、新浪读书频道、搜狐读书频道等网络文学平台参加的联席会议,关注和引导网络文学创作。截至 2017 年 10 月,全国网络文学重点园地联席会议已举办 82 次。从 2009 年开始,中国作协旗下素有"作家摇篮"之称的鲁迅文学院陆续举办网络文学作家培训班、网络文学编辑培训班,加强了对网络作家、网络编辑的培养。截至 2017 年 9 月,鲁迅文学院网络文学作家培训班已举办 11 期。中国作协吸纳网络作家入会最早是在 2010 年,当年明月、唐家三少、月关(魏立军)等当红网络作家被吸纳为中国作协会员。至 2011 年,中国作协已吸收当年明月、唐家三少、笑看云起(萧婷婷)、月关、晴川、跳舞(陈彬)、酒徒(蒙虎)、烟雨江南、千里烟(董明侠)等 20 多名网络作家入会。其中唐家三少不仅参加了中国作协第八次全国作家代表大会,而且还当选了中国作协第八届全国委员会委员,成为第一位网络作家委员。2012 年,中国作协共吸纳了 13 名网络作家。2013 年,中国作协共吸纳了 16 名网络作家,包括流潋紫(吴雪岚)、桐华(任海燕)、唐欣恬等。2021 年,仅掌阅文学就有承九、风无极光、尼莫小鱼、平放、曲封、湘竹 MM 等 6 人加入中国作协。由此可见,中国作协敞开大门欢迎网络作家,事实上已摒弃了网络作家是"野路子""野百合"的陈旧观念,也表征网络作家越来越得主流文学界的认可,或者说从体制外走到了体制内,从"圈外游移"走向"圈内列席",换言之,"入会"即"入圈"。网络作家"入会",其实只是一个初始进阶,许多大神级网络作家在中国作协的旗帜下进一步获得了权力让渡的象征资本和话语权杖。在 2016 年中国作协第九届全国委员会委员中,有唐家三少、天蚕土豆(李虎)、蔡骏、阿菩(林俊敏)等 7 名网络作家;在 2021 年中国作协第十届全国委员会委员中,网络作家人数增加,共有 15 名网络作家委员,包括马伯庸、萧鼎、匪我思存(艾晶晶)、爱潜水的乌贼(袁野)、跳舞、蒋胜男等,其中唐家三少还是主席团委员。正如陈崎嵘所说的,"让更多网络作家加入作协,有利于改变作家的构成,对网络文学创作也是一个促进"①。网络作家纷纷加入中国作协,从某种角度上说,解决了网络作家的组织化问题,网络作家不再是一盘散沙、各自为战,而是聚集在中国作协的旗下,成为一支不可忽视的新生力量。传统文学与网络文学正呈现日益融合的趋势,对此马季认为:"中国作协也很支持这种趋势,因为网络文学与传统文学的目标是一致的,都是写出好的作品,所以以何种方式写作就显得不那么重要了。"②

在中国作家协会"收编"网络文学作家的进程中,有一些节点值得关注。一是中国作协主办中国网络文学论坛。第一届论坛于 2015 年 10 月 24 日在上海举行;第二届论坛于 2016 年 9 月 24 日在广东佛山举行;第三届论坛于 2017 年 4 月 11 日在江苏南京举行;第四届论坛于 2017 年 5 月 7 日在甘肃兰州举行;第五届论坛于 2018 年 9 月 5 日在四川成都举行;第六届论坛于 2020 年 8 月 21 日在内蒙古赤峰举行;第七届论坛于 2021 年 5 月 26 日在重庆举行。中国网络文学论坛如今已成为全国网络文学界层次最高、影响最大、最有权威性的全国性专业论坛。二是中国作协发布网络小说排行榜。从 2015 年开始,中国作协每年都进行网络小说的评选和网络小说排行榜的发布。最开始是发布季榜、半年榜和年榜,从 2016 年开始每年发布半年榜和年榜。每次的榜单都发布 20 部网络小说,即精品榜 10 部、新书榜 10 部(从 2016 年起改为完结榜 10 部、未完结榜 10 部)。三是中国作协网络文学中心

---

① 刘敏:《16 位网络作家有望加入中国作协,包括流潋紫桐华》,http://www.chinawriter.com.cn/news/2013/2013-07-05/166499.html。

② 刘敏:《16 位网络作家有望加入中国作协,包括流潋紫桐华》,http://www.chinawriter.com.cn/news/2013/2013-07-05/166499.html。

成立。中国作协网络文学中心于 2017 年 12 月在北京成立,为中国作协所属事业单位,在中国作协党组书记处领导下,主要负责网络作家联络服务、网络文学研究评论和管理引导、有关文学网站和社团组织及各级作协网络文学工作的沟通联络工作等。四是中国作协主办"中国网络文学周"。第一届"中国网络文学周"于 2018 年 5 月 16 日至 21 日在浙江杭州滨江白马湖举行,包括网络文学创作论坛、网络文学海外传播论坛、网络文学行业论坛、网络文学工作会议等。在文学周上,中国作协网络文学研究院发布了《中国网络文学蓝皮书(2017)》,同时还发布了"2017 中国网络小说排行榜"。第二届"中国网络文学周"于 2019 年 5 月 11 日至 14 日在浙江杭州滨江白马湖举行,以"守正道、创新局、出精品"为主题,搭建网络文学多元化交流平台。一系列网络文学论坛与发布会纷纷亮相。作为第二届"中国网络文学周"的新增板块,为期 3 日的"首届网络文学博览会"同时启动。中国作协网络文学研究院发布了《中国网络文学蓝皮书(2018)》,并公布了《网络文学论丛》的出版情况,同时揭晓了"2018 年网络小说排行榜",并举行了"我的祖国"——网络文学界庆祝新中国成立 70 周年系列采访活动。五是中国作协团体会员之一的上海市作家协会发布"中国网络文学 20 年 20 部作品"。2018 年 3 月 29 日,"中国网络文学 20 年 20 部作品"在上海市作家协会大厅发布。所发布的20 部作品,是本着专业评审和网络读者推荐相结合的原则,经专家提名、网络推荐、专家评审三个环节层层筛选出来的,有着"合法性"与准经典性的双重属性。①

---

① 朱柏安:《网络文学大事件之网络文学活动类》,http://www.chinawriter.com.cn/n1/2019/0711/c404027-31227427.html。

| 第三章 |

网络文学的粉丝化与评价体系建构

网络文学是市场经济和消费社会语境下的"文学神话",它源于网络技术,成于市场机制。时至今日,网络文学的运行机制已经从"读者中心主义"推演到"读者至上"甚至是"粉丝为王"的境地。所以,我们在建构网络文学评价体系时,就必须要考虑网络文学的读者反响、人气指数、粉丝社群及粉丝经济等。假如我们不再对粉丝文化、粉丝经济做正能量或负能量的价值判断的话,那么粉丝数量、粉丝经济指数应该是推进网络文学计量分析、定量评价不可或缺的元素,或者说是有效的视域和难得的参照。

一、"受众中心":作为消费者的读者

读者是文学活动的基本要素,是文学场域的重要主体,唯有读者的阅读与接受,作者创作的文本才有可能实现其价值。作者的地位与作用有着一个由被忽视到被正视再到被重视的转换过程,这恰恰与文学思想史上从"作者中心主义"到"作品中心主义"再到"读者中心主义"的流变过程是相契合的。接受美学创始人姚斯(H. R. Jauss)认为:"一部文学作品,并不是一个自身独立、向每一时代的每一读者均提供同样的观点的客体。它不是一尊纪念碑,形而上学地展示其超时代的本质。它更多地像一部管弦乐谱,在其演

奏中不断获得读者新的反响,使本文从词的物质形态中解放出来,成为一种当代的存在。"①应该说,接受美学强调了读者的阅读活动由被动的活动上升为主动的、创造性的活动,并且将读者的接受活动看作文本含义的实现过程和再创造过程。换言之,没有读者的参与,作品的价值与意义则无从实现。对此,接受美学对"第一文本"和"第二文本"的区别也是很有启迪意义的。所谓"第一文本"是艺术家创造的艺术制品(Art effect),所谓"第二文本"是与读者直接发生关系、进入读者阅读视野与接受过程的审美对象(Aesthetic object)。换言之,"第一文本"是作者创造的,"第二文本"是读者再创造的。或者说,没有与读者发生关系的文本是"第一文本",是一种"自在"的存在;与读者发生了关系的文本是"第二文本",是一种"自为"的存在。诚如伊瑟尔所说的:"文学文本具有两极,即艺术极与审美极。艺术极是作者的文本,审美极是由读者来完成的一种实现。"②此外,伊瑟尔还借用 R. 英伽登的"不确定性"与"空白",自创了"召唤结构"(Appellstruktur)来说明文本与读者接受的关系问题。正是因为文本的"不确定性",就必须有读者的"确定";正是因为文本的"空白",就必须有读者的"填空";正是因为文本的"召唤",就必须有读者的"应召"。没有读者的"确定""填空"与"应召",文本的意义就无从实现。所以,姚斯认为,作品的意义来源于两个方面:一是作品本身,二是读者的赋予。而从本质上说,作品的意义仍然是读者的赋予。G. 格林也指出,一部作品的意义,主要是读者赋予的。梅拉赫更是认为,在作者、作品、读者所构成的"动力过程"中,读者实现挖掘与发挥作品潜力的功能,在阅读与批评活动中,读者始终处于中心地位。接受美学对读者的高度重视直接催生了"读者中心主义",并在读者接受与反应理论中得到进一步强化。

在新世纪的前 15 年,读者依然处于中心,但在市场经济语境及媒体引导

---

①　〔德〕姚斯:《走向接受美学》,〔德〕姚斯、〔美〕霍拉勃:《接受美学与接受理论》,周宁、金元浦译,辽宁人民出版社 1987 年版,第 26 页。

②　〔德〕伊瑟尔:《阅读活动——审美反应理论》,金元浦、周宁译,中国社会科学出版社 1991 年版,第 29 页。

的消费主义思潮中,读者已发生本质性的转变,他们不再是真正意义上的阅读文学作品的读者,而更多表现为消费文学商品的消费者,或者说读者已经消费者化了。笔者认为:"读者的文化身份向消费转化,读者的共同体所共构的是一个利润丰厚的消费市场,读者在网络时代虽然依然处于中心地位,但其作用与功能早已面目全非。前媒介时代,按接受美学的观点,读者是作品意义的赋予者,而在网络时代,读者是文学产品商品化的生成器与转换者。对具体的文本来说,读者所赋予的不是意义,而是码洋与利润。"①所以,从这个角度来说,新世纪的"读者中心主义"实质上是"消费者至上主义"或曰"消费者上帝主义"。当然,读者的消费者化有两种基本情况:一是主动的消费者化,二是被动的消费者化。但不管何种情况,他们都是作为文学商品的消费者与购买主体而存在的。在新世纪存在着这样一种怪象,即购买文学书籍的人未必是阅读文学书籍的人,特别是购买那些价格高昂的、精装的中外经典文学名著的人。也许更多的购买者只是为了购买而购买、为了炫富而购买、为了装饰身份而购买、为了追星而购买、为了跟风而购买,一句话,购买文学书籍是一种没有阅读的收藏与馆藏。关于这一点,童庆炳早就预言:"读者接受的能动性在当代文化工业和大众传媒的运作中已受到了很大销蚀。当人们面对充满商业营销气息的大众文化产品时,被要求的是'消费'而不是'再创造',因此,在文学阅读的地位得以提高的另一面,则也存在着重新被贬低的趋向。"②

在新世纪的大众传媒时代,新媒体带来花样繁多的文化形态与娱乐形式,而国民阅读的情况堪忧,且国民对图书的消费购买并不意味着国民的阅读接受。2014 年 4 月公布的"第十一次全国国民阅读调查报告"显示:2013 年我国国民人均纸质图书阅读量是 4.77 本,比 2012 年度增加了 0.38 本,整

---

① 　张邦卫:《媒介诗学:传媒视野下的文学与文学理论》,社会科学文献出版社 2006 年版,第 233 页。

② 　童庆炳主编:《文学理论教程(修订本)》,高等教育出版社 1998 年版,第 32—33 页。

体来说还不容乐观,但我国国民数字化阅读方式的接触率首次超过了50%。具体地说,有两点是值得关注的。一是纸质图书和电子书阅读量上升,报纸期刊阅读量双降。中国新闻出版研究院出版研究所所长徐升国认为,我国国民的阅读量呈稳步上升之势,这是可喜的好事,恰好印证了学习型社会建设的成效,"但也必须承认,我们与法国、日本、韩国等国家的人均阅读量比,还有不小差距"①。二是超七成成年国民认为阅读重要,超五成人认为自己阅读量较少。报告显示,有70.5%的国民认为阅读对于个人的生存和发展来说"非常重要"或"比较重要",有50%的成年国民承认自己的阅读量较少,"工作忙"是成年国民不读书或少读书的最主要原因,成年国民的家庭藏书量平均为34.51本。其中,有读书行为国民的家庭藏书量高出近一倍,城镇居民家庭平均藏书量为47.08本,显著高于农村居民的19.93本。② 在这个调查报告中,有两个数据颇有意味,也值得推敲:一是2013年国民人均纸质图书阅读量为4.77本,二是2013年成年国民的家庭藏书量平均为34.51本。比照这两个数据,我们不难看出:在新世纪,国民的藏书量似可欣慰,但阅读量却仍存隐忧、令人汗颜,购书的消费力远远高于读书的阅读力。换言之,买不一定是为了读,藏也不一定是为了读,一切不过是作为消费者的读者的消费形式而已。

二、"粉丝为王":作为膜拜者的网民

在新世纪,读者的消费者化最极端的表现就是读者的"粉丝化"。新世纪前15年,是大众传媒为了扩大"消费神话"而不断"造星"和推销偶像崇拜的时代。这一点,在青春写作中特别扎眼。青春写作主要以"80后"为主体,

---

① 高凯:《中国人阅读量缓增　背后仍存隐忧》,https://www.chinanews.com/cul/2014/04-22/6093339.shtml? t=1497538527705。

② 《第十一次全国国民阅读调查》,http://news.xinhuanet.com/book/2014-04-22/c_126417791.htm。

"大体可能概括为两种样式,一种是偶像明星式的畅销书写作,以韩寒、郭敬明为代表;一种是流行经典式的畅销书写作,以安妮宝贝为代表"①。但不管是前者还是后者,这些青春写作的偶像作家,最初出名肯定是靠作品,其后的"续名"与"蹿红"则更多是靠偶像魅力。拥有高人气的他们都有属于自己的粉丝群体,如所谓"韩粉""四迷""安迷"。事实上,不管是"韩粉""四迷"还是"安迷",他们都已经不是传统意义的读者,而是支持者。所谓"粉丝",按照约翰·费斯克(John Fiske)的观点,就是"过度的读者"(excessive reader),他们以实用主义、情感主义的态度对待作品,是感性的而非理性的,是狂热的而非冷静的。"过度的读者"不但能从阅读中获得快感、满足和意义,更能主动参与相关文化符号的生产和偶像形象的建构,从而创造出一种拥有自己的生产、流通、消费体系的"粉丝文化"。② 一般来说,粉丝对偶像的崇拜,是一种过度的、狂热的爱,有时甚至是一种无原则、无底线的爱,如一些"四迷"对郭敬明剽窃行为的无原则包容和无底线护短,就很能说明这一点。粉丝们大多以购书的实际行动来支持自己的偶像、"接近"自己的偶像,毕竟购一本书就是为自己的偶像增加一份版税。偶像的书写得好不好并不重要,重要的是"买、买、买",买书是偏执式消费,是为了支持、为了纪念,是为了获取"站队"和"入群"的资格。正因如此,像韩寒、郭敬明、安妮宝贝等这样的写作明星,就与张国荣、刘德华、周星驰、梅艳芳、周杰伦、李宇春等这样的演艺明星并无二致了。他们的流行非常依赖各自粉丝群体的存在,或者准确地说,他们是粉丝们的消费行为"供奉"起来的"消费王子"与"吸金符号"。这也是郭敬明能够多次荣登中国作家富豪榜首富的原因所在。据郭敬明自己透露,从他的《幻城》《梦里花落知多少》《小时代》,到他主编的青春文学杂志如《最小说》《岛》等,销量都达到了百万册以上,其"固定读者群"或者说是

---

① 邵燕君:《新世纪文学脉象》,安徽教育出版社 2011 年版,第 17 页。

② 〔美〕约翰·费斯克:《粉都的文化经济》,陶东风主编:《粉丝文化读本》,北京大学出版社 2009 年版,第 17 页。

"粉丝"在 100 万人左右。国内知名出版人路金波曾经指出:郭敬明有着"百万粉丝",并从他们身上取得财富。这些粉丝年轻任性,充满幻想,憧憬浪漫,喜欢偶像,还有些许青春期的小情绪,最重要的是他们易被鼓动,是郭敬明及其"最世文化"的"铁杆"与"死党",郭敬明则是他们那个世界里的"教主"与"国王"。①

在新世纪,读者的消费者化最典型的表现就是读者在媒介文学事件中的"观众化",即所谓"看热闹""凑热闹"。在"消费就是一个神话"(波德里亚语)的新世纪,除了可以消费文学书写的内容,如消费青春、消费女性、消费身体、消费历史、消费美丽、消费政治、消费情感、消费腐败等,最主要的是文学本身也成为消费的对象。在"媒介帝国主义"之下,媒介消费文学的最主要策略就是"事件化",或曰制造"媒介文学事件"。丹尼尔·戴扬和伊莱休·卡茨在《媒介事件:历史的现场直播》一书中,将电视直播的重大事件命名为"媒介事件"。媒介事件一般都经过组织者事先策划,由媒体呈现,并在受众中产生影响;媒介事件的意义产生不仅仅在事件本身,而且在事件之外。② 所谓"媒介文学事件",就是媒介视域下的文学事件,有着"营构"与"制造"的因素,其中,商业策划与大众传媒是最重要的营构力与制造者。在新世纪,比较轰动的媒介文学事件有"女性'个人化'写作事件""美女作家群和70 后事件""《马桥词典》事件""韩白之争事件""九丹与《乌鸦》事件""赵丽华与梨花体事件""木子美与《遗情书》事件"等。在这些事件中,媒体传播的不是作品本身,而是作品的某一点或作品之外的那些能够引起受众欲望化想象的"热点"与"焦点"。仔细分析,这些点怎么也逃不脱对诸如女性、身体、性、青春、叛逆等的放大化书写。这种聚点式的媒体传播策略,其功利指向就是受众的消费热情和由此及彼的选择性购买,最终就是消费者的钱包。

---

① 王烨、陈永恒:《揭秘青春文学首富郭敬明:一座文学工厂的生产力》,http://www.zcom.com/article/48802/。

② 〔美〕丹尼尔·戴扬、〔美〕伊莱休·卡茨:《媒介事件:历史的现场直播》,麻争旗译,北京广播学院出版社 2000 年版。

所以,在对媒介文学事件的消遣与消费中,或者说在娱乐、狂欢、意淫、身份区分和自我消费中,传统的读者已经消费者化了。换言之,"知道主义"取代了"知识主义",消费取代了审美。毕竟"当文学事件在媒介文学事件中被转化成为消费文化的一种形式时,媒介文学事件所需要的,不再是文学的读者,而是文化的消费者"①。事实上,在新世纪,可以将文学的受众分成三种类型:一是传统意义上文学作品的读者;二是在读者与消费者之间进行协商性解读的人;三是完全的媒介文学事件中的文化消费者。而后两者在媒介文学事件中,作为大众传媒的接受者和消费者,其群体数量远远大于文学作品的读者的数量。

三、"用户至上":基于用户行为的"BAT 评价"②

任何对文学作品的讨论及评价,都必然包括对其创作(生产)、传播(流通)、接受(消费)等各个要素、各个环节的讨论及评价。在互联网社会的知识生产过程中,知识的再创造、人际互动和信息资源的内容增殖,建构了知识发现与传播的互动关系,即知识生产、传播和消费的重叠与再生产的交织关系。而关于网络文学的评价,笔者试图从网络用户行为的生产、传播、消费关系入手来进行讨论。网络文学起源于网络,发展于网民,在其诞生之初就拥有庞大的受众群体,相较于传统文学,其所具有的易读性、通俗性、互动性等特点,不仅降低了阅读的门槛,也扩大了阅读的受众面。那么网络用户行为方面对于建构网络文学的评价体系而言,诚然是一个有效的视域和高效的视窗。快节奏生活及无处不在的网络,让"碎片化阅读"俨然成为我们这个时代的文化病症和阅读表征,但值得一提的是,"碎片化阅读"也在一定

---

① 钟琛:《当代文学与媒介神话:消费文化语境中的"媒介文学事件"研究》,华夏出版社 2008 年版,第 146 页。

② 本节由王志元撰写。作者简介:王志元,男,浙江传媒学院 2021 级新闻与传播硕士研究生,主要从事网络与新媒体、影视文化与批评研究。

程度上满足了用户的阅读需求。有效的"碎片化阅读"和更多的"碎片化阅读"的叠加融合,定然可以造就令人仰望的"阅读山"和"知识库"。数量庞大的用户及具体的用户行为可以提供大量的研究样本来反映一部作品的优劣。诚如1991年诺贝尔经济学奖的获得者、新制度经济学的鼻祖罗纳德・H.科斯(Ronald H.Coase)所说的,如果你拷问数据到一定程度,它会坦白一切。换言之,数据不仅仅是数据,数据是有意义的言说。大数据分析的意义不在于掌握宏大的数据信息,而在于对这些数据进行专业化的处理,进而通过数据坦白的一切提高效率、增强判断。因此,通过对用户行为的研究,使用户行为成为网络文学评价的标准之一是可行的。

(一)字节(Byte):基于用户行为产生的数据呈现

从用户行为的生产端来讲,数字化生存使得用户的所有行为变得有迹可循,用户和智能终端的每一次交互都可以被记录,而这些交互行为所产生的数据,则以字节的形式存储在云端。云存储技术的发展为承载大量用户数据提供了载体,通过人工智能及大数据分析,就可以精准地描述出用户画像。用户使用行为越频繁,用户画像就越标准,"我见青山多妩媚,料青山见我应如是",大抵可以用来形容这个情况。反过来讲,越多的用户对同一件事物表现得越感兴趣,则越能说明该事物有被讨论的价值。

实际上,关于用户数据的实际应用在现实生活中并不少见,主流的App大都推出了专属风格的年度报告,如豆瓣的"瓣我同行"、抖音的"抖音奇旅"、QQ的"社交报告"、微博的"微博播报"、微信读书的"年度之书"、网易云音乐的"年度听歌报告"、去哪儿网的"旅行日记"等,不胜枚举。这种年度总结式的报告,反馈给用户的是一种延时满足,是一种对过去一年的总结归纳。而换种眼光看,我们不难发现,当海量的用户数据被总结归纳后,得出的内容,本身就指向了当年最热门、最有价值的内容。这些存在于网络世界的字节,像奖杯一样,标榜着那些被大众喜爱的闪光的内容。

互联网发展的过程,是用户价值不断被发掘提升的过程。在web1.0的阶段,互联网平台是信息的提供者,是静态的,其代表是各大门户网站,用户使用互联网以获得满足。发展到 web2.0 阶段,互联网的特征是交互,其代表是各类论坛(BBS),用户通过在互联网上的互动来实现自我满足,用户所创造的价值也得到了进一步的认可。而在 web3.0 阶段,用户创造的内容本身就成了互联网不可或缺的一部分,互联网平台的核心为用户创造、用户所有、用户控制、协议分配利益。各大短视频平台的兴起也是因为基于分配模式的改变,激起了用户的创造欲望。用户受益,平台则跟着受益。因此,建构网络文学评价体系与标准,网络用户数据应该成为一个重要的参照物。

(二)公开讨论(Airing):基于用户热度产生的数据表现

在互联网世界中,我们很容易写出这样一道公式,即"热度＝讨论＝收益"。就网络文学而言,似乎也没有例外。用户热度,似乎从一开始就成为网络文学参与者共同的的期冀与渴求。所不同者,无非是有些参与者"只做不说",有些参与者"既做也说",但"高热度"却是大家共同的追求,毕竟"高热度"可以带来"高收益"。虽然我们一直在批判"流量为王",但不可否认的是,被大量讨论的作品不一定是好的作品,但好的作品一定会获得大量的讨论。互联网玩转的是眼球经济,只要抓住用户的注意力,就可以获得大量的关注、曝光和讨论,从而产生转化为收益的可能。我们不难发现,在互联网发展早期,这种获得关注与讨论的方式是粗犷的、野蛮的。为了吸引人们的眼球,"标题党"[①]、三观不正的推文等大行其道。再比如风行一时的流量明星、"小鲜肉"[②],以及一些装疯卖傻的网红,都是靠吸引人们的眼球获得关

---

① "标题党"是互联网上利用各种严重夸张的标题吸引网友眼球,以达到各种目的的一小部分网站管理者和网民的总称。

② "小鲜肉",网络用语,最早是中国粉丝对韩国男性明星的称呼,一般是指年龄在14—25 岁、性格纯良、感情经历单纯,并且长相俊俏的男性。

注、讨论,并以此获得大量的收益。而在各个行业高度"内卷"①的今天,用户对互联网信息质量的要求也水涨船高,用户见多识广,没有真才实学就来博取其关注的路已经行不通了。媒介素养不断提高带来的是用户审美品位的提升,只有真正经得起考验的好作品才能在众多"选手"中脱颖而出,得到用户的"垂怜"和"青睐"。

在互联网时代,我们需要"高热度";在移动互联网时代,我们需要"高流量"。网络文学是如此,与网络文学密切关联的影视艺术、网络文艺也是如此。比如,被各类有含金量的奖项捧上"王座"的《诡秘之主》在连载之初也遭受了各种流言蜚语,但其仍凭借着精彩绝伦的人物设定、引人入胜的剧情设计,获得了良好的口碑,从而斩获诸多网文大奖,成功出圈。再如,河南卫视的 2021 年春节联欢晚会,在没有过多宣传的情况下火爆全网,其中《唐宫夜宴》《白衣执甲》《天地之中》成为人人津津乐道的节目。网友们亲切地称河南卫视为"河大卫",更戏称自己为"自来水"。之后河南卫视也不负众望地推出"奇妙游"系列,节目叫好又叫座,不断冲上热搜,进入了更多人的视野。又如,《独行月球》的上映使得马丽成为中国影史票房最高的女演员。可在早期宣传《夏洛特烦恼》时,沈腾和马丽屡屡碰壁,没有人看好这部电影,正是由于网友们的口口相传,越来越多的人进入影院观看《夏洛特烦恼》,使之成为当时的票房黑马,也使得沈腾与马丽成了票房保证。所以,网络时代的文艺作品,首先需要的是"出彩",其次需要的是"出圈",最后需要的是"出众"。换言之,唯有"出彩""出圈""出众",以及高人气指数、高热度关注、高流量传播,网络文学作品才有可能实现商业价值和产业价值的最大化。

在"信息海量"和"流量为王"的当下时代,任何作为产品、商品的作品都希望能在人们的"观看"中占据一席之地。哪怕人们多停留一秒,凭借着互

---

① "内卷",网络用语,指局限于某一范围内的恶性竞争或没有意义的付出,同行间竞相付出更多努力以争夺有限资源,从而导致个体"收益努力比"下降。

联网裂变式传播的能力,也能产生意想不到的效果。在生产、传播和消费的关系中,传播作为内容创作中的一环,其重要性不言而喻。而网络文学作为以网络为载体的文学,更是不能忽略其网络性的优势。能成功引起网络用户热烈讨论的文学不一定是最好的,但用户讨论的热度也在一定程度上反映了网络文学的价值,应该成为评价网络文学的标准之一。

(三)改变形态(Transform):基于网文 IP 改编的价值体现

"IP"这个词进入大众视野是在 2015 年,因此 2015 年也被称为"IP 元年"。自 2015 年开始,IP 改编的影视作品大量出现,出现了一股 IP 热。作为 IP 重要源头的文学作品,其影视改编版权交易价格水涨船高。据了解,2010 年之前,一个优质的网络文学 IP 价格在六位数以内,而到了 2015 年,一个质量中等偏上的网络文学 IP 价格动辄百万元计,热门 IP 价格暴涨数十倍。2015 年之后,在电影票房榜和剧集热度榜上,IP 改编作品占据八成左右,不可谓不高。究其原因,是"IP+小鲜肉"的制作模式,为票房、收视提供了双保险。网络文学 IP 本身就有大量的读者,再加上流量明星带来的粉丝经济,双引擎加持之下,粗制滥造的作品都能让资方赚得盆满钵满,但这是虚假的繁荣。2017 年,IP 口碑急转直下,舆论从"IP 万能"迅速转变为"IP 失灵",大潮退去,就知道谁在裸泳。

影视寒冬的到来,使得"热钱"退去,市场收紧,部分演员到了无剧可演、无戏可拍的地步,但这更多的是影视行业的一次自我调节和必要纠偏。影视制作方的重心终于放在了剧集制作的精良与否上。2021 年播出的《御赐小仵作》因某种原因提前上映,剧组演员临时宣传。在这样的情况下,该剧仍凭借紧凑的剧情、无"尿点"的设计和演员的演技,自动出圈。一些低成本的网剧,如《河神》等,都凭借较高水准的视觉呈现完成了口碑上的逆袭。相较于之前"大 IP+顶流"的组合模式,观众更在意的是制作方的用心程度。

2018 年至 2019 年,IP 制作口碑下滑的趋势得到遏制,持续出现了《知否知否应是绿肥红瘦》《都挺好》《大江大河》等收视、口碑双丰收的热播剧,其中不得不提的就是火爆全网的大 IP 剧《庆余年》,该剧改编自猫腻的同名网络小说。据统计,截至 2020 年 1 月,《庆余年》仅在腾讯视频的播放量就超 68 亿次;话题方面,共计斩获 14 次微博热搜、29 次抖音热搜。电视剧《庆余年》的热播,也反哺了网络小说《庆余年》,大量老读者"重温",大量因电视剧而对原著产生兴趣的新读者"尝鲜",从而助推网络小说《庆余年》在起点中文网登上畅销书排行榜榜首。阅文集团在电视剧《庆余年》热播之际,在起点中文网、QQ 阅读等平台设立《庆余年》书评区,并在书评区发布话题帖、举办主题征文,还配合电视剧《庆余年》的播出适时发起讨论,从而使得电视剧热度和原著热度双双增长,极大地推高了《庆余年》的 IP 产业值。尽管网络小说《庆余年》早在 2009 年就已经完结,但在电视剧《庆余年》热播之后,小说《庆余年》单日订阅量增长近百倍,占据起点中文网"24 小时热销榜""新增粉丝榜"和"阅读指数榜"三大榜单的"头把交椅"。

事实上,文学改编不仅仅是网络文学的专利和专属。文学形态的改变,其所带来的溢出效应、增值效果在传统文学领域也是精彩纷呈、亮点频仍。比如,《西游记》《水浒传》《红楼梦》《三国演义》及金庸的武侠小说等都曾被改编为多种版本的影视剧、动画游戏等,从而奠定了它们作为中国顶尖 IP 的地位,而且它们的地位至今无法撼动。就网络文学而言,趋附影视改编、动画改编、游戏开发等,从而实现 IP 价值的无限化、最大化,这既是市场之需,也是产业之需。从消费端的角度出发,由网络文学 IP 改编的影视动漫会产生极大的社会效益与经济效益,其归功于网络文学作品本身的架构,而改编后的影视动漫作品又增强了网络文学作品本身的影响力。因此,网络文学作品的人物、故事、情节、结构、话语等是否适合改编,IP 是否具有足够的市场潜力,改编后的社会效益和经济效益如何,应该成为网络文学评价的重要依据和核心指标,这是毋庸置疑的。

四、新世纪以来网络文学阅读状况的调查报告①

对新世纪以来网络文学阅读状况进行调查，可以从不同的群体着手。为了更好地展示网络文学的普及化、"合法化"、主流化的进程，本次调研选择的调查对象是当代大学生群体。本次调研旨在了解大学生网络文学阅读的基本情况，通过问卷星平台设计调查问卷，重点围绕大学生群体的网络文学阅读基本情况、阅读偏好、阅读评价和引导几个方面的信息进行了解。本次调研总共设置28个问题，分为单选题和多选题两种形式，调查问卷主要在微信、微博、豆瓣等新媒体平台发放，并采取随机抽样的方式选取大学生匿名填写。数据收集从2022年6月10日开始，到6月13日结束，总共回收有效问卷350份。

(一)大学生阅读网络文学的基本情况分析

1.大学生参与问卷调查的样本构成情况

如图3-1、3-2、3-3所示，本次问卷调查的主要对象是在校大学生，其中，女性占比55.43%，男性占比44.57%，选取的男女调查样本比例相近；在学历分布上，本科生样本人数超过了一半，占比达到56%，其次是专科生和研究生，占比分别为23.43%和20.57%；在专业方面，文史专业与理工专业的样本人数相差较小，占比分别为41.43%、35.14%，艺体专业和其他专业占比较低，分别为15.43%和8%。由此可见，本次随机选取的大学生样本基本上涵盖了各个性别、学历、专业，抽样调查的结果具有普遍性和代表性。

---

① 本调查报告由叶铭撰写。作者简介：叶铭，女，浙江传媒学院2021级新闻与传播硕士研究生，主要从事网络与新媒体、影视文化与批评研究。

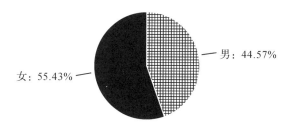

图 3-1　参与问卷调查的大学生性别比例

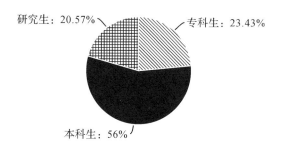

图 3-2　参与问卷调查的大学生学历比例

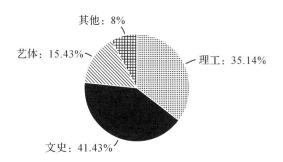

图 3-3　参与问卷调查的大学生专业比例

2.大学生接触网络文学的时间和阅读量情况分析

如图 3-4 所示,在接触网络文学的最早时间这一问题上,有 42.29％的大学生从初中开始接触网络文学,占比最高;在小学时就已接触网络文学的大学生占比最低,为 12％;此外,有 28.86％的大学生从高中开始接触网络文学,还有 16.85％的大学生则是在大学时才开始对网络文学有所接触。这些数据也从侧面反映出,如今以"95 后""00 后"为主的大学生大多早在初中时期,甚至更早以前就已经拥有了自由上网的条件,能够通过互联网触及多样化的信息内容,并了解到网络文学这一在当时而言较为新颖的文学形式。

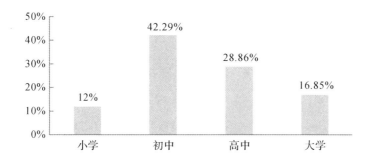

图 3-4　大学生接触网络文学的最早时间

如图 3-5 所示,大学生群体阅读网络文学作品的数量主要集中在 21—50 篇(部),占比为 37.44％;其次是 11—20 篇(部),占比为 27.14％;再次是 50 篇(部)以上,占比为 19.71％;1—10 篇(部)的比例最少,只有 15.71％。总体来看,大部分大学生阅读网络文学作品的数量都在 20 篇(部)以上,阅读总量较多。从侧面也可以反映出大多数大学生对于网络文学是颇为喜爱的,会在平时投入时间在网络文学作品的阅读上,以此放松娱乐等;但同时也有小部分大学生阅读数量较少,对网络文学兴趣不大,可能是平时课业压力大,没有时间阅读。

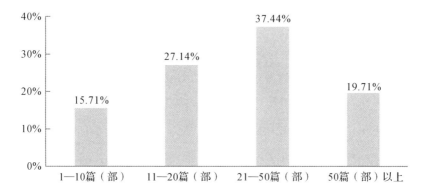

图 3-5　大学生阅读网络文学作品的数量

3.大学生阅读网络文学的动因和时间安排情况分析

如图 3-6 所示,大学生阅读网络文学的动因多种多样,且各种动因占比差距不大。在被调查的 350 位大学生中,有 34％阅读网络文学的主要动因是娱乐消遣、打发时间;有 25.14％选择了逃离现实、舒缓压力;此外,还有 23.71％选择了个人兴趣爱好这一选项;选择获取知识、提升文学素养和其他原因的占比较低,分别为 11.14％和 6.01％。由此可以看出,大学生群体阅读网络文学的主要目的是娱乐消遣、缓解压力,使自己能够在忙碌繁重的学习与生活压力之下,获得一些轻松愉快的体验,并满足自己的兴趣爱好;小部分大学生也带着能从中获取知识、提升文学素养的目的阅读网络文学作品。

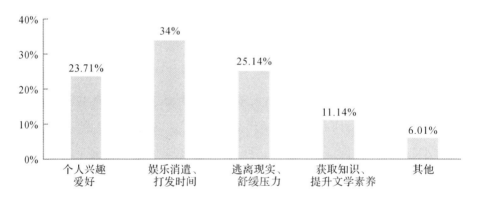

图 3-6   大学生阅读网络文学的动因

如图 3-7 所示,大学生每周阅读网络文学的时长主要集中在 0—15 小时,其中阅读 6—10 小时的占比最高,达 30.86％;其次是 0—5 小时和 11—15 小时,占比分别为 26.86％、26.29％;此外,每周阅读时长为 16—20 小时及 20 小时以上的比例较低,分别为 11.14％和 4.85％。根据每周阅读时长可以看出,大多数大学生日平均阅读时长都在 2 小时左右及以下,并没有在网络文学阅读上花费太久,时间安排较为合理。但也有极小部分大学生平均每天的阅读时间较长,超过了 3 小时,需警惕过度沉迷于网络文学。

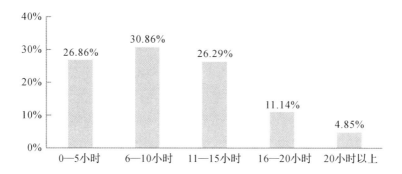

图 3-7　大学生每周阅读网络文学的时长

在阅读网络文学的时间安排问题上,如图 3-8 所示,42.57％的大学生阅读网络文学没有安排固定的阅读时间,在百无聊赖时就会阅读;24.29％的大学生会每天安排特定的时间阅读"追更"喜欢的网络文学作品;20.29％的大学生不着急阅读,而是会"屯文"等更新;还有 8％的大学生会在晚上熬夜看或在上课时阅读;选择其他安排的大学生占比为 4.85％。可以看出,大学生读者在阅读网络文学的时间安排上大多比较随性,阅读时间并不固定。但也有一小部分大学生已经形成了阅读习惯,会在某一个特定的时间进行网络文学的阅读活动。此外还需要注意的是,少量大学生会选择熬夜或课上阅读,可能会对身体和学习造成一定的负面影响。

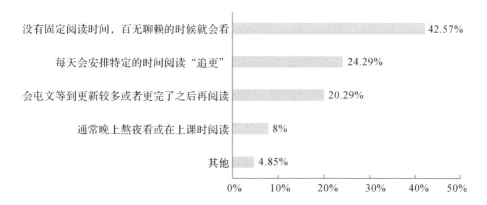

图 3-8　大学生阅读网络文学的时间安排

4.大学生阅读网络文学的途径与方式

如图 3-9 所示,大学生阅读网络文学最常用的渠道是读书软件,总共有 66.57% 的人选择;其次是文学网站和论坛贴吧,占比分别为 57.43% 和 42.57%;再次是纸质书籍、博客微博及其他,各占 38.57%、27.43% 和 14.57%。如图 3-10 所示,在常用的网络文学网站的选择中,有 52.57% 的大学生选择了起点中文网;其次是掌阅文学、晋江文学城和微信读书,比例分别是 44.86%、43.43% 和 40%,占比接近一半;此外,书旗小说、QQ 阅读、长佩文学和阿里文学占比分别为 37.14%、32.29%、26.29% 和 20.57%;还有 14.57% 的大学生选择了其他阅读网站。

图 3-9   大学生阅读网络文学的常用渠道

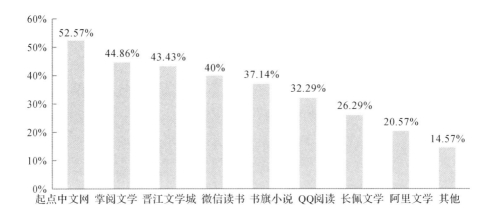

图 3-10   大学生常用的网络文学网站

　　由此可以看出,读书软件和文学网站是大学生接触与阅读网络文学的两大主要渠道,这也和当下移动设备与互联网的普及息息相关,大多数人都可以借助网络移动终端方便快捷地接触到网络文学。而在众多的文学网站中,起点中文网、掌阅文学、晋江文学城和微信读书是大学生读者最常用的网站,借助这些渠道,大学生能够阅读自己喜欢的网络文学作品。

　　在被问到阅读网络文学时是否会发帖评论时,如图 3-11 所示,有差不多一半的大学生偶尔会在阅读网络文学时发帖评论,与其他读者交流互动;此外,有 26.29％ 的大学生完全不会发帖评论,与之相反的是,有 25.71％ 的大学生会经常发帖评论。这反映出大部分大学生都不太爱在阅读网络文学时进行评论和交流,他们更加倾向于完全沉浸在自己的世界中专注地进行阅读活动,只有小部分大学生会在阅读的过程中发表评论,留下自己阅读的脚印。

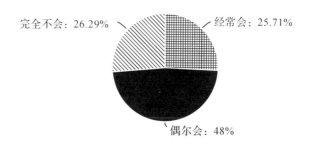

图 3-11　大学生阅读网络文学时的发帖评论情况

5. 大学生阅读网络文学的付费情况分析

　　在如何看待网络文学的付费阅读的问题上,如图 3-12 所示,有 22％ 的大学生非常愿意为阅读网络文学付费,认为应该尊重和保护版权;有 46％ 的大学生则看情况付费,只要内容足够优质也愿意花钱购买;免费内容就已经足够,因此不太在意付费问题的大学生占比为 23.43％;而完全不愿意在这方面花钱的大学生占 8.57％。由此可以看出,随着大学生生活水平和知识产权保护意识的不断提高,大部分大学生并不反感付费阅读,甚至超过半数的人都愿意为网络文学的版权保护和优质内容而花钱。但与此同时,也有小部分大学生坚持不会在网络阅读中花钱。

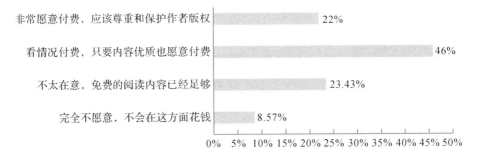

图 3-12　大学生对网络文学付费阅读的看法

在被问到在阅读网络文学时是否有付费行为时,如图 3-13 所示,在实际中,有 41.43% 的大学生偶尔会有付费阅读的行为,有 30.57% 的大学生经常会付费,而有 28% 的大学生几乎不会付费阅读网络文学。如图 3-14 所示,大学生一年在网络文学阅读上的花费,在 100 元以内的人数超过了一半,占比为 53.14%;100—500 元的占比为 27.43%;500 元以上的占比为 6.57%;0 元的占比为 12.86%。由此可见,半数以上的大学生会为阅读网络文学付费,但大多都在每年 100 元之内,花销并不大且较为合理,而只有极少数大学生一年会花费 500 元以上购买网络文学作品,需注意适度消费,谨防过度沉迷。

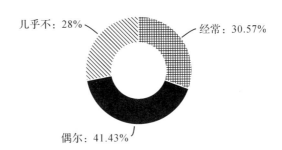

图 3-13　大学生阅读网络文学的付费行为

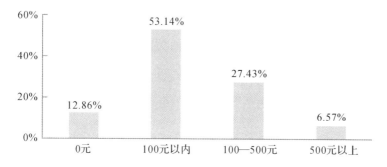

图 3-14　大学生一年在网络文学阅读上的花费

(二)大学生阅读网络文学的偏好与选择分析

1.大学生性别与对网络文学喜爱程度的关系

如图 3-15 所示,在 350 名参与调查的大学生中,相较于男性,女性中非常喜欢和经常阅读网络文学的比例更高,男、女该项占比分别为 30.77% 和 39.18%;而对网络文学一般喜欢的男生多于女生,占比分别为 60.90%、55.67%;不喜欢网络文学的男女比例差别不大,各占到 8.33% 和 5.15%。由此可见,不同性别的大学生对于网络文学喜爱程度的差别并不大,并且普遍都喜欢阅读网络文学,只有少数大学生完全不喜欢。

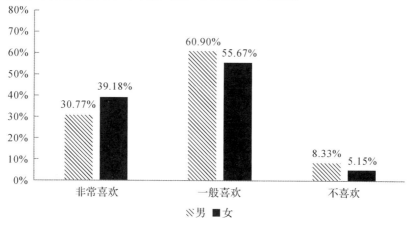

图 3-15　大学生性别与对网络文学喜爱程度的关系

2.大学生专业与对网络文学喜爱程度的关系

大学生专业与对网络文学喜爱程度的关系如图 3-16 所示,文史专业的大学生非常喜欢网络文学的比例最高,占 40.65%;理工专业的大学生则在一般喜欢项中占比最高,达到 64.83%;而艺体专业的大学生不喜欢网络文学的占比最高,为 18.52%。上述数据能够清晰地反映出,理工专业的大学生并非一些人印象中那样不喜欢文字读物,而是会经常或在有兴趣时阅读网络文学,在喜爱程度上与文史专业的大学生没有太大的差别。相比之下,艺体专业的大学生不喜欢网络文学的人数最多,超过了理工专业的大学生。

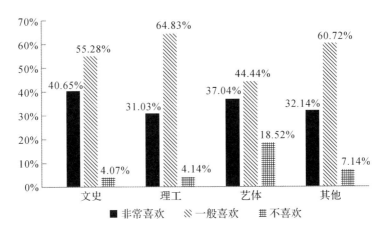

图 3-16 大学生专业与对网络文学喜爱程度的关系

3.大学生对网络文学的选择偏好及影响因素分析

如图 3-17 所示,在多种多样的网络文学中,最受欢迎和喜爱的类型是科幻末世,占比高达 47.71%;其次是都市言情、青春校园,分别占到 45.71% 和 40.29%;奇幻玄幻、悬疑推理、武侠仙侠的受喜爱度也比较高,占比分别为 39.14%、33.14% 和 31.71%;再次是架空穿越、纯文学、恐怖惊悚、历史战争和耽美同人类网络文学,占比分别为 27.71%、27.43%、25.14%、23.43% 和 22.57%;相比之下,游戏竞技和种田日常类型的作品较为冷门,占比都在 18% 左右。从以上数据可以看出,当代大学生对于具有天马行空的想象力的科幻末世类作品颇为喜爱,显示出大学生拥有无穷的好奇心与求知欲,充满了对未知世界的想象和向往。而都市言情和青春校园类型同样受到了大多数大学生的喜欢,反映出青春洋溢的大学生们对美好爱情的向往与憧憬。

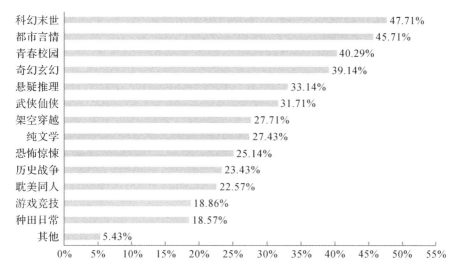

图 3-17　大学生对网络文学类型的选择偏好

　　如图 3-18 所示,影响大学生选择网络文学作品的因素较多,而这些不同的因素的占比差距并不大。其中,最主要的影响因素是作品的主题类型与内容情节,占比分别达到 64.57% 和 62.29%;其次是文笔风格、篇幅长短、作者偏好和完结状态,占比分别为 58%、47.43%、39.14% 和 31.43%;影响选择的最小因素是网络文学的付费价格,占比为 28.57%。由此可见,主题、内容、文笔是大学生读者在选择网络文学作品时最为重要的考量因素。只有契合了这些方面需求的优质网络文学作品,才更有可能获得大学生的青睐。

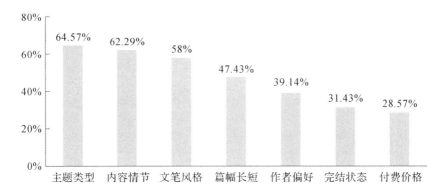

图 3-18　影响大学生选择网络文学作品的因素

如图 3-19 所示,在对优秀的网络文学作品所应该具有的特质的判断上,67.14％的大学生认为优秀的网络文学作品应该塑造出丰满立体的人物形象,65.71％的大学生认为应该具备精彩丰富的情节内容,这两方面占比最高;其次,分别有 49.71％和 49.14％的大学生认为优质作品须拥有真实强烈的情感和天马行空的想象力,而认为应贴近和反映社会现实的占比为45.14％;此外,新颖深刻的主题视角和充满艺术美感的氛围塑造占比分别为 38.29％和 37.71％。由此可见,在大学生群体心中,人物塑造、情节内容、文笔情感、想象力是评价网络文学作品是否优秀的最主要因素。同时,作品的主题视角和氛围营造也会对网络文学评价产生一定的影响。

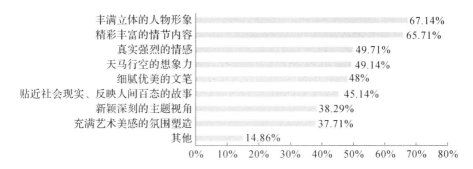

图 3-19　大学生认为优秀的网络文学作品应具备的特质

如图 3-20 所示,以《庆余年》《琅琊榜》为代表的古代权谋作品获得了超半数大学生的喜爱和支持,他们认为这些作品堪称优秀;以《鬼吹灯》《盗墓笔记》为代表的悬疑冒险类网络文学、以《步步惊心》《后宫·甄嬛传》为代表的后宫类网络文学也同样获得了 40％以上大学生的支持,占比较高;认为青春校园类的《最好的我们》《你好,旧时光》堪称优秀的比例分别为 31.43％和22％,热血竞技类的《斗破苍穹》《全职高手》占比分别为 30.57％和 23.14％;而排名最末的是两部现代题材网文《大江大河》与《开端》,占比均为21.14％。图 3-20 的数据可以反映出,大学生读者更倾向于权谋、悬疑类题材的作品。而网文相应的翻拍剧的水平与质量也会影响大学生对网络文学作品的选择和偏好。

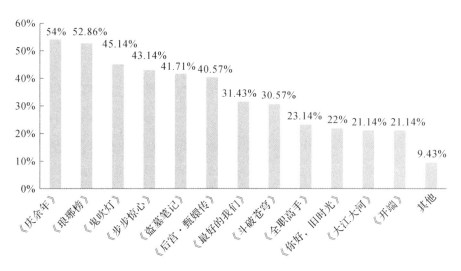

图 3-20　大学生选择的优秀的网络文学作品

(三)大学生对于网络文学评价与引导的看法分析

1. 大学生对于网络文学优劣与影响的看法分析

如图 3-21 所示,64％的大学生认为网络文学的优势在于表现形式更加自由,脑洞更大;60％的大学生觉得网络文学阅读方式非常便捷,可以随时随地观看;59.71％和 55.71％的大学生分别选择了作品类型丰富和内容情节精彩有趣的优点;还有 48.57％的大学生认为其优势在于贴近日常生活,容易引发共鸣;39.14％的大学生认为可以从网络文学阅读中获得轻松愉悦的阅读体验,能够消磨空闲时间。由此可以看出,大部分大学生都认为网络文学在表现形式、阅读方式、作品类型等方面具有独到的优势,这也是该群体选择阅读网络文学的主要原因。

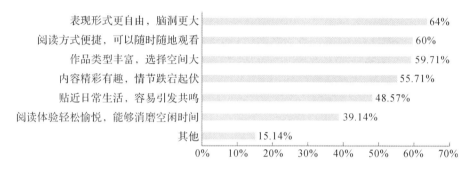

图 3-21　大学生认为的网络文学的优势

　　如图 3-22 所示,在对于网络文学存在的不足的看法上,68.86％的大学生选择了"市场浮躁,快餐作品多,内容质量良莠不齐"的选项,68％的大学生认为存在情节老套、缺乏特色的问题;53.71％的大学生认为存在内容过于商业化、媚俗化的问题;44％的大学生选择了"审核不够严格,内容涉嫌抄袭、融梗等"的选项;认为网络文学作家文学素养不高、文笔逻辑差、缺乏思想深度的大学生的占比为 36.57％;此外,16.29％的大学生选择了"其他"选项。由此可见,网络文学的内容质量和情节安排是大学生群体评估作品是否优质的最主要因素。此外,内容审核和作家素养等因素也影响着大学生对网络文学的满意程度。因此,提升内容质量、合理安排情节、加强内容审核,是当前网络文学市场最需要重视的几个方面。只有输出质量上乘的内容的作品,才能收获大学生群体的喜爱与支持。

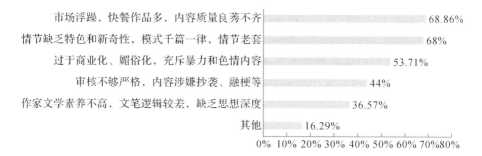

图 3-22　大学生认为的网络文学存在的不足

如图 3-23 所示，大部分的大学生认为阅读网络文学带来的积极影响是能够传递积极乐观的生活态度、缓解现实生活中的压力，占比为 67.71%；51.71% 的大学生认为积极影响在于提升个人审美和写作水平，丰富自身的文化素养；47.14% 的大学生则认为阅读网络文学有助于形成理性的爱情认知，正确处理现实中的恋爱关系；认为能够提升深度思考能力和开拓个人视野、增进交流互动的分别占到 46% 和 43.14%。由此可以看出，大多数大学生认为阅读网络文学能够达到缓解现实压力的积极作用，此外，也能在一定程度上提升自身文化素养和思考能力，并有助于现实中的人际交往。

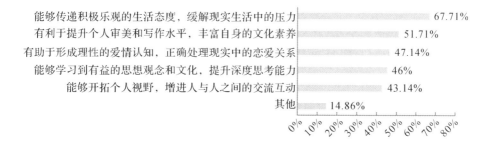

图 3-23　大学生眼中阅读网络文学带来的积极影响

如图 3-24 所示，在网络文学的消极影响方面，68.86% 的大学生认为阅读网络文学可能会导致过度沉溺、疏离现实人际关系的问题；53.14% 的大学生则担心会传递消极思想与低俗内容，扭曲大学生的价值观与审美取向；50.29% 的大学生认为阅读网络文学会占用学习和休息时间，导致大学生的身体和学业受到影响；而觉得会弱化爱情和道德责任意识、影响语言逻辑与表达能力的占比分别为 44％和 34％。从调查数据可以看出，大学生群体对网络文学消极影响的担忧主要集中在疏离现实、扭曲价值观、占用学习和休息时间几个方面。这些方面也是大学生在进行网络文学的阅读活动时，自身必须多加注意、保持警惕的地方。

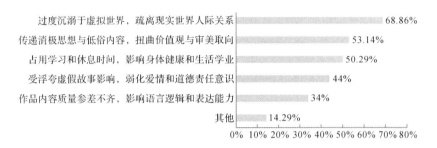

图 3-24   大学生眼中网络文学可能带来的消极影响

2.大学生对于中国网络文学未来发展的看法分析

如图 3-25 所示，对于网络文学的未来发展，有 74.57％的大学生认为需不断增强创意性，减少内容的同质化、模式化；58.57％的大学生觉得应持续提升作品的思想内涵和立意深度；53.14％的大学生则选择了进一步加强网络文学作品的文学性、可读性；50.86％的大学生觉得网络文学作品需要更加贴近真实社会生活，与现实接轨；还有 35.14％和 28.86％的大学生分别认为应加强完善产业监管和加大版权保护力度、打击盗版抄袭。由此可见，大学生读者对于网络文学的创意性、新奇性十分看重，同时也希望未来的网络文学能够不断提升思想内涵和可读性，以保障优质内容的持续产出。

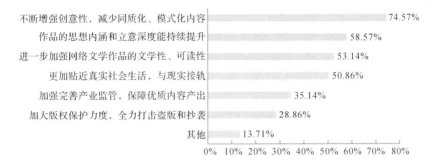

图 3-25 大学生对网络文学未来发展的期待

在如何看待当前中国网络文学作品的对外输出的问题上,如图 3-26 所示,48% 的大学生比较支持中国网络文学的对外传播,但会担心作品的质量;非常支持网络文学对外传播的大学生占 42.86%,认为这有利于中国的文化输出;也有 9.14% 的大学生不关心网络文学的对外传播。由此可以看出,大部分大学生对中国网络文学作品的对外输出都持较为支持的态度。还有一部分大学生对我国网络文学作品的质量问题存在一定的担忧,希望能够输出高质量的作品以实现中国文化的有效输出。

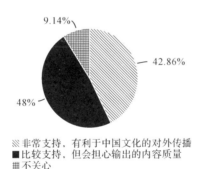

图 3-26 大学生关于中国网络文学对外输出的态度

如图 3-27 所示,在接受调查的 350 名大学生中,有 63.43% 的大学生认为题材多元、剧情跌宕、情节有深度的网络文学作品最能够实现跨国传播和文化输出;同样,以趣味性和轻松性满足读者精神情感需求也非常重要,占比 62.57%;选择融合中国风元素来丰富文化内涵实现输出的大学生比例为

60.29%;打造专业的翻译团队、形成完整的产业生态两个选项分别占比54.86%和43.43%。由此可见,在文化输出方面,大学生更加看重网络文学的题材剧情和轻松性、趣味性,这些因素不仅是他们自身选择网络文学作品的参考条件,也是当下实现跨国传播和对外输出的重要因素。

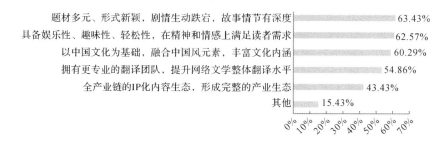

图 3-27   大学生对网络文学跨国传播和文化输出的看法

3.大学生对网络文学引导的看法分析

如图 3-28 所示,在当前网络文学是否需要引导的问题上,有 46.57%的大学生认为当前的网络文学比较需要引导,能够让网络阅读环境变得更好;30%的大学生认为非常需要,可以推动网络文学高质量发展;而 19.71%的大学生则表示无所谓,认为引导的作用不是很大;还有 3.72%的大学生认为完全不需要引导。由此可以看出,接近 80%的大学生都认为当前的网络文学是需要引导的,这不仅能够提升网络文学的质量,也能让阅读环境变得更好。只有极少数人认为不需要,作用不是很大。

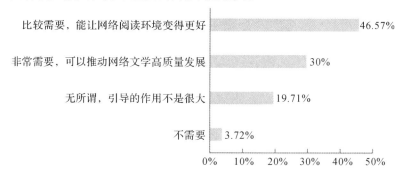

图 3-28   大学生对网络文学是否需要引导的看法

如图 3-29 所示,在如何对网络文学进行引导方面,大学生中选择国家层面加强监管力度、规范网络文学的人数最多,占比为 61.71%;选择学术层面强化实践研究,探索可行引导策略的占比为 58.86%;选择规范网络文学作品发布平台以提升质量的与选择在学术层面进行引导的人数相差不大,占比为 58.29%;47.43% 的大学生认为要建立科学完善的评估体系,开设评价专区进行监督;36.86% 的大学生认为要规范开拓国内国外两个市场;其他要素占比为 12.29%。由此可见,在大学生群体看来,从国家层面出发监管和规范网络文学是最切实可行的引导方式,同时学术层面的引导策略、文学作品发布平台的规范也同样重要。只有加强规范、完善评估,才能实现网络文学的长远优质发展。

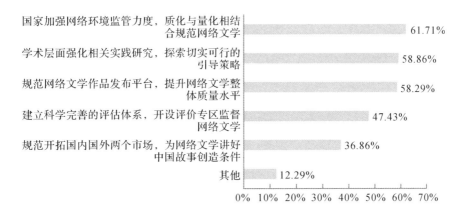

图 3-29 大学生对如何引导网络文学的看法

(四)调研总结与建议

通过上述细致详尽的图与数据的分析,本次调研对大学生的网络文学阅读状况有了一个较为全面且深入的了解。总体看来,当代大学生群体对于网络文学的喜爱程度较高,大多都会在闲暇时间阅读网络文学,以此舒缓压力、打发时间,或是满足自身的兴趣需求。大部分大学生在网络文学的阅读时长安排上较为合理,但还是有少量大学生花费的时间偏多,需警惕过度沉迷的问题。

现如今,网络文学作品的题材类型、阅读渠道多种多样,不同的题材满足不同的个性喜好,但总体而言,内容质量、情节安排、写作文笔是大学生选择和评价网络文学的重要标准。在网络文学阅读付费方面,超半数的大学生愿意并且会在阅读网络文学时付费,在花销上也较为合理,只有极少数花费偏高,需注意适度消费。在网络文学的影响方面,大多数大学生认为阅读网络文学能够起到缓解现实压力、丰富文化素养、增进交流互动的积极作用,但同时也会担心过度沉溺导致的现实人际关系疏离、身体健康和学业受影响等问题,以及参差不齐的内容质量可能造成价值观扭曲等问题,这些方面也须在阅读网络文学时多加注意、保持警惕。在网络文学引导方面,大部分大学生读者都认为网络文学需要引导,而国家层面的监管、学术层面的研究、平台方面的监督规范等则是最有效的引导网络文学的手段。

| 第四章 |

网络文学的产业化与评价体系建构

　　毫无疑问,中国网络文学是在商业化语境中萌生壮大起来的,有着与生俱来的市场基因与商业属性。换言之,网络文学从本质上说是一种市场文学。考察网络文学就必须按商业社会、市场经济、消费社会的规则和律令来审视,那么,创作其实也是一种生产,作品其实也是一种产品和商品,传播其实也是一种流通,阅读其实也是一种消费,评论其实也是一种广告,评奖其实也是一种资本赋能。从1998年至今,面对市场的网络文学就是因为有着巨大的市场号召力、影响力和市场回馈,而不得不让国家机制与主流文坛对网络文学这个"文学新贵""文坛暴发户"格外侧目。换言之,网络文学的"合法化",从某种角度来说,是靠它的产业化(包括类型化、影视化、IP化)挣来的,而不是传统作家与主流文坛赏赐的。中国网络文学的发展,从一开始走的就是产业化的路子,是与产业化相伴相生、共融共生的,产业化既是网络文学的生存线,也是网络文学的风景线,更是网络文学自始至终的存在方式。从整体上看,中国网络文学20多年的产业化进程,大致经历了三次产业革命,即从免费到收费的第一次产业革命、从单一收费到多点开发的第二次产业革命、从"盈利点"到"产业链"的第三次产业革命。正是这三次渐次推进的产业革命,形成了网络阅读、实体出版、网络游戏、动漫、影视改编、IP全版权运营、网文出海等多层次的产业链。有关数据显示,截至2021年12月底,中国网络文学用户规模达到 5.02 亿人,向海外传播作品 1 万余部,网站订阅和阅读 App 的海外用户 1 亿多人。另有数据显示,截至 2018 年 6 月,文学网站平台的签约作者达 68 万人,作品总量达 1600 部,市场规模达129.2 亿元。从这些翔实的数据可以看出,网络文学产业驶入快车道、进入勃发期,并已经成为我国文化产业的重要支柱。正是有着这样骄人的产业规模、产业绩效及高分报表,让过往对网络文学的质疑声、反对声似乎渐渐沉默了。

一、从免费到收费:网络文学的第一次产业革命

网络文学的产业化准确来说始于文学网站。最早的文学网站虽然表面是免费的,但免费的背后都有着逐利的本质。网站要盈利,写手要赚钱,这本是无可厚非的,也是市场使然,关键是如何盈利、如何赚钱的问题而已。文学网站将文学写作(生产)、文学阅读(消费)纳入产业化经营,寻找最适合网民的作品(商品),寻找最有影响的作者(数字打工人),运用产业经营、企业管理的模式进行文学的生产与销售,推进精神价值向物质价值的转换,从而实现文学的经济化、商业化,实现了网络文学产业化的第一次革命。

网络文学产业化的第一次革命是以网站为主力军,并在写手和网民的共谋下完成的。1997 年,朱威廉在他个人网站的基础上创办了原创网络文学网站榕树下,其后在 1999 年成立榕树下计算机有限公司,以公司化模式践行网络文学产业化的行动。2000 年,榕树下网站率先在全国第一次举办网络文学大奖赛,为彰显大赛的知名度,邀请了当时的网络名人李寻欢、安妮宝贝、邢育森、宁财神等当评委,开启了"以赛促征文""以赛促产业"的新模式、新进程。自此,产生了网络文学第一代盈利模式,即网络作家通过低门槛的网络写作来提高自己的名声,而网站则借助高点击率给予的广告服务,以及作家出版作品后的版权分享而获得收益,从而形成了网络文学产业化

的滥觞。①

2004 年,商业资本纷纷进入网络文学产业市场,最有代表性的事件是上海盛大收购起点中文网、TOM 控股幻剑书盟。文学网站及其网络文学作为朝阳产业,备受资本的青睐,其产业化的趋势日益明朗。毕竟按马克思在《资本论》中的论述:资本是作为预付金的资本,是"为卖而买",以追求利润增量为目的的生产预付金,当然预付金也意味着资本追逐剩余价值、追逐利润回报的秉性。当然,并不是所有社会生产的项目都会受到资本预付金的青睐,投资哪个项目、投资多少,完全取决于项目所带来的剩余价值和利润。所以,资本大量进入网络文学市场,主观上肯定是为着逐利赚钱而来,但客观上在促进网络文学产业化的同时,极大地催生了网络文学的繁荣。自此,一大批优秀的网络文学作品,像《明朝那些事儿》《盗墓笔记》《星辰变》《诛仙》等纷纷面世,引起了网文圈内外的极大的轰动。也许正是凭借这些优秀的网络文学作品背后的"人气"和"市场",起点中文网和晋江原创网趁机推出"收费制",这样,网络文学渐渐消去了原先的"免费制"和"无偿性",文学网站从无偿提供转向了服务收费,文学网民从免费阅读转向了付费阅读。这样,从免费到收费,网络文学产业化的第一次革命得以迅速展开。

起点中文网是第一个把产业化引入文学网站的文学网站,率先推行 VIP 收费制,这是一种颠覆式的创新。具体地说,VIP 收费制就是文学网站与网络写手签约,以章节为单位向网民进行销售,用销售所得向网络写手支付稿酬的收费制度,一般来说网站与写手是三七分成,网站占三成、写手占七成,这样网站也获得一部分稳定的收入。在这种制度语境下,网络文学作品成为地地道道的产品以至商品,网络写手成为与网站签约的被雇佣的生产者,网站成为经销商,二者在逐利的战车上可劲地狂奔。通过这种收费制度,起点中文网拥有了一批最优秀、最有积极性的网络写手,他们创作了诸如《小兵传奇》《兽血沸腾》《诛仙》等第一批网络文学的"名牌"。同时,起点中文网

---

① 陈少锋:《网络文学的产生、发展和思考》,《临沧教育学院学报》2009 年第 6 期。

还通过支付方式的改变、网络付费的提升、阅读体验的优化等措施,进一步粘住了网络写手和网络读者,成为名副其实的"共同体"。这样,既有庞大的产量又有庞大的销量,更有巨大的市场,有力地支撑了利益王国的扩张。"可以说,正是起点中文网开创了电子出版市场的新篇章,逐渐探索出文学网站的生存之道,此后,这种 VIP 会员制阅读模式也被各家文学网站所借鉴和模仿,渐渐催生出了网络文学产业化这一概念。"①值得一提的是,起点中文网所开创的 VIP 收费制在取得了巨大的成功后,这一并不复杂的模式也就被其他文学网站纷纷效仿,从而在整体上完成了网络文学从草创期的混沌迷茫向商业化的转型。吴文辉曾经解释道:"为所有愿意写作和想写作的人提供一个平台,为他们找到他们的购买者,包括网络上的电子图书的购买者,进一步接着为他找到他的图书购买者和由图书所衍生的所有其他版权的购买者。"②

　　VIP 收费制不仅仅是为了收费而收费,而是以收费为契机平衡了作者、读者和网站的利益关系,意味着文学网站体制性变革的开始,对中国网络文学的发展尤其是产业化具有革命性的意义。一是这一制度使得原创文学网站终于找到了合适(至少在当时看来最合适)的盈利模式,以收费滋养文学网站、支撑文学网站,在互联网经济寒冬中得以存活,故而起点中文网就曾宣称:"在中文文学网站中,起点虽然不是第一个开始收费的,却是第一个将收费进行到底的。"二是这一制度彻底改变了文学生产的逻辑,从卖方市场转换为买方市场,强调读者的需求和趣味,即从"作者中心"转向"读者中心",从"网站为主"转向"市场为主",从"编辑优先"转向"读者优先"。在文学生产的逻辑中,从前的关键环节是由编辑和作者的合作关系把控,现在的关键环节是由读者(粉丝)和作者的互动关系主导。"这就意味着网络文学

---

　　①　老独:《起点:从收费开始作家培养激励计划》,http://www.ucgogo.com/mh/html/95/n-995.html。

　　②　转引自《网络文学网站的 CIS 战略:网络文学网站发展》,https://www.zhaoqt.net/renshengganwu/235424.html。

评价标准的锚定将发生变化,甚至趋向更加多元化;将催生更加满足市场预期和个性化审美趣味的文学品类,文学真正从'供销社'经济时代走向'文学大超市'时代——应有尽有,任君选购。整个网络文学生产机制也在调整中转型。"[①]三是这一制度培育了网民文学消费的习惯,这种影响是深远的,在此之前很少有为网络文学付费的先例,VIP收费制培养了文学消费者为文学买单的习惯,为后来的自媒体经济和知识付费经济奠定了基础。四是这一制度极大地激发了网络写手的文学生产力。

二、从单一收费到多点开发:网络文学的第二次产业革命

毫无疑问,产业化是网络文学不断走向盛大、不断走向繁荣的驱动力。假如说"从免费到收费"是网络文学产业化的第一次革命的话,那么,网络文学产业化的第二次革命便是"从单一收费到多点开发"。因为前者实现了从无到有、从零到一的突破与创新,而后者实现了从有到多、从一到多的拓展与攀升。准确地说,不管是免费提供网络文学还是有偿提供网络文学,其第一主体始终是文学网站,而写手不过是从文学网站处"分得一杯羹"而已,顶多也就只能算是文学网站的"雇佣工",或者说是第二主体。所以,从这个角度来说,多点开发的主体依然是文学网站,或者说多点开发是文学网站的"创收之道"或"吸金之术"。从整体上说,文学网站除通过收费阅读、广告插播获得稳定的收入之外,还可以通过网络文学作品的实体出版、影视改编、游戏改编、动漫改编、网络杂志、手机文学等多种形式、多种渠道获得新的收入。

(一)广告收入

文学网站的广告收入取决于网站的点击率、知名度和黏性指标。高热

---

①　李灵灵:《新媒体与中国网络文学》,东南大学出版社2020年版,第49页。

度的作品、高人气的写手、有效浏览时间等,都能够有效吸引广告的投放。有关数据显示,文学网站的人均月度有效浏览时间和人均单日有效浏览时间,要远远高于其他网站,其媒体价值的认可度较高。具体地说,文学网站的广告位置有首页、介绍页、目录页、频道、书屋、阅读页等,广告形式有通栏、文字链、弹窗、对联、特殊专栏、竞价广告、创意阅读页、创意书架、站内信等,可以满足不同层次、不同类型的广告用户的选择性投放。客观地说,文学网站的广告收入与其他门户网站相比,还是有很大的差距的。正如起点中文网总经理吴文辉所说的:"起点网可挖掘的潜力很大,特别是盈利很高的广告方面。现在起点网的最高流量已经接近新浪的三分之一,但广告收入所差的不是一星半点。"①吴文辉的自我诊断与反思还是十分清醒的,像起点中文网这样的文学网站采用了一系列的举措来扩大影响、提升人气、吸引广告投放。对此,有人将之总结为 12 种简单有效方法,包括:(1)"大神"坐镇;(2)举办征文;(3)贴吧广告;(4)广泛合作;(5)弹出窗口;(6)与同行做友链,实现资源互换;(7)增加网站外联;(8)加入网站大全,进行网站推广;(9)利用电子邮件推广;(10)在大流量网站发布文章推广;(11)利用 QQ 群推广;(12)调动网民积极性等。② 除此之外,文学网站还可以借鉴其他门户网站的宣传手段以吸引广告投放,主要有以下 17 种方法:(1)全面登录搜索引擎法;(2)参加许可邮件营销推广法;(3)投放网络广告推广法;(4)网站互动推广法;(5)会员制营销推广法;(6)信息发布推广法;(7)媒体合作推广法;(8)网站合作及互换链接推广法;(9)批量提交交换链接推广法;(10)问答网站推广法;(11)电子邮件自动回复推广法;(12)收藏夹推广法;(13)提交到网站导航站推广法;(14)QQ 推广法;(15)博客推广法;(16)论坛推广法;(17)软文论坛推广法;等等。③

---

① 转引自禹建湘:《网络文学产业论》,中国社会科学出版社 2011 年版,第 74 页。

② 萧怀:《网站宣传推广的十二种简单有效方法》,http://li27yong.blog.163.com/blog/static/2764543200973013220/li27。

③ 禹建湘:《网络文学产业论》,中国社会科学出版社 2011 年版,第 76—77 页。

　　文学网站拥有庞大的读者群,这个庞大的读者群不仅给文学网站带来了巨大的流量,也给文学网站带来了不菲的收益。其实,文学网站庞大的读者群本身就是一个有潜力的市场,自然也会引来广告商的格外关注与青睐。这样,读者群越大,网站流量就越大,广告收入就越多。在网络技术及算法技术、大数据技术的强力支持下,文学网站的广告都是精准投放的,这种广告往往是锁定目标人群、向目标人群推送特定信息,从而提高交易的概率。我们无法准确算出每个网络文学网站的具体广告营收额,但是据艾瑞网提供的《2013—2014 中国网络广告行业年度检测报告》,"2014 年门户网站广告市场总规模为 129.8 亿元,同比增长 32.2%"。由此可见,网络广告市场是一个巨大的蛋糕,行业涨势、产业市值十分喜人。在网络广告这片蔚蓝的大海里,文学网站的广告收入也定然不菲。

　　从整体上说,广告收入在文学网站的收入构成中体量不大,但针对释放效果好。一般来说,文学网站的广告收入有 2 种收费模式:一是 CPT(Cost per Time) 计价方式,就是根据广告的展示时长收费;二是 CPA(Cost per Action) 计价方式,就是根据广告的展示效果收费。无论采用何种模式,其"吸金"的根本前提始终是文学网站的流量,即所谓"流量为王"。换言之,文学网站流量越高,人均浏览次数就越高,广告收入就越高。仅以 2017 年主要网络文学平台流量为例,就足以透出其中的"马太效应"与"赢者通吃",如表4-1 所示。

表 4-1　2017 年主要网络文学平台流量表

网络文学平台	访客人数 (3 月平均值)/人	网页浏览量 (3 月平均值)/次	人均浏览 次数/次
晋江文学城(阅文 50%)	976000	10931000	11.20
起点中文网(阅文旗下)	213440	2988000	14.00
纵横中文网(百度旗下)	150400	827000	5.50
潇湘书院(阅文旗下)	102400	563000	5.50
17K(中文在线旗下)	41600	212000	5.10

续　表

网络文学平台	访客人数 (3月平均值)/人	网页浏览量 (3月平均值)/次	人均浏览 次数/次
红袖添香(阅文旗下)	20160	151000	7.49
四月天(中文在线旗下)	8960	13000	1.45
书旗网(阿里旗下)	2432	4000	1.64

(二)实体出版

网络文学向实体出版转进,从某种角度来说,这既是一种产业化的革命,也是一种商业化的回归。当网络文学的勃兴与繁荣成为一种不可遮盖的风景时,出版商、书商、文学网站都嗅到了其中蕴藏的巨大商机。所谓"网络文学实体出版",就是文学网站将网站发布的高人气的优秀作品交给传统出版机构出版发行,从而实现高人气优秀作品的二次开发与变现。换言之,从网文到实体书,介质的转变带来的是产值的叠加。实体出版之所以能够推行,就在于文学网站在与网络写手签约的时候就签下了作品的出版代理权,而且拥有知识产权的网络写手也能在实体出版中赚得名气、获得收入,对此,网络写手也是乐见其成、乐此不疲的。换言之,文学网站、网络写手、出版机构三者在实体出版上是高度一致、一拍即合的。有关资料显示,一般来说,文学网站会从实体出版中获得20%的利润分红,出版社有10%的利润分成,网络写手有20%左右的利润收益,其余50%则是运营成本。总之,"网络文学的实体出版,为文学网站、写手、出版社带来了丰厚的利润回报,同时也为读者提供了更多的阅读选择,形成了四方共赢的局面,所以网络文学的实体出版正呈现一片火热情景"①。

1.造血:文学网站与实体出版

文学网站拥有丰富的文学资源,一旦与传统出版机构共营实体出版,就

---

① 　禹建湘:《网络文学产业论》,中国社会科学出版社 2011 年版,第 78 页。

会激活新的"造血"功能、形成新的盈利机制,从而推进文学网站进入良性发展的轨道。正是如此,文学网站在实体出版上开疆拓土诚然是不遗余力的。从 2002 年起,榕树下就开始介入实体出版,畅销书有作品集《鬼故事系列》《成都,今夜请将我遗忘》《沙僧日记》等,实体出版一度成为榕树下主要的盈利点。在实体出版上,起点中文网是"排头兵"和"领头羊",网站专门建立了"起点出版频道",平均每年出版实体书 100—200 部,总发行量超过 3000 万册,与全国 60 多家出版社建立了出版合作关系。起点中文网实体出版的成功案例很多,如《鬼吹灯》《校园篮球风云》《仙魔战记》等,再如唐家三少的《狂神》《光之子》、辰东的《长生界》、跳舞的《恶魔法则》等,超高的发行量为起点中文网带来了很高的收益。

　　文学网站在实体出版上开疆拓土,除了传统的纸质出版,还有与时俱进的数字出版。数字出版这种模式以盛大文学旗下的中文在线做得最为出彩,在 2009 年的法兰克福书展上,盛大文学的"全媒体出版"被业界权威评为"世界数字出版三大主流模式之一"。值得一提的是,"全媒体出版"是中文在线独创的数字出版模式,是一种全媒体的图书发布和图书销售模式,即通过手机、数字图书馆、移动终端、手持阅读器等多种渠道、多种平台、多种终端同步发布图书、销售图书,将所有平台资源有效整合形成聚合效应,从而实现"一种内容,多种媒体,同步出版"。在该次书展中,中文在线展出的《非诚勿扰》《贫民窟的百万富翁》《见证奇迹的人生》《我的兄弟叫顺溜》《也该穷人发财了》《爱·盛开》等"全媒体出版"图书让人甚为惊叹。①

　　2. 分红:网络写手与实体出版

　　网络写手的人气作品向实体出版转化,最早源于痞子蔡(蔡智恒)的《第一次的亲密接触》。《第一次的亲密接触》于 1998 年年初在网络上发表,第二年即由知识出版社纳入"网络书系"出版发行,这是大陆出版社第一次出版网络小说,痞子蔡(蔡智恒)也成为网络作家在大陆出版实体小说的先行者。

---

　　①　马季:《2009 年网络文学综述》,《光明日报》2010 年 1 月 21 日。

据报道,《第一次的亲密接触》出版后,发行量超 100 万册,并且连续 12 个月占据畅销书排行榜头部,既给当时萧条的出版业打了一针"强心剂",也奠定了痞子蔡(蔡智恒)在中国网络文学作家群中"带头大哥"的地位。

当像痞子蔡(蔡智恒)这样的网络写手在实体出版中收获"真金白银"之后,让网络文学作品"跑"下网络与传统的图书出版联姻,便成为一种可以轻易复制、轻松模仿的赚钱的"门路"。换言之,"抄作业"便迅速流行。1999年,有内地"五匹黑马"之称的宁财神、邢育森、俞白眉、李寻欢、安妮宝贝相续有大量的网络小说出版。[①] 还如,李寻欢和五朝臣子策划的"榕树下"系列作品,包括《我的爱漫过你的网》《女人心事风过留香》《活得像个人样》《生活的原味》《告别薇安》,都是名利双收,取得了巨大的成功。还有俞白眉的《网络论剑之刀剖周星驰》《缘分的天空》《假装纯情》等出版后也广泛流传。再比如,当年明月的《明朝那些事儿》在 2006 年 3 月首次在天涯社区发表,到 2006 年 5 月就收获了超过 100 万次的点击量,于是,在 2006 年 9 月 1 日,《明朝那些事儿》正式出版发行,截至 2009 年底,《明朝那些事儿》已经正式出版了 7 部。

网络写手与文学网站、出版社合谋出版网络小说,如果市场定位准确、作品质量也优秀,就会成为"超级畅销书",那么这本书的发行份额和市场利润就非常可观。以 2002 年当代世界出版社引进的金浩植的《我的野蛮女友》为例,据说其发行量有二三十万册,单价如果按 25 元算的话,码洋就有六七百万元,除去版税、印刷成本和宣传费用,出版商还是有数百万元的利润空间。[②] 尽管目前没有一个权威机构来统计网络文学出版的数量,但有一组数据表明,从 2000 年到 2009 年,网络小说的出版量(总印数)每年大约以 25%

---

①　杨会:《网络小说走向实体出版的趋势和问题》,《中国出版》2009 年第 4 期。

②　翁佳焰:《网络写手年收入超 200 万,催生新创业平台》,《通信信息报》2010 年 3 月 1 日。

的速度递增。① 这样看来,对于网络写手而言,写作不仅可以赚钱,还可致富,甚至是暴富。例如,在盛大文学,就有许多像 J. K. 罗琳那样凭借写作而致富的写手。网络写手从实体出版中收获良多,在追捧网络写作的同时也对网络文学的实体出版趋之若鹜。所以,像南派三叔这样"大神"级的写手,其《盗墓笔记》5 年写出 9 本书,实体书总销量超过 1200 万册,且南派三叔在2011 年以 1580 万元的版税收入登上作家富豪榜第二位,也就顺理成章了。2019 年网络作家收入排行榜如表 4-2 所示。

表 4-2　2019 年网络作家收入排行榜

序号	网络作家	收入/万元
1	唐家三少	12200
2	天蚕土豆	6000
3	我吃西红柿	5000
4	天使奥斯卡	4930
5	月关	4800
6	骷髅精灵	4600
7	跳舞	3400
8	柳下挥	2600
9	藤萍	2500

3. 掘金:出版社与实体出版

网络文学对传统出版社而言,既是一种挑战,也是一种机遇。在网络文学的勃勃生机中,传统出版社主动对接,主动承接下游产业,将网络文学视为一个庞大的原材料超市与优质内容基地,以"搭便车"的方式实现了出版社的中兴。仅以 2007 年 7 月至 2008 年 7 月的统计数据为例,在中国文学类图书销售排行榜上,网络文学的实体书占比达 20%。另外,在各种畅销书排

---

① 张晓然:《盘点走过十年发展历程的中国新兴网络文学》,《新民晚报》2009 年 5 月 18 日。

行榜上,排在前列的也大多是网络文学的实体书。从某种角度来说,网络文学的实体出版正在改变出版业的格局并影响出版社的发展。从出版社的角度来看,网络文学的实体出版是一个"稳赚不赔"或者"风险最小"的买卖。出版社可以通过网络文学作品的点击率来判断作品的市场潜在价值,也可以判断作品的可能风险,加之成熟的网络文学作品的出版周期会大大缩短,资金周转和回笼将会更快,预期的市场收益可以及时得到。这样一来,许多出版社纷纷涉足甚至扎堆网络文学的实体出版,像中国社会科学出版社、作家出版社、知识出版社、天津人民出版社、漓江出版社、上海文艺出版社、时代文艺出版社、浙江文艺出版社等,可以说是"八仙过海,各显神通"。出版社在网络文学实体出版中的主动介入与全线出击,不仅完成了对自我颓势的拯救,也实现了对网络文学精品化的推进与锤炼。

现在,成功的网络文学作品都被出版社一网打尽。把网络原创文学作品结集成书不仅是一个新的出版热点,也是一个新的出版模式。如福建教育出版社就曾邀请著名作家、传统主流文学的泰山北斗、"人民艺术家"王蒙先生主编了一套网络文学丛书,这是一次别有意味的策划。以出版传统主流文学作品为主的人民文学出版社也在其建社 50 周年之际,首次出版了网络原创小说《风中玫瑰》,并破天荒地采用了 BBS(电子公告牌)版式,这是一次颇有意味的介入。对此,人民文学出版社副编审孙顺林坦言,网络出版和纸介质出版没有绝对、本质的差别,作者无非都是将自己的感受和想法写到作品里……最终的目的还是给别人看,网络文学作者愿意和纸介合作,以完成其全部使命。从"网上看"到"书上看","看的方式"改变了,"看的频率与效果"增加了。换言之,网络文学借助实体出版,将数字读物转变为纸质读物,这样更便于读者阅读和传播扩大,这无疑是件好事。当然,网络文学实体出版的喜悦中也裹着忧愁。值得注意的是,时下有一种做法,就是把网络文学作品能否实体出版当作衡量网络文学好坏的标准,甚至是最主要的标准。这对于网络文学而言,反而成了一个包袱。其实网络文学与传统文学的最大区别就是它的"无纸化","有纸化"只能是"锦上添花",而不应该是

"雪中送炭"。随着电子阅读的技术更加进步,网络文学完全没有必要被"招安",可以自己在网络上出版,实际上也有网站这么做了。网络文学区别于传统文学的特殊性,应该是其在网上发挥,而没有必要去跟风出版成书,否则它就失去了存在的意义。这样的担忧不是没有道理,但是就出版社、网络写手、网络作品而言,能从实体出版中获取盈利,能从实体出版中分红,能从实体出版中扩大影响,实现商业价值与传播价值的双增长,这无论如何都是一件值得肯定的事。我们唯一需要警惕的是,不要把一部网络文学作品能否实体出版作为衡量它好坏优劣的唯一标准即可。毕竟,从根本上说,物质生产决定艺术生产,网络文学作为商品的艺术,其市场价值是一个不可迁绕的考察点。出版社不可能经常做赔本的买卖,而职业化的网络写手也不可能经常进行不赚钱的无效写作或无效劳动。所以,从这个角度来说,"唯市场"的市场主义肯定不对,但"弃市场"的理想主义肯定也不行。

在网络文学实体出版的进程中,京城洛神(崔曼莉)《浮沉》的出版体现了出版社对网络文学的争夺热度。《浮沉》在新浪读书一炮走红之后,人民文学出版社欲以 3 万首印、8%的版税商议签约;其后,又有出版社欲以 10 万首印、10%的版税商议签约;紧接着,陕西师范大学出版社加入《浮沉》的抢稿大战;在随后的一周内,又有近 30 家出版机构加入《浮沉》的抢稿大战。最终,2007 年 12 月,陕西师范大学出版社和《浮沉》作者京城洛神在北京秘密签约。这是网络文学实体出版争夺战最为激烈的一次。《浮沉》实体书上市前 15 天,有 58 家媒体报道或转载了这部小说的消息,各图书经销商也纷纷现金订购,出版社获利颇丰。

出于商业的逻辑,出版社特别青睐和钟情那些高点击率、高人气指数的网络文学作品。或者说,高点击率、高人气指数的网络文学作品,从某种角度来说,就是出版社的"掘金场"。这就是所谓"签到就是赚到"。诸如《成都,今夜请将我遗忘》《小兵传奇》出版后盛极一时,烟雨江南的《褻渎》、血红的《邪风曲》也获得了不错的反响。还有像《藏地密码》《明朝那些事儿》《诛仙》《血薇》《护花铃》《香初上舞》《缥缈之旅》《异人傲世录》《紫川》《搜神记》

《九州》《和空姐同居的日子》《元红》《新宋》等纷纷从网上转入网下、从线上转入线下、从虚体转入实体,成为网络文学纸媒化的经典。据统计,出版社每年出版的作品中,实体出版的网络文学作品占比为 5% 左右。可以说,出版社是网络文学实体出版或曰早期产业化的最大推手。值得一提的是,出版社对网络文学实体出版的深度介入与热情追捧,表明网络原创文学已经越来越被商业包围。很多在网上连载的作品,刚刚出现火爆的势头,就已经被出版社签约了。这种急不可耐的签约,既可能是一种保护,也可能是一种拖累;既可能是一种催人精进的"催化剂",也可能是一种使人甘于现状的"鸦片烟"。当出版社的签约成为一首"催命曲"或一道"紧箍咒"时,网络写作的自由性或轻舞飞扬可能就会大打折扣。除此之外,出版社开掘网络文学的实体出版,还须关注两个问题:其一是"新鲜度"问题,一部网络文学作品走红以后,其实体书是否还会有大量的读者购买是困扰出版社的问题;其二是"版权"问题,无论是网上盗帖,还是实体盗版,都成为网络文学实体出版、网络写手知识产权保护的最大桎梏。主要出版社出版的网络小说如表 4-3所示。

表 4-3　主要出版社出版网络小说示例表

序号	小说	作者	出版社	网站
1	《杜拉拉升职记》系列	李可	陕西师范大学出版社	红袖添香
2	《藏地密码》系列	何马	重庆出版社	新浪
3	《明朝那些事儿》系列	当年明月	中国海关出版社	天涯社区 新浪 起点中文网
4	《第一次的亲密接触》	蔡智恒	知识出版社	BBS
5	《山楂树之恋》	艾米	江苏人民出版社 中国友谊出版公司	海外文学城
6	《浮沉》系列	崔曼莉	陕西师范大学出版社	天涯社区 新浪
7	《黑道风云二十年》系列	孔二狗	重庆出版社	天涯社区

序号	小说	作者	出版社	网站
8	《鬼吹灯》系列	天下霸唱	安徽文艺出版社	起点中文网
9	《盗墓笔记》系列	南派三叔	中国友谊出版公司	起点中文网
10	《诛仙》系列	萧鼎	朝华出版社(前6册) 花山文艺出版社(后2册)	幻剑书盟
11	《搜神记》	树下野狐	万卷出版公司	起点中文网
12	《天行健》	燕垒生	成都时代出版社	聊斋在线
13	《紫川》	老猪	百花洲文艺出版社	起点中文网
14	《佣兵天下》	说不得大师	新世界出版社	起点中文网
15	《飘渺之旅》	萧潜	辽宁教育出版社	幻剑书盟
16	《小兵传奇》	玄雨	南海出版公司	起点中文网
17	《天魔神谭》	手枪	朝华出版社	鲜文学网
18	《盘龙》	我吃西红柿	太白文艺出版社	起点中文网
19	《兽血沸腾》	静官	广州舞文弄墨出版社	起点中文网
20	《和空姐同居的日子》	三十	中国海关出版社	起点中文网
21	《庆余年》	猫腻	中国友谊出版公司	起点中文网
22	《泡沫之夏》	明晓溪	新世界出版公司	起点中文网
23	《琅琊榜》	海宴	四川文艺出版社	起点女生网
24	《花千骨》	Fresh 果果	北方妇女儿童出版社	晋江文学城
25	《后宫·甄嬛传》	流潋紫	浙江文艺出版社	晋江文学城
26	《芈月传》	蒋胜男	浙江文艺出版社	腾讯文学
27	《逍遥游》	月关	浙江文艺出版社	掌阅文化

三、从营利点到产业链:网络文学的第三次产业革命

从网络文学产业化的第二次革命到第三次革命,其间最大的嬗变就是将一个又一个的"营利点"链接起来,从而形成一个完整而又庞大的产业链体系。这就是所谓"IP产业化时代"。从业界普遍认为的网络文学的"IP元

年"2015 年至 2022 年,网络文学 IP 产业化时代已有相当的积累积淀。所谓"IP",即知识产权(Intellectual Property),主要包括著作权、专利权、商标权等三个部分。如文学、音乐、绘画和其他艺术作品,发明与创造及倾注了作者智慧与心血的创意、符号和设计等,具有被法律赋予的独自享有其权利的知识产权。将网络文学作为一个完整的 IP 进行产业化运作,在当下的具体操作中是指将一部具有知识产权的网络文学作品(如网络小说),进行多平台全方位的改编,如改编为电影、电视剧、游戏、动画、有声读物等,在跨领域、跨媒介及"跨媒介叙事"(Transmedia Storytelling)中实现产业链的建构。

2015 年,是中国网络文学的"IP 元年"。在这一年,两部重量级网络小说《花千骨》《琅琊榜》被改编为同名电视剧,火爆全国,形成现象级的文化产业景观。网络小说《花千骨》的作者是 Fresh 果果,该小说独家首发于晋江文学城,讲述少女花千骨与长留上仙白子画之间关于成长、责任、取舍的纯爱虐恋;同名电视剧《花千骨》由林玉芬、高林豹、梁胜权联合执导,霍建华、赵丽颖主演,由慈文传媒集团制作并发行。网络小说《琅琊榜》的作者是海宴,该小说独家首发于起点女生网,以复仇为主线,主人公梅长苏通过弥久谋划和精心布局,逐步推动挚友萧景琰从默默无闻的靖郡王成为靖亲王再成为皇太子,并获取朝中人心,使梅岭冤案得以重审、重判和昭告天下,使赤焰军谋逆罪名得以昭雪,使屈死的冤魂得以告慰;同名电视剧《琅琊榜》由孔笙、李雪联合执导,由胡歌、刘涛、王凯、黄维德、陈龙、吴磊、高鑫等主演,由山东影视传媒集团、山东影视制作有限公司、北京儒意欣欣影业投资有限公司、北京和颂天地影视文化有限公司、北京圣基影业有限公司、东阳正午阳光影视有限公司联合出品。透过网络小说《花千骨》《琅琊榜》的成功改编,人们普遍意识到,网络文学的商业价值并不仅仅局限于原创文学网站的订阅量。每一部网络文学作品(尤其是网络类型小说)都可以视作一个独立的 IP,发掘网络文学的 IP 价值,进行产业化运营,可以将其价值最大化。正所谓"一鱼多吃",网络文学进入文化产业领域价值衍生的链条之后,从某种意义上说,其后续开发(包括接续开发、持续开发、重复开发、衍生开发、文旅开发等）所蕴含的利润和价值是无穷无尽的。

如果说是 VIP 版权签约制度将网络文学纳入商业化、产业化的运作轨道的话，那么，网络文学 IP 的文化产业链运作则将其商业价值、产业价值放大了几个量级。中国网络文学 IP 的产业化模式借鉴了日本的 ACGN（Animation & Comic & Game & Novel）的产业模式。日本的动漫文化产业十分发达，ACGN 模式即为日本二次元产业的基本运行模式，指动画（Animation）、漫画（Comic）、游戏（Game）、轻小说（Novel）的相互改编。这些改编作品通常使用一套统一的核心设定（包括角色形象、角色设定、世界观等），并由此衍生出一系列周边产业链，推动各种下游产业，包括手办模型、食品贴牌、商业代言等纷纷发展起来。所谓"他山之石，可以攻玉"，日本的 ACGN 模式为中国网络文学的产业化带来了"链式开发"的新路径。2015年，阅文集团接管盛大文学之后，着手搭建中国网络文学的文化产业链模式。中国网络文学的产业化发展驶入快车道。正如盛大集团董事长陈天桥所说的，盛大文学是文化企业，有着打造一个完整产业的梦想。

以盛大文学为例，中国网络文学产业链发展有以下几种探索与尝试。一是拓展网络文学 IP 的输出渠道，打造移动互联网端的数字阅读平台。二是寻求版权衍生。盛大文学版权展示案例显示：盛大文学版权衍生的交易成果包括影视剧、游戏、有声读物，如《步步惊心》《裸婚时代》《我的美女老板》《美人心计》《我是特种兵》《来不及说我爱你》《庆余年》《小儿难养》《回到明朝当王爷》《极品家丁》等影视剧，以及《凡人修仙传 online》《盘龙 online》《星辰变 online》《斗破苍穹 online》《斗罗大陆 online》《异世邪君 online》《江山美色 online》《邪风曲 online》等网络游戏。三是积极探索网络文学的全版权运营模式，包括网络作家的全版权运营、内容的全版权运营等。诚如盛大文学董事长兼 CEO 邱文友所说的："（要把）由原创内容出发，贯穿全产业链,体现内容价值最大化的商业模式,进一步做实、做大。"①即将原始内容(单个IP)进行全文化产业链的开发,将文学IP的价值最大化。可以说,盛大文学已初步完善了网络文学IP产业化进程,建构了泛娱乐全产业链。中国网络文学产业链如图4-1所示。中国网络文学20年20部优质IP作品情况如表4-4所示。

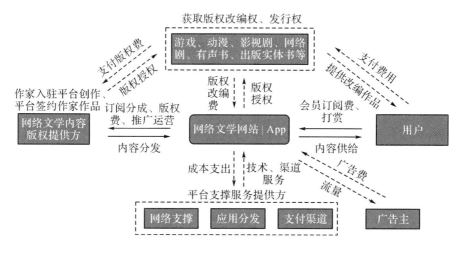

图4-1　中国网络文学产业链图示

表4-4　"中国网络文学20年20部优质IP作品"一览表

序号	年度	网络作家	网络作品	IP亮点
1	2003	萧鼎	《诛仙》	成功改编为网络游戏、电视剧及电影,开创古典仙侠小说改编先河
2	2005	桐华	《步步惊心》	成功改编为电视剧,韩国于2016年引进版权后翻拍为《步步惊心:丽》,在海内外获得较好的口碑
3	2006	天下霸唱	《鬼吹灯》	成功改编为电影、网络剧,IP全版权运营成功

① 《盛大文学跨界多产业进行全版权运营》,http://www.chinawriter.com.cn/news/2014/2014-01-16/188889.html。

续　表

序号	年度	网络作家	网络作品	IP 亮点
4	2007	辛夷坞	《致我们终将逝去的青春》	成功改编为电影
5	2007	海晏	《琅琊榜》	成功改编为电视剧，IP 全版权运营成功，获得市场广泛好评
6	2008	唐家三少	《斗罗大陆》	成功改编为漫画、动画及电视剧，是早期网络文学漫画改编的代表作之一
7	2008	我吃西红柿	《盘龙》	成功"出海"，其读者分布于全球 100 多个国家和地区，在英语世界中受到喜爱和追捧，成为"网络文学走出去"的标志性作品之一
8	2009	阿耐	《大江东去》	获中宣部第十一届"五个一工程"奖
9	2009	天蚕土豆	《斗破苍穹》	是第一本点击量破亿的网络小说，漫画改编和商业化运作成功
10	2009	果果	《花千骨》	成功改编为电视剧，IP 全版权运营成功，使网络文学 IP 进入资本视野，其图书在海外的出版发行是中华文化走出去的成功案例之一
11	2009	顾漫	《微微一笑很倾城》	成功改编为电视剧及电影
12	2010	鲍鲸鲸	《失恋 33 天》	成功改编为电视剧及电影，并成为 2014 年 7 月 19 日习近平总书记访问拉美国家时赠送的文化礼品之一
13	2010	李晓敏	《遍地狼烟》	成功改编为电视剧，获得第二届中国出版政府奖网络出版物奖
14	2010	唐欣恬	《裸婚——80 后的新结婚时代》	成功改编为电视剧及电影
15	2011	蝴蝶蓝	《全职高手》	成功改编为电视剧、动漫等，IP 全版权运营成功
16	2013	辰东	《完美世界》	成功改编为网络游戏
17	2014	猫腻	《择天记》	成功改编为动画及电视剧
18	2018	齐橙	《大国重工》	充分反映了励志青年的爱国情怀，极具 IP 改编潜质

序号	年度	网络作家	网络作品	IP亮点
19	2015	阿龙（wanglong）	《复兴之路》	该作品获首届原创网络文学现实主义题材征文大赛特等奖,极具IP改编潜质
20	2015	郭羽、刘波	《网络英雄传Ⅰ:艾尔斯巨岩之约》	该作品获第四届中国出版政府奖网络出版物奖,极具IP改编潜质

从图4-1和表4-4中我们可以看出,中国网络文学产业链已经形成。产业链分上游、中游、下游。产业链上游提供网络文学IP授权,产业链中游在获得IP授权后以衍生产品的形式改编变现,产业链下游以付费形式购买原创产品和衍生产品。在这个产业链中,第三方服务商为IP全产业链提供支持性服务,优化IP衍生变现。这样看来,网络文学的产业收入不再局限于付费阅读的收入,其更大的收益在于IP全版权运营下的衍生收入和延伸收入。据统计,到2020年,我国付费阅读市场规模已达300亿元,版权改编市场规模已达80亿元。这一"井喷式"的繁荣景象是传统文学形成千百年来从未有过的。由网络文学改编的影视剧、游戏、动漫、有声读物及其他衍生品带火了文化娱乐市场,而且以"华文出海"的方式提升了国家文化软实力。可以说,以网络文学原创内容为源头的"网络文学+"产业是值得肯定的。

| 第五章 |

网络文学的影视化与评价体系建构

　　我们当下所处的新世纪,是一个图像增殖、由图像主导的视觉文化时代,或曰图像时代。在图像时代,文学是拒斥图像,还是融合图像,成了一个无法逃避的选择,也成了一个必须要正视的问题。"纵观新世纪文学的进程与历程,文学的表达媒介与传播媒介出现了一个显在的转型,即从'语言时代'走向'后语言时代'。在新世纪这个'后语言时代',有一个无法忽视的表征就是'文字的疲软与图像的狂欢',以影像为主的视觉文化进驻新世纪的文化中心与文学圣殿。这样,我们所谓话语转型,就是从'语言时代'到'后语言时代',换言之,即是从'文字'到'影像',即新世纪文学的图像化转型。"①在整体"图像化转型"的洪流中,网络文学既首当其冲,也受益颇丰。事实上,中国网络文学20多年的蓬勃发展与浩大声势,虽主要与网络文学自身的"野蛮生长"与"强筋壮骨"有关,但也与网络文学的影视化改编,尤其是网络小说的影视化改编的大力助推与烘托有关。一部优秀的网络文学作品(尤其是高热度的网络小说),不仅存在于粉丝的阅读视野中,也存在于观众的观看视野中。从网络文学平台到荧屏,从"读的方式"到"看的方式",这种

---

　　① 张邦卫:《媒体化语境下新世纪文学的转型研究》,中国社会科学出版社 2017 年版,第 332—333 页。

变化带来的不仅是人气,更是倍增的 IP 价值。所以,我们在建构网络文学评价体系时,就必须要考虑网络文学的影视化、是否被改编为影视剧及影视剧的热播程度、是否被改编为游戏及游戏的热门程度等。

一、图像增殖:网络文学影视化的语境

所谓"图像增殖",是指当今社会上图像的过剩、泛滥。它是图像社会的一种文化表征与表述,是对图像有着无穷尽的生产能力与恣意流播的态势的表述,是我们必须考虑的文化事实。图像增殖是我们在新世纪不得不面对的媒介现实与文化事实。现实绝对不是一堆无言的物质,由于它出现在我们眼前、存在于我们的意识中,因而现实是可以言说的。不是现实不语,而是我们自己视而不见、听而不闻。以图像为显在表征的媒介现实、图像社会正大步走向我们,甚至成为我们生存、生活与寄寓的现实的主流化构成。对此,有人认为最直接的证据是我们生活中各种挥之不去的图像,明确指出当代社会是一个图像社会或曰景观社会。事实上,有许多睿智的理论家对当前的社会现实进行了精练的概括,如:居伊·德波的"景观社会"、让·波德里亚的"超现实"或"拟像"、马克·波斯特的"第二媒介时代"、杰姆逊的"后文学时代"、道格拉斯·凯尔纳的"媒介景观"、约斯·德·穆尔(Jos de Mul)的"后历史与后地理的赛博空间",等等。

丹尼尔·贝尔在《资本主义的文化矛盾》一书中指出:"当代文化正在变成一种视觉文化,而不是一种印刷文化,这是千真万确的事实。这一变革的根源与其说是作为大众传播媒介的电影和电视,不如说是人们在 19 世纪中叶开始经历的那种地理和社会的流动以及应运而生的一种新美学。"①贝尔的这一论断,是基于两个基本的文化史事实:其一,尽管图像本是与人类文

---

① 〔美〕丹尼尔·贝尔:《资本主义的文化矛盾》,赵一凡、蒲隆、任晓晋译,生活·读书·新知三联书店 1989 年版,第 156 页。

明的历史始终相伴的,但是现代图像文化是伴随着现代民主社会的出现而兴起繁盛的;其二,现代图像文化是随着摄影技术、电影技术、电视技术、数码影像技术、电子网络技术的出现而日益兴盛的"世界成为图像"的影像文化现象。从中可以推知,图像文化准确来说是指基于民主性、大众性、技术性与产业性的影像文化,有着现代性与后现代性的文化表征。进入新世纪以来,由于科学技术的高度发达,人工生产图像的模式被技术生产图像的模式取代。图像以普适的生产方式、少障碍的传播方式及无障碍的接受方式进行着几何级式的繁殖、增殖,图像包围了我们。在此之前,我们还可以说,虽不能够充耳不闻,却可以扭头不顾,但是在当下的新世纪,即使我们扭过头去,仍然还会看到图像,会受到图像的影响。从这个角度来讲,图像可以说是无处不在、无孔不入。尽管海德格尔曾经说过:"现代的基本进程乃是对作为图像的世界的征服过程。"[①]然而,在由电影、电视、户外广告牌、LED电子显示屏、网络、手机等共同建构的图像时代,我们深陷图像的世界而难以自拔,如很多人都有电视与手机依赖症、上网成瘾症、视频网站连续播放与不限播放而导致的"久观猛看症"。"广播电视村村通工程"的实施,让没有接触过电视视像的人只能是特殊人群与个别案例。正因如此,我们可以这样认为,"不是我们征服了图像的世界,而是图像的世界征服了我们"。

其实,图像社会是人类本身的一种图像化生产能力的产物。人类的图像化生产能力与建构能力依靠现代科学技术的高度发展得到了迅速发展与提升,图像社会成为现代科技社会的必然结果与当然表征。随着科学技术的发展,比如绘画、摄影、摄像以及多媒体技术的发展,人类生产图像的能力也将越来越强大;科技的高度发达,使人类生产图像变得轻而易举。从这个角度来看,由于我们人人都可以生产图像,图像必然会泛滥。图像生产能力的普遍性,必然会导致它在大众文化的场域里挤压作为语言艺术的文学。

---

① 〔德〕海德格尔:《世界图像的时代》,《海德格尔选集》下卷,孙周兴译,生活·读书·新知·上海三联书店 1996 年版,第 904 页。

在新世纪,以图像符号挤压文学场域的占领者主要有摄影、电影、电视和互联网等。例如摄影,"摄影的发展导致了图像技术的巨大变化。照片再也不能像其他绘画一样被看作指示某些抽象的和不可见的东西的符号了"①。事实上,世界自身呈现为照片文化和视觉语言,理查德·豪厄尔斯认为:"照片远比它的题材更能说明事件本身。"②再如电影,理查德·豪厄尔斯认为:"通过电影,我们将进入第四维度:时间维度。"③而通过电视和互联网,我们则进入了一个几乎不再为四维时空所限的虚拟世界。据统计,截至 2010 年底,中国网民数量已达 2.62 亿人,占全世界互联网用户数的 25%;至 2012 年底,中国网民总数已达 5.64 亿人,互联网普及率为 42.1%。还有数据显示,在"第九次全国国民阅读调查"中,2011 年全国国民阅读中数字化阅读率呈快速增长势头,达 38.6%,而其中图像阅读及融合图像的阅读所占的比例相当高。这样,图像及图像所建构的虚拟世界,深刻地改变了我们的文化存在方式和文化生活方式。世界不再是世界,甚至人也不再是人——图像成为人类掌握世界、认识自身、交流信息、表达思想、呈示世界观、进行意识形态竞争与交锋的一种符号编码或话语言说,成为人类感情生活、政治生活、文化生活甚至日常生活、人际交往的一种主流载体。约翰·伯杰认为:"历史上也没有任何一种形态的社会,曾经出现过这么集中的影像、这么密集的视觉信息。"④这也许是对图像增殖态势下新世纪文化境遇的精确概括吧。

---

① 〔德〕洛伦兹·恩格尔:《不可见之见——从观念时代到全球时代的德国视觉哲学》,孟建、〔德〕Stefan Friedrich 主编:《图像时代:视觉文化传播的理论诠释》,复旦大学出版社 2005 年版,第 3 页。

② 〔英〕理查德·豪厄尔斯:《视觉文化》,葛红兵等译,广西师范大学出版社 2007 年版,第 145 页。

③ 〔英〕理查德·豪厄尔斯:《视觉文化》,葛红兵等译,广西师范大学出版社 2007 年版,第 156 页。

④ 〔英〕约翰·伯杰:《视觉艺术鉴赏》,戴行钺译,商务印书馆 1999 年版,第 153 页。

二、影视改编：网络文学影视化的路径

通过改编将文学作品转换为影视作品，这不仅仅是一种艺术形态的转变，更是一种扩大化的传播和产业化的增值。著名作家刘震云认为："文学参与电影可以让电影变得更强壮，电影参与文学可以让文学飞得更远、传播得更远。"[①]著名学者黄发有认为："在文学与影视的交融与互渗中，文字媒介与视听媒介相互补充，文学与影视对共同面对的现实进行了相互呼应的文化阐释。但是，文学对影视的趋同使小说与影视剧本的文体界限名存实亡，文学与影视的独立性同时面临着严峻的考验。影视趣味对于小说创作的影响，在这个文学市场化的年代里，正日益显现其威力。在某种意义上，影视剧本写作的规范正在摧毁传统的、经典的小说观念。"[②]正因为"影视趣味"的影响、召唤与诱导，新世纪文学便有了与图像社会契合的"内图像化"（如图像化写作）和"外图像化"（如影视改编）。概言之，"文学成为影视的'脚本工厂'，影视成为文学的包装与销售机构"[③]。

网络文学从"文学"走向"影视"，既是趋势也是大势，既是现实也是事实。当然，重点是那些故事性强、粉丝量多、传播范围广、广告效应大、商业价值高的网络小说。当下网络小说的题材十分丰富，其中诸如宫廷类、豪门类、都市家庭类、情感类等题材，都是现代人喜欢看的影视剧的题材。这种相似性直接促使影视全神聚焦于网络小说这个巨大的"金矿"。由于网络小说有很好的读者基础，故事性强，戏剧化程度高，"爽点"多，故格外受到影视投资方和影视制作单位的青睐。还有，网络小说大多故事引人入胜，内容轻

---

①　转引自雷达：《新世纪十年中国文学的走势》，《文艺争鸣》2010 年第 2 期。

②　黄发有：《挂小说的羊头 卖剧本的狗肉——影视时代的小说危机（上）》，《文艺争鸣》2004 年第 1 期。

③　黄发有：《挂小说的羊头 卖剧本的狗肉——影视时代的小说危机（上）》，《文艺争鸣》2004 年第 1 期。

松活泼,语言诙谐幽默,台词时尚流行,风格后现代化,因而深受年轻人的追捧与喜欢,并且易于传播,这样,网络小说也就更容易获得商业资本的青睐与倚重。像《寻秦记》《宫》《步步惊心》《杜拉拉升职记》《大丈夫》《蜗居》等由网络小说改编而来的电视剧一次又一次的热播,便是明证。

据盛大文学统计,2011 年有三类网络小说最受影视改编青睐:一是"婚恋伦理",如《裸婚时代》;二是"穿越宫斗",如《步步惊心》;三是"偶像时尚",如《来不及说我爱你》。据业内人士透露,与名著改编、经典作品改编相比,高人气的网络小说改编相对来说要容易得多、高效得多,而且在改编过程中可以与网民、粉丝随时互动修正,作品与市场需求几乎"零距离",有着开放性、互动性和新鲜感强的优势,所以一旦改编成功搬上荧幕,就能很快获得观众的关注,收视率一般都不会低。对此,有人以电视剧热播度为参照系,认为新世纪有十大必看的改编成电视剧的热门网络小说,它们分别是:《佳期如梦》、《Ｓ女出没,注意!》(电视剧为《一一向前冲》)、《何以笙箫默》、《碧甃沉》(电视剧为《来不及说我爱你》)、《步步惊心》、《未央·沉浮》(电视剧为《美人心计》)、《泡沫之夏》、《倾世皇妃》、《后宫·甄嬛传》、《千山暮雪》等。所以,我们可以认为,改编自网络小说的电视剧的热播,对视觉文化时代的大众有着深度影响与极度诱导。围观之后的认同,认同之后的追捧,追捧之后的偶像,"粉丝群"的壮大与"粉丝文化"的漫漶似乎在无形地重构着新世纪的文学秩序,从而进一步推动了新世纪网络小说的经典化进程。

将"好读"的网络小说改编成"好看"的电视剧,这是近几年来最流行的电视剧生产模式。对此,有人称"有一种剧,叫未播先火"。有代表性的电视剧,如《庆余年》(改编自猫腻的同名小说)、《陈情令》(改编自墨香铜臭的原创小说《魔道祖师》)、《赘婿》(改编自愤怒的香蕉的同名小说)、《雪中悍刀行》(改编自烽火戏诸侯的同名小说)、《唐砖》(改编自孑与 2 的同名小说)、《武动乾坤》(改编自天蚕土豆的同名小说)、《择天记》(改编自猫腻的同名小说)、《斗破苍穹》(改编自天蚕土豆的同名小说)等,都是由热门网络小说改编而成的。事实上,这些年还有许多红红火火的"网文改编剧",如《花千骨》

（改编自 Fresh 果果的同名小说）、《诛仙·青云志》（改编自萧鼎的原创小说《诛仙》）、《盗墓笔记》（改编自南派三叔的同名小说）、《楚乔传》（改编自潇湘冬儿的原创小说《11 处特工皇妃》）、《微微一笑很倾城》（改编自顾漫的同名小说）、《太子妃升职记》（改编自鲜橙的同名小说）、《步步惊心》（改编自桐华的同名小说）、《倾世皇妃》（改编自慕容湮儿的同名小说）、《千山暮雪》（改编自匪我思存的同名小说）、《大汉情缘之云中歌》（改编自桐华的原创小说《云中歌》）、《芈月传》（改编自蒋胜男的同名小说）、《琅琊榜》（改编自海晏的同名小说）、《华胥引之绝爱之城》（改编自唐七公子的原创小说《华胥引》）、《校花的贴身高手》（改编自鱼人二代的同名小说）、《美人心计》（改编自瞬间倾城的原创小说《未央·沉浮》）、《极品家丁》（改编自禹岩的同名小说）、《三生三世十里桃花》（改编自唐七公子的同名小说）、《燕云台》（改编自蒋胜男的同名小说）、《乔家的儿女》（改编自未夕的同名小说）、《锦绣未央》（改编自秦简的同名小说）、《扶摇》（改编自天下归元的原创小说《扶摇皇后》）、《如懿传》（改编自流潋紫的原创小说《后宫·如懿传》）、《斗罗大陆》（改编自唐家三少的同名小说）等。在某种意义上，这些作品代表了网络文学影视化的高峰。

三、新世纪以来网络文学影视改编的调查报告①

维贝克提倡把实践和实际情况作为技术哲学分析的出发点。据此，本研究采用问卷调查的定量分析的方法，以数据资料为依据，提高分析的精确性，减少随机因素的影响。笔者通过问卷星网站，从当下受众对网络小说的影视化改编的态度，以及受众对网络小说改编的影视剧的评价两方面进行分析，并在此基础上观照如何更好地建立网络小说的评价机制。

---

① 本调查报告由王雅琪撰写。作者简介：王雅琪，女，浙江传媒学院 2021 级新闻与传播硕士研究生，主要从事网络与新媒体、影视文化与批评研究。

　　本研究主要通过问卷星网站进行网络调查问卷的回收。大部分问卷通过微信朋友圈、网站等进行针对性的散发,调查对象涉及各个年龄段,问卷总共回收了206份。在对问卷数据进行整理分类后,得出调查样本结果,如表5-1所示。

表 5-1　"新世纪以来网络文学影视改编"调查样本情况表

项目	类别	人数/人	百分比/%
性别	男	80	38.83%
	女	126	61.17%
年龄	20 岁以下	15	7.29%
	20—30 岁	96	46.60%
	31—40 岁	39	18.93%
	40 岁以上	56	27.18%
受教育程度	初中及以下	6	2.92%
	高中或大专	74	35.92%
	本科	102	49.51%
	硕士及以上	24	11.65%
职业	学生	37	17.96%
	企业职员	99	48.06%
	自由职业者	44	21.36%
	公务员	17	8.25%
	个体经营者	9	4.37%
对网络小说的态度	喜欢	132	64.08%
	不喜欢	74	35.92%
是否观看过由网络小说改编的影视剧	是	145	70.39%
	否	61	29.61%
对网络小说影视化改编的态度	接受	104	50.49%
	无所谓	83	40.29%
	不接受	19	9.22%

如表 5-1 所示,在所有参加的调查对象中,男性有 80 人,占到了 38.83%,女性有 126 人,占到了 61.17%。调查对象的年龄阶段涉及较广, 其中 20—30 岁的人数最多,占比为 46.60%,约占总调查人数的一半。在调查对象的受教育程度方面,差别也较为明显,其中本科学历占比最高,人数为 102 人,占比为 49.51%。这种情况主要是受知识储备、阅读能力、学习习惯、文化素养等因素影响,但是总体上调查对象的人数和学历层次还是符合本调查的研究规律的。在被询问到对网络小说的态度时,回答喜欢的人占比为 64.08%,这证明我国网络小说的受众范围还是较为广泛的。而在被问到是否观看过由网络小说改编的影视剧时,调查对象中有 145 人都选择"是",其占比为 70.39%。在被问及对网络小说影视化改编的态度时,约一半的人表示接受,对网络小说影视化改编持"不接受"态度的有 19 人,占比为 9.22%。这也印证了当下由网络小说改编的影视剧影响力和传播力都较为广泛,且大部分人对网络小说的影视化改编持积极态度。

(一)调查对象对网络小说影视化改编的态度分析

在对中国网络文学的影视化做研究之前,首先要对受众是否了解网络文学的影视化改编进行具体的分析。调查结果显示,大部分调查对象都了解并且有过观看网络小说的影视化改编作品的经历,只有小部分不曾了解或观看过由网络小说改编的影视剧。

1.调查对象性别和对网络小说影视化改编的态度的关系

如图 5-1 所示,不同性别的调查对象对网络小说影视化改编的态度存在着明显差异。在 206 名调查对象中,相较于男性,女性对网络小说影视化改编的接受程度更高,占比为 53.97%,而男性"不接受"网络小说影视化改编的占比更高,高于女性大约 4 个百分点。因此,在对网络小说进行影视化改编的过程中,既要把握女性用户,更要挖掘潜在的男性用户,并将其转化为受众。

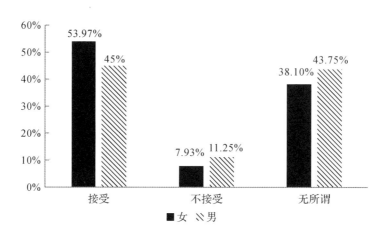

图 5-1   不同性别对网络小说影视化改编的态度

2.调查对象年龄和对网络小说影视化改编的态度的关系

如图 5-2 所示,不同年龄阶段对网络小说影视化改编的态度也不尽相同。其中,31—40 岁群体对网络小说影视化改编的接受度更高,占比为56.41%,而 20—30 岁群体对网络小说影视化改编的接受度也超过了 50%。这两个年龄阶段的调查对象对网络小说影视化改编有着更高的接受度,也是网络小说影视化改编较为稳定的支持者。一般而言,20—30 岁的人都有阅读过网络小说或观看过由网络小说改编的影视剧的经历,因此接受度会较高。而 31—40 岁的人可能面临着较大的工作和生活压力,因此会投入较多的精力在电视剧或电影的观看上,以此来释放压力等。而在不接受网络小说影视化改编的人群中,20 岁以下占比最高,为 13.33%。这一年龄段的群体大多为学生,基本上是"忠实书粉",加之经济能力弱、观看时间少,故而难以成为网络小说影视化改编作品的主要受众。而 40 岁以上的调查对象中,约一半的人对网络小说影视化改编持"无所谓"的中立态度,且仅有约4%表现出对网络小说影视化改编的消极态度。因此,应当努力把握这一年龄段的群体,争取将他们转化为网络小说影视改编作品的目标受众。

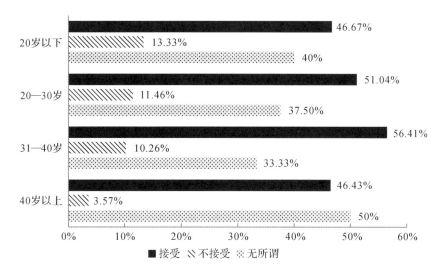

图 5-2　不同年龄对网络小说影视化改编的态度

3.调查对象职业和对网络小说影视化改编的态度的关系

如图 5-3 所示,学生和企业职员对网络小说影视化改编的接受度较高,两者的接受程度都超过了 54%,而企业职员持"不接受"态度的占比也最低,为 3.03%。由此可见,企业职员是网络小说影视化改编的坚定支持者。另外,从图 5-3 可以明显看出公务员对网络小说影视化改编的接受度较低,且持"不接受"态度的占比也最高,达 25.53%。因此,影视剧制作方在改编网络小说时,在增强学生群体和企业职员群体黏性的同时,也要努力满足公务员的需求,争取提高其接受度。

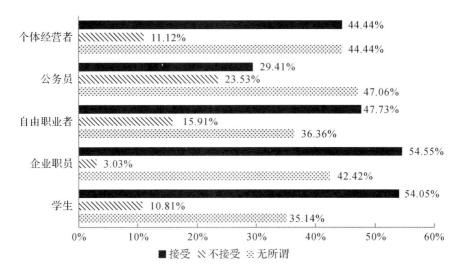

图 5-3   不同职业对网络小说影视化改编的态度

4.调查对象受教育程度和对网络小说影视化改编的态度的关系

如图 5-4 所示,本科及以上的高学历调查对象对网络小说影视化改编的接受度较高。其中学历为本科的调查对象对网络小说影视化改编持"接受"态度的占比为 53.92%,硕士及以上学历层次的接受度最高,达到 62.50%。而高中或大专和初中及以下学历层次的人群持中立态度的占比较高。由此可见,网络小说影视化改编的受众更多为本科及以上学历的人群,而这一部分人群因学历层次较高,更可能对网络小说影视化改编持批判的接受态度。因此,影视剧制作方应深耕内容质量,牢牢把握这一部分的受众。除此以外,也可以尽量争取高中或大专等教育程度较低的群体,提高其接受度。

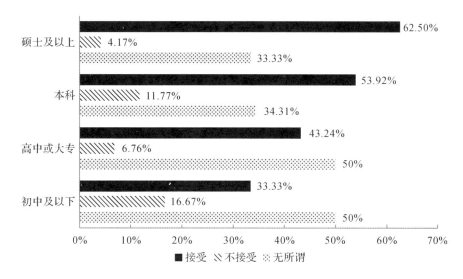

图 5-4　不同学历对网络小说影视化改编的态度

(二)调查对象对网络小说影视化改编的评价分析

1.关于网络小说影视化改编相关细节的调查分析

如图 5-5 所示,在被问到"您认为什么类型的小说适合被影视改编"时,选择现实主义类型的人最多,有 100 人,占比为 48.54%;紧随其后的是纯爱言情类型和悬疑犯罪类型,占比分别为 44.17%和 41.26%;而选择宫斗权谋类型和奇幻穿越类型的人数较少。这反映出网络小说的影视化改编应该反映一定的社会现实,契合受众的某种社会需求。例如:《蜗居》反映了公众买房难的问题;《欢乐颂》中樊胜美的家庭情况反映出社会中重男轻女的现象;等等。这些由现实主义题材的网络小说改编而成的电视剧,其反映的主题都与现实生活相契合,易引发公众的情感共鸣,同时取得了不错的舆论反响。而根据近 20 年网络文学影视化改编的发展历程也可以看出,纯爱言情类型的小说受众较多,影视化改编成功的概率也较高。

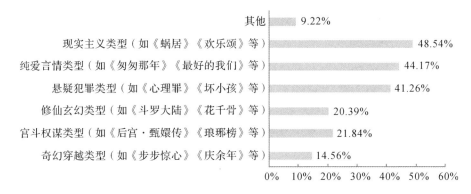

图 5-5　调查对象选择的适合被影视改编的网络小说类型

如图 5-6 所示,在被问到"您认为高分网改剧成功的原因有哪些"时,65.05％的调查对象认为影视化后的人物还原程度高,与原著形象较为贴合;而 57.77％的人认为高分网改剧("网改剧"即根据网络小说改编的电视剧)在一定程度上满足了受众的某种需求,能引发观众的共鸣。除此以外,忠于原著思想内核和叙事内容通俗易懂也有较多人选择,占比分别为45.63％和 46.12％。

由此,可以得出高分网改剧成功的原因主要在于"内容"。不管是人物形象和演绎,还是故事情节的展现,都离不开对于原著内容的改编和呈现。而因为小说文本和影视文本的叙述方式不同,高分网改剧在进行改编时都不是照搬照抄,而是在原著的基础上融会贯通,找到一种适合影视化呈现的改编方式。

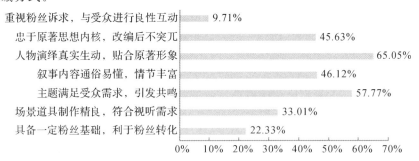

图 5-6　调查对象选择的高分网改剧成功的原因

如图 5-7 所示,在被问到"您在观看由网络小说改编而成的影视剧时的选择依据是什么"时,调查对象中有 112 人都选择了"作品口碑"这一选项,占比为 54.37％;紧随其后的是"题材和内容质量""点击量和人气",这两项占比分别为 48.54％和 47.09％。

因此,网改剧制作方在选择网络小说进行改编时,选择标准要与受众的选择标准相契合,要更看重作品的口碑,选择在网络上已经具有一定影响力和一定粉丝基础的小说,这类小说在影视化后更有利于进行粉丝的转化。例如《后宫·甄嬛传》《步步惊心》等网络小说在进行影视化以前在网络上都有着不错的口碑。

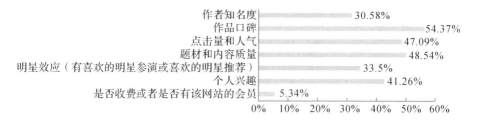

图 5-7　调查对象在观看由网络小说改编而成的影视剧时的选择依据

2.关于网改剧对原著的影响分析

如图 5-8 所示,在被问到网改剧的内容呈现对阅读原著的影响程度时,有 50.48％的受众认为会对自己阅读原著有影响,有 31.08％的人秉持中立态度,而只有 18.44％的人认为不影响其阅读原著。

如图 5-9 所示,在被问到"网改剧中人物角色的演绎是否会影响您对原著人物的想象"时,选择"影响"和"非常影响"的人数为 108 人,合计占比为 52.43％,秉持中立态度的人占比为 29.13％,而认为网改剧中人物角色的演绎不影响其对原著人物的想象的受众占比为 18.44％。

由上述两个问题的调查结果可以看出,观看网络小说影视化改编后的电影和电视剧,会影响受众对原著的阅读体验,包括对内容情节的梳理和对小说人物的想象。小说文本是通过文字的形式来叙述故事情节、塑造人物形象的,而影视剧是综合运用声音和画面的表现形式来进行故事叙述的,二者在叙事上存在很大不同。而网改剧视听语言的呈现给受众的影响和记忆都较为深刻,因此会影响受众对原著的阅读体验。

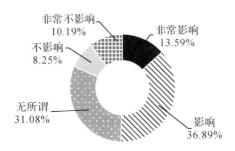

图 5-8   网改剧的内容呈现对阅读原著的影响程度

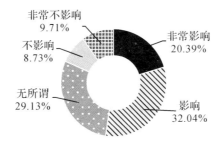

图 5-9   网改剧中人物角色的演绎对原著人物的想象的影响程度

如图 5-10 和图 5-11 所示,在被问到"在观看网改剧后,您是否还会阅读其原著"时,有 66.02% 的人选择了"会"。而被问到"已经改编成影视剧的网络小说重新出版实体书,您是否还会购买"时,有 55.34% 的人选择了"视喜爱程度而定",有 22.33% 的人选择了"看定价是否合适以及是否有赠品",而选择"不会购买,因为不喜欢或已经看过缺乏新鲜感"的人占比同样为 22.33%。由此可见,在网改剧播出后,网络小说再次进行实体出版还是存在一定的市场空间的,可以通过调整定价或增加赠品等方式来提高受众的购买意愿。

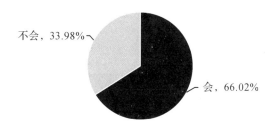

图 5-10　调查对象是否会阅读已经进行影视化改编的网络小说

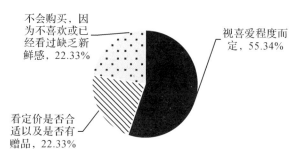

图 5-11　调查对象是否会购买已经进行影视化改编的网络小说

如图 5-12 所示,在被问到"是否会购买网改剧的衍生产品"时,不同年龄阶段的调查对象的选择差异较大。20 岁以下的调查对象更倾向于购买网改剧的衍生产品,选择"会"的占比为 66.67%;而 40 岁以上的调查对象则更倾向于不会购买网改剧的衍生产品,占比为 73.21%;20—30 岁和 31—40 岁年龄阶段的调查对象选择"会"与"不会"的人数差距都不大,基本上都各占一半。

由此可以得出,网改剧衍生产品的受众较为年轻,而 40 岁以上的群体不是衍生产品的主要受众。近年来,网改剧推出的很多衍生产品,例如由墨香铜臭的网络小说《魔道祖师》改编的电视剧《陈情令》,也推出了演唱会、"陈情男团"及其衍生节目等,主要针对的都是年轻的粉丝群体。

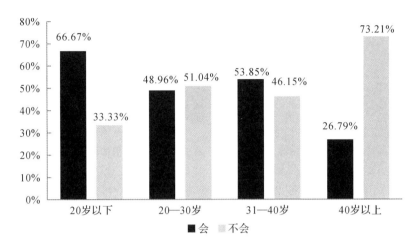

图 5-12　不同年龄群体购买网改剧的衍生产品的意愿

3. 关于调查对象对于当前网络小说影视化存在的问题及如何优化的看法分析

如图 5-13 所示,在被问到"您认为当前网络小说影视化的过程中存在什么问题"时,有 123 人选择了"内容和人物选择与原著存在巨大差异"这一选项,占比为 59.71%;选择"类型题材高度雷同,造成审美疲劳"和"影视制作粗制滥造,漏洞不断"的分别有 111 人和 109 人,占比分别为 53.88% 和 52.91%;而余下的 3 个涉及宣传、审核和商业方面的选项,选择人数的占比都在 30% 左右。这说明这 3 个方面的问题在网络小说影视化的过程中并不是主要问题。网络小说影视化过程中的问题主要在内容和人物的还原程度、小说的题材类型选择和影视剧的制作等方面。

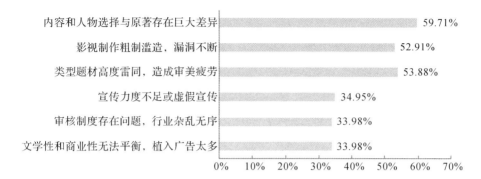

图 5-13　调查对象认为当前网络小说影视化过程中存在的不足

如图 5-14 所示，在被问到"您认为应该如何规范网络小说的影视化改编"时，有 148 人选择了"拓宽小说题材选择范围，避免扎堆跟风"这一选项，占比为 71.84%。这也在一定程度上反映了当下受众对于扎堆跟风的网改剧"积怨已久"，存在审美疲劳。而紧随其后的是"影视剧制作方提高制作技术，尽力还原原著"和"选取人物和改编内容时，注重粉丝的互动和反馈"这两个选项，占比均为 57.77%。而关于宣传和审核方面的优化措施，选择它们的人数占比分别为 36.89% 和 32.52%。这反映出调查对象认为这两个方面的问题应该进行优化，但它们不是主要的问题。

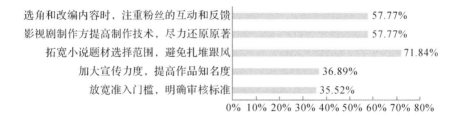

图 5-14　调查对象认为规范网络小说影视化改编的途径

综上所述，根据调查结果，各方主体在网络小说影视化改编的过程中应各司其职，分工协作，促使网络小说影视化改编良性有序发展。

对于影视剧制作方来说，一是要注意拓宽小说题材的选择范围，避免盲目跟风引发受众反感情绪；二是改编内容和选角时应该与原著尽量贴合，听取粉丝群体的反馈。"一千个读者眼中有一千个哈姆雷特",虽然无法满足全部受众的需求,但是在选角和改编时也不能与原著相背离。在电视剧《琅琊榜》进行选角时,不断有粉丝群体向影视剧制作方推荐胡歌来出演梅长苏一角,后影视剧制作方听取了粉丝群体的意见,促成了胡歌的出演,最终实现了收视率和口碑的双丰收。

对于包括国家广播电视总局在内的影视剧的审核方来说,应该明确审核标准,促使网改剧向着精品化影视方向发展。2022 年 6 月 1 日,国家广播电视总局对网络剧片正式发放行政许可,这意味着网络剧、网络电影正式拥有了属于自己的"网标"(网络剧片发行许可证),也意味着网改剧的后续发展将会更加规范。

(三)调查结果和分析

通过上文的调查数据可知,在受众对网络小说影视化改编的接受态度方面:女性对网络小说影视化改编的接受度要高于男性;20—40 岁年龄段的群体对网络小说影视化改编的接受度较高,而 40 岁以上年龄段的人更多秉持中立态度;不同职业的群体在对网络小说影视化改编的接受度方面也表现出较大差异,其中学生和企业职员的接受度都较高,而公务员的"不接受"程度较高;从受教育程度方面看,接受过高等教育的群体对网络小说影视化改编的接受度较高,而学历层次较低的群体,则更加倾向于保持中立的态度。

在对网络小说影视化改编的评价方面,调查对象认为现实主义类型的网络小说更适合进行影视改编,这也与"高分网改剧成功的原因有哪些"这一问题的答案相呼应,即人们更倾向于观看能够反映一定社会现实的影视剧。这些影视剧在一定程度上能引发他们的情感共鸣。而人们在选择由网络小说改编而成的影视剧时,首先看重的是作品的口碑,其次是题材和内容质量,再是点击量和人气。

在网改剧对原著的影响方面,网改剧的内容呈现和演员的演绎都会对受众阅读原著造成影响。当观看了网改剧之后,大部分受众还会阅读原著,但是购买原著实体书则更多视喜爱程度而定。在购买网改剧的衍生产品方面,不同年龄群体的购买意愿也有所不同,40岁以上的人更多表现出不会购买的倾向。目前网改剧衍生产品的目标定位更多是年轻群体。

关于现如今网络小说影视化存在的问题,大部分受众认为人物和内容与原著相背离、题材重复和影视剧粗制滥造是制约网改剧发展的较为严重的问题。因此,在如何优化相关问题方面,受众认为影视剧制作方应尊重和还原原著、拓宽题材选择范围,而国家广播电视总局等审核方也要进一步规范网改剧的发展,加快打造精品化影视。

综上所述,对新世纪以来网络文学影视改编的调查的结果进行数据分析后,可从内容质量、题材类型和主题三个方面来观照如何建立更好的网络文学评价体系。首先是内容质量。受众在观看网络小说的影视化改编作品时,最看重的是作品的口碑,因此网络小说的内容质量至关重要,这也是其"立身之本"。其次是题材类型。不少受众都表现出对扎堆跟风的网改剧的审美疲劳和反感,这就启示网络小说作者在写作时不能跟风随大流,选择较为常见的题材和类型,而是要注重创新,推陈出新,在现有题材类型的基础上去开拓创新。多元的题材类型也是评价网络文学时所要考量的一个重要因素。最后是主题。在本次调查中,有57.77%的调查对象都认为高分网改剧成功的原因之一是其主题满足受众需求;而"现实主义类型"在"什么类型的小说适合被影视改编"一题中获得了最多调查对象的选择。因此,评价网络文学的重要一环应该是考量作品反映的主题能否满足社会需求,是否反映了某种社会问题,能否引发受众的情感共鸣。

| 第六章 |

网络文学的经典化与评价体系建构

从理论上说,经典的典范性、权威性、恒常性和伟大性,本身就是一种标准、一种评价。文学的经典性不仅是衡量文学作品的标尺,也是文学标准变化的风向标。文学经典的确立,实质上就是文学标准的确立、文学评价的示范。在文学的历史长河中,每一次由媒介革命诱发的文学革命,所谓"新媒介新文学",其实都是一次经典重塑、审美重构、标准重建的过程。进入网络时代以来,中国的网络文学不仅迅猛发展,而且取得了举世瞩目的成就。网络文学在赓续传统文学的同时,也形成了属于自己的传统和遗存。这样,网络文学的经典化问题日益被关注,网络文学可否拥有自己的经典,网络文学的经典化与网络文学评价体系有何内在关联,都成为我们当下必须要面对的问题。

一、作为问题的"网络文学经典化"

网络文学已成为中国当代文学中一股不可忽视的力量。然而,从网络文学诞生之日起,主流文坛对网络文学的质疑和争议就没有停止过,更遑论网络文学的经典化问题。最典型的莫过于黎杨全在《网络文学的经典化是个伪命题》一文中明确标举,网络文学的经典化在很大程度上是个伪命题,或者说，网络文学不存在所谓经典化。在黎杨全看来，文学经典的概念及其建构本身是印刷文化的产物，这就决定了"经典的本质是固定的、独立的、封闭的、模范的和规定性的"，这就与网络文学形成了根本性的冲突。在黎杨全看来，传统文学常见的经典化手段主要包括编订选集、进入图书馆收藏等，这事实上已暗示了经典是一个可拥有、可收藏的客体。这与网络文学的"流动性文本""可生产文本""对象化写作""写作化阅读"等特质形成了鲜明的冲突。黎杨全还指出，编订选集、收藏进图书馆等经典化方式，保存的只是故事文本，而非完整的网络文学，任何网络文学都是伴生有网民的互动和网评的，从文学的存在论来说，网络文学永远是一种"草稿"形态，难说有一个"定稿"。所以，一旦将网络文学经典化，实际上就是将"流动的"网络文学物化、固化、僵化为"静止的"网络文学，从某种角度来说，就是阉割了网络文学，或者消解了网络文学的"网络性"。网络文学是一种动态化的文本，是一种在线的"冲浪"，一旦经典化，就会变成一种离线消费的文本。所以，黎杨全认为，真正的网络文学是不能经典化的。[①] 从整体上说，黎杨全所谓"网络文学的经典化是个伪命题"的论断，虽有其内在的合理性与逻辑推演，但也忽略了一些核心问题：那就是文学的经典性绝不等同于版本的权威性，它更多蕴藏于思想的精深、艺术的精美，而且文学的经典化本身就是一个动态的进程，从来就没有一成不变的文学，也没有一成不变的经典，传统文学如此，网络文学也如此。

可见，探究网络文学的经典化，必然要有一个共同的理论认同，那就是经典化的动态性、过程性。这也许就是作为问题的"网络文学经典化"的"原问题"。换言之，作为网络时代的文学产物，网络文学从一开始就行走在经典化的进程和轨道上，更何况如今网络文学已有 20 多年或近 30 年的发展史。从某种角度来说，走向强大、走向发展、走向成熟，这本身就是一种经典化，或者说，是经典化的应有之义。一言以蔽之，"网络文学经典化"不是一

---

①   黎杨全：《网络文学的经典化是个伪命题》，《文艺争鸣》2021 年第 10 期。

个伪命题,而是一个真命题。或者说,"网络文学经典化"既是网络文学与生俱来的内在驱动,也是网络时代的必然召唤。虽说"经典"通常是指典范性、权威性,"文学经典"是指具有极高思想性与艺术性,同时得到不同时代读者认可的文学作品(肖惊鸿语),或者说,"文学经典"是指经过时间淘洗、具有强大生命力和永恒性语言魅力的作品,如《诗经》《楚辞》等(房伟语),但是,经典也不是绝对的,而是相对的,就像真理一样,只有相对真理,没有绝对真理。况且每个历史阶段的文学都有在审美和文本形式上的典型创造,这些典型创造通过不断竞争、阐释、调整形成沉淀,成就了自身的经典化及其传统(夏烈语)。这就是王国维先生在《宋元戏曲史》中所说的:"凡一代有一代之文学:楚之骚,汉之赋,六代之骈语,唐之诗,宋之词,元之曲,皆所谓一代之文学,而后世莫能继焉者也。"[①]处于互联网时代的网络文学也必然有着属于互联网时代的典型创造,经过 20 多年或近 30 年的积淀,有着独特的经典性及传统。中国作家协会副主席、书记处书记吴义勤明确指出:"如果我们对作品不进行经典化创作,那么很多作品会在巨大的信息中被淹没了,甚至渐渐地被时代淘汰。我想说,现在我们当代文学的经典化,不是说要确定哪一个作品是经典,而是要对这个时代文学的优秀作品的价值进行确认,因此,经典化实际上是一个过程,而不是一个结果,当前我们进行'经典化'的创作和阅读是非常必要的。"[②]

事实上,"网络文学经典化"绝对不是一蹴而就的,而是日积月累的。从 2012 年以来,像《大国重工》《朝阳警事》《琅琊榜》《全职高手》等现实题材的网络小说荣获中宣部"五个一工程"奖,入选年度"中国好书",还被国家图书馆典藏。所有这些标志性事件和文化资本的赋能,无不昭示着网络文学迈向主流化、经典化,同时证明了网络文学也能产生经典作品,可以说,流行与

---

① 王国维:《宋元戏曲史》,上海古籍出版社 1998 年版,第 1 页。

② 杨海琴:《吴义勤:文学的经典化是一个过程,而不是结果》,《中国青年作家报》2019 年 1 月 22 日。

经典并不冲突，大众与经典并不矛盾。其实，认同"网络文学经典化"只是第一步，推进"网络文学经典化"才是最重要的。毕竟"网络文学经典化"有着非比寻常的意义：一是"网络文学经典化"可以满足读者的审美需求和精神需求；二是"网络文学经典化"可以为国产电影、电视剧、动漫、游戏、文旅等多业态产品提供丰富的 IP 资源，从而促进我国文化产业的繁荣；三是"网络文学经典化"可以更好地展现时代精神和民族力量。可见，网络文学"走向经典化"或"正在经典化"，这是一种自然，也是一种必然。诚如阅文集团首席执行官程武所说的："文学之所以能沉淀为经典，在于它构建了一个能引起时代共鸣的'情感共同体'。其价值底色，依托于中国传承千年的传统文化理念，彰显于和时代的连接和关切。网络文学作为一种新时期文学，文化内核其实一脉相承。我们将在历史仙侠中动容于家国天下，在未来科幻中反思人类命运，在现实题材中凝视小人物的平凡日常。这些宏大意义和微观故事的融合，正是网络文学所具有的温度和力量。"①

二、中国网络文学 10 年盘点及其经典化

从 1998 年到 2008 年，中国网络文学走过了第一个 10 年。这虽然是艰难探索的 10 年，但却是一个让文学以另一副面孔呈现在读者阅读视野中的时代，也是一个"人人都可以成为作家"的时代。一个全新的文学世界骤然向人们开启，先后有着榕树下的传奇、红袖添香的精美、起点中文的幻想、天涯社区的博闻、盛大文学的繁华等。一大批网络作家声名鹊起，如榕树下造就了李寻欢、邢育森、俞白眉、安妮宝贝、郭敬明、韩寒、蔡骏、今何在、燕垒生、饶雪漫、步非烟、沧月、方世杰、四丫头等，天涯社区造就了陈村、老冷、十年砍柴、王怡、古清生、五岳散人、当年明月、慕容雪村、南无袈裟理科佛等。

---

① 安冬阳：《网络文学 2.0 新时代：走上"经典化"的道路》，https://zhuanlan.zhihu.com/p/457332287。

一大批网络文学经典之作得以诞生,如《第一次的亲密接触》《武林外传》《大笑江湖》《东北一家人》《家有儿女》《闲人马大姐》《网虫日记》《告别薇安》《悟空传》《明朝那些事儿》《成都,今夜请将我遗忘》《天堂向左　深圳往右》《苗疆蛊事》《我当道士那些年》等。可以说,网络文学第一个 10 年,网络作家风生水起,网络作品蔚为大观,网络文坛生机勃勃。这个搭建在虚拟世界的文坛,已经拥有一股不可忽视的力量,影响着我们的生活,并且还将会持续壮大、走向成熟。

2008 年 10 月 29 日至 2009 年 6 月 25 日,在中国作协的指导下,中文在线旗下的 17K 网站与《长篇小说选刊》联手举办了"网络文学 10 年盘点"活动。经过 7 个月的海选和推举、网络投票,在网络读者推荐约 1700 部作品的基础上,共推选出十佳优秀作品、十佳人气作品。其中十佳优秀作品是《此间的少年》《成都,今夜请将我遗忘》《新宋》《窃明》《韦帅望的江湖》《尘缘》《家园》《紫川》《无家》《脸谱》,十佳人气作品是《尘缘》《紫川》《韦帅望的江湖》《亵渎》《都市妖奇谈》《回到明朝当王爷》《家园》《巫颂》《悟空传》《高手寂寞》。值得一提的是,十佳优秀作品和十佳人气作品的推选,严格依照传统的文学价值观,而不依照网络点击量或其他市场数据,所遵循的评选标准分别是:(1)文本价值,即作品是否在叙事语言上有创新和突破;(2)记录价值,即作品是否表达了时代或时代的某个侧面的情绪、动机或景色;(3)边际学术价值,即作品是否在人性探索上有创新和突破;(4)娱乐价值,即作品是否让读者读得情绪高涨。总之,"网络文学 10 年盘点",既让优秀的网络文学作品得到了更广泛的认同,也让优秀的网络文学作家得到了更权威的认可;既是对网络文学过去 10 年的一次总结,也是中国网络文学乃至中国文学发展史上一个里程碑式的事件,更是传统文学和网络文学的一次碰撞、交流与融通;既是主流文学第一次对网络文学的肯定,使网络文学从此正式走向中国文学的舞台,也是网络文学走向经典化的第一次淬火。

三、中国网络文学 20 年盘点及其经典化

从 2008 年到 2018 年,中国网络文学走过了第二个 10 年。经过 20 年的洗礼,中国网络文学的经典化步上了更加厚实厚重的台阶。对此,有两个标志性的事件是值得铭刻的:一是专业化的"中国网络文学 20 年 20 部作品"的评选;二是学院派的《中国网络文学二十年·典文集》与《中国网络文学二十年·好文集》的出版。

(一)"中国网络文学 20 年 20 部作品"

2018 年 3 月 29 日,"中国网络文学 20 年 20 部作品"在上海市作家协会大厅发布。所发布的 20 部作品,是本着专业评审和网络读者推荐相结合的原则,经专家提名、网络推荐、专家评审三个环节层层筛选出来的,名单如表 6-1 所示。

表 6-1 "中国网络文学 20 年 20 部作品"一览表

序号	作品	作家	发表年度
1	《间客》	猫腻	2009
2	《第一次的亲密接触》	痞子蔡	1998
3	《悟空传》	今何在	2000
4	《大江东去》	阿耐	2009
5	《诛仙》	萧鼎	2003
6	《致我们终将逝去的青春》	辛夷坞	2007
7	《斗罗大陆》	唐家三少	2008
8	《飘邈之旅》	萧潜	2003
9	《步步惊心》	桐华	2005
10	《家园》	酒徒	2007
11	《繁花》	金宇澄	2012

续　表

序号	作品	作家	发表年度
12	《回到明朝当王爷》	月关	2006
13	《鬼吹灯》	天下霸唱	2006
14	《复兴之路》	wanglong	2015
15	《斗破苍穹》	天蚕土豆	2009
16	《巫神纪》	血红	2015
17	《明朝那些事儿》	当年明月	2006
18	《盘龙》	我吃西红柿	2008
19	《全职高手》	蝴蝶蓝	2011
20	《神墓》	辰东	2006

(二)《中国网络文学二十年·典文集》

邵燕君、薛静主编的《中国网络文学二十年·典文集》,由漓江出版社于2019年出版。该著作对中国网络文学20年做了文学史梳理,挑选了20部代表作进行了推荐性点评。这20部"典文"具体包括《将夜》(猫腻)、《大明妖孽》(冰临神下)、《赘婿》(愤怒的香蕉)、《默读》(priest)、《二零一三》(非天夜翔)等5部经典性作家代表作,以及《悟空传》(今何在)、《诛仙》(萧鼎)、《何以笙箫默》(顾漫)、《步步惊心》(桐华)、《鬼吹灯》(天下霸唱)、《回到明朝当王爷》(月关)、《无限恐怖》(zhtttty)、《凡人修仙传》(忘语)、《斗破苍穹》(天蚕土豆)、《临高启明》(吹牛者)、《知否?知否?应是绿肥红瘦》(关心则乱)、《全职高手》(蝴蝶蓝)、《名门医女》(希行)、《奥术神座》(爱潜水的乌贼)、《俗人回档》(庚不让)等15部类型文代表作。

(三)《中国网络文学二十年·好文集》

中国网络文学20年,诚如邵燕君所说的,既是网络文学的"断代史",也是网络文学"经典化"的演变史、推进史。由邵燕君、高寒凝主编的《中国网络文学二十年·好文集》，也挑选了 20 部网文精品进行推荐性点评。"好文"与"典文"的区别在于，"好文"未必在类型文发展史上有重要的代表性，但是本身在艺术上更为成熟，代表网络文学发展 20 年的优秀成果。这 20 部"好文"具体包括《十大酷刑》(小周 123)、《神游》(徐公子胜治)、《小楼传说》(老庄墨韩)、《龙蛇演义》(梦入神机)、《人道天堂》(荆轲守)、《间客》(猫腻)、《上品寒士》(贼道三痴)、《魔王奶爸》(盘古混沌)、《 Blood X Blood》(妖舟)、《鹰奴》(非天夜翔)、《繁花[网络版]》(独上阁楼)、《大哥》(priest)、《从前有座灵剑山》(国王陛下)、《文艺时代》(睡觉会变白)、《异常生物见闻录》(远瞳)、《木兰无长兄》(祈祷君)、《修真四万年》(卧牛真人)、《别日何易》(Mockmockmock)、《孺子帝》(冰临神下)、《时尚大撕》(御井烹香)等好文佳作。

四、网络文学的经典化与评价体系建构

文学经典是时代性的建构，网络文学经典是网络时代文学机制的产物。从 1998 年至今，中国网络文学已有 20 多年的发展史。中国网络文学 20 年，确实难与中国现代文学 30 年相提并论，但是 20 年的积淀确实产生了一大批优秀的网络文学作品。周志雄认为："在以读者为中心的阅读机制、以文学网站为中心的商业机制及以国家文学主管部门为主导的引导机制等多重合力之下，一批优秀的网络文学作品通过网络读者推选及影视改编等途径产生了广泛的社会影响，正成为新的时代经典作品。中国网络文学是世界级的文学现象，走的是一条不同于以文学期刊和图书出版为载体的文学道路。"①客观地说，中国网络文学虽说难觅"永恒经典"——事实上也不可能有"永恒经典"，却有属于网络时代特定历史文化语境下的"时代经典"和具有"经典潜质"的"可能经典"。

---

① 周志雄：《网络文学经典化与评价体系建构》，《中国文学批评》2021 年第 3 期。

（一）网络文学经典是一种时代性"构造"

英国著名文艺理论家特雷·伊格尔顿认为："文学根本就没有什么'本质'。"[①]他认为，人们应该抛弃文学具有永久给定的"客观性"的幻觉。文学之所以为文学，是由特定历史条件指定的，或者说是被特定历史时期的物质实践和社会关系之网"构造"出来的。同样的道理，经典既是一种过程，也是一种构造。文学经典是历史选择的结果，从本质上说是一种"构造物"，或者说是一种历史化的"积淀物"，正如特雷·伊格尔顿所说的："所谓'文学经典'，以及'民族文学'的无可怀疑的'伟大传统'，却不得不被认为是一个特定人群出于特定理由而在某一时代形成的构造物。"[②]文学经典总是那些既具有鲜明时代性又具有永恒文学魅力的优秀作品。

当然，对于什么是文学经典，学界也是众说纷纭。英国著名诗人 T. S. 艾略特认为："经典作品必然在其形式许可范围内，尽可能地表达出本民族性格的全部情感。它将尽可能完美地表现这些情感，并且将会具有最为广泛的吸引力：在它自己的人民中间，它将听到来自各个阶层、各种境况的人们的反响。"[③]可见，艾略特特别强调文学经典的民族性。美国著名的文学批评家哈罗德·布鲁姆认为，经典作家在于其崇高性和代表性，在他看来，西方经典作家包括："英国的乔叟、莎士比亚、弥尔顿、华兹华斯和狄更斯；法国的蒙田和莫里哀；意大利的但丁；西班牙的塞万提斯；俄国的托尔斯泰；德国的歌德；西班牙语美洲的博尔赫斯和聂鲁达；美国的惠特曼和狄金森。主要剧作家是莎士比亚、莫里哀、易卜生和贝克特；主要小说家是奥斯汀、狄更

---

① 〔英〕特雷·伊格尔顿：《二十世纪西方文学理论》，伍晓明译，陕西师范大学出版社 1986 年版，第 12 页。

② 〔英〕特雷·伊格尔顿：《二十世纪西方文学理论》，伍晓明译，陕西师范大学出版社 1986 年版，第 15 页。

③ 〔英〕T. S. 艾略特：《艾略特诗学文集》，王恩衷编译，国际文化出版公司 1989 年版，第 201 页。

斯、乔治·艾略特、托尔斯泰、普鲁斯特、乔伊斯和伍尔芙。"①作为"西方传统中最有天赋、最有原创性和最有煽动性的一位文学批评家",哈罗德·布鲁姆不仅以一本《影响的焦虑》"敲了一下所有人的神经",而且在《西方正典》一书中明确标举文学经典的崇高性与代表性。在中国文学长河中,也是佳作璀璨、经典闪烁,如《诗经》《楚辞》,李白、杜甫的诗,苏轼、辛弃疾和柳永、李清照的词,关汉卿、王实甫的曲,《红楼梦》《西游记》《水浒传》《三国演义》等,还如中国现代文学中鲁迅、郭沫若、茅盾、巴金、老舍、曹禺及周作人、沈从文、张爱玲的作品等,再如中国当代文学中《红旗谱》《红岩》《红日》《创业史》《保卫延安》《林海雪原》《青春之歌》《山乡巨变》(简称"三红一创、保林青山")等"红色经典"作品,以及《芙蓉镇》《平凡的世界》《红高粱》《白鹿原》等。这些耳熟能详、脍炙人口的经典作品具有鲜明的时代性、民族性、思想性和艺术创造性,具有广泛的社会影响力,真可谓"经典永流传"。

网络文学区别于传统文学和主流文学,以其前所未有的开放性、自由性、参与性,对文学的发展产生了不可估量的影响。正因如此,有人视之为"新文明的号角",有人视之为不值一提的"文字垃圾",但无论如何,人们都无法否认一个空前的文学新时代已经来临了。在从野蛮生长到有序规范的网络文学大繁荣的事实性存在面前,再花哨的阐释也显得如此苍白无力。传统主义者与唯美主义者可以忽视和歧视网络文学,或者说对网络文学视而不见,却无法否认网络文学大繁荣的客观性存在。网络写作必将进一步繁荣,网络文学必将进入当代文学史的视野。或者说,一部没有网络文学身影的当代文学史肯定是一部不完整的、有偏见的文学史。著名文学评论家白烨在《中国文情报告(2009—2010)》一书中认为:"新世纪文学在新变异中逐步形成新的格局,对此人们有各种各样的概括与描述,我的'三分天下',即以文学期刊为主导的传统型文学、以商业出版为依托的市场化文学(或大众文学)和以网络媒介为平台的新媒体文学(或网络文学)的'三足鼎立'的

---

① 〔美〕哈罗德·布鲁姆:《西方正典》,江宁康译,译林出版社2005年版,第2页。

观察与看法,现在看来,已是越来越确定也越来越明晰的一个现实存在。"①
可见,网络文学在当下的文学格局中占据了重要地位。也正因如此,探讨当
代文学的经典化,就必然要考察网络文学的经典化。吴义勤认为:"我们评
价当代文学,一般有两个维度,一个是古代文学的维度,从'古'向前看,当代
文学处在一个什么地位;另一个是朝'外'看,跟世界文学进行比较。而当代
文学目前最大的问题在于我们没有对当代文学进行经典化。像在我们的文
学观念里,对经典文学是有怀疑的,甚至有一种阻滞的观点,认为当代文学
不宜写史,认为当代文学没有经典。实际上,我觉得这个观念有点偏颇,当
代文学应该进行它的历史化和经典化的工作,因为只有这样,我们这个时代
的一些好作品,才能够呈现出经典化来。"②

(二)网络文学经典化是一种历时性合奏

网络文学经典是网络时代文学机制的产物,是新的文学机制的时代选
择和必然指向。文学机制(Literature Mechanism)是特定历史语境下的文化
规约,是"文学场中看不见的手",主要包含文学发生机制、文学创作机制、文
学出版发行机制、文学传播机制、文学评价机制、文学消费(阅读)机制、文学
教育机制等。从本质上说,文学机制是一种抽象的运作过程,它是文学生成
的各要素在由显性文学制度和隐性文学制度构成的制度环境中相互作用、
相互影响的有机活动过程。邵燕君将中国当代文学生产机制分为以下几个
环节:"文学的生产机构,主要有文学期刊和出版社;文学的评介机构,主要
是评奖机构和批评研究机构;文学的生产者及其组织、团体,即传统意义上
的作家及其所属的文联、作协等'官方组织'和各种身份的文学写作者及各

---

① 白烨主编:《中国文情报告(2009—2010)》,社会科学文献出版社 2010 年版,第 6 页。
② 杨海琴:《吴义勤:文学的经典化是一个过程,而不是结果》,《中国青年作家报》
2019 年 1 月 22 日。

种显见或隐见的'派别''圈子'。"①不同的文学机制决定了文学经典的样式、内容规定性和价值导向。新的文学机制必然催生新的文学经典,这诚如王晓明在《面对新的文学生产机制》一文中所说的:"这个新的正在继续变化的文化生产机制(包括作为它的一部分的文学生产机制),就充当了社会生活和文学之间的一个关键的中介环节,社会的几乎所有的重要变化,都首先通过它而影响文学;文学对于社会生活的反作用,也有很大一部分是通过它来实现的。"②可见,网络文学经典是经典化的必然结果,是新的文学机制的合力之下被造就、被发现的,这诚如皮埃尔·布尔迪厄所说的:"创作的作家本人是在生产场中被一群人——批评家、作序者、商人等等——造就的,他们'发现'了艺术家并封他为'著名的'和公认的艺术家。"③

从写作机制来看,网络文学是一种在线写作、匿名写作、自由写作、互动写作、快捷写作、商业写作、大众写作。互联网的出现为文学提供了新的写作平台、新的传播媒介,从早期的 BBS 论坛到起点中文网、晋江文学城、阿里文学、百度文学等商业文学网站,网络文学的诞生是民间化、市场化的。网络文学的写作、发表方式、生产机制与传统报刊文学有很大的区别,网络文学写作的自由度更大、读者意识更强。如匿名写作(或网名写作)让作者挣脱了束缚,放得更开,更能表达内心的愿望,真正做到"我手写我口"。正如约翰·佩里·巴洛的《赛博空间独立宣言》所宣扬的,在电脑这个独立的空间中,任何人在任何地点都可以自由地表达其观点,无论这种观点多么的奇异,都不必受到压制而被迫保持沉默或一致。从中我们可以看到网络空间对于解除金字塔式社会结构的意义:网络信息是自由的,电脑空间本身就是对权力与等级制度的拒绝,它是对个人的解放。吴伯凡在《孤独的狂欢》中

---

① 邵燕君:《倾斜的文学场——当代文学生产机制的市场化转型》,江苏人民出版社 2003 年版,第 3 页。

② 王晓明:《面对新的文学生产机制》,《文艺理论研究》2003 年第 2 期。

③ 〔法〕皮埃尔·布尔迪厄:《艺术的法则:文学场的生成与结构》,刘晖译,中央编译出版社 2011 年版,第 136 页。

认为："在数字时代和赛伯空间里,孩子是最大的。数字时代里的法则是,孩子为王,岁数大的将服侍岁数小的。'若不回转,变成小孩子的样式',断不可进入赛伯空间。""个人电脑造就的是一种崇尚少年精神、鼓励越轨、强调创造性的个人文化,它使中年期和更年期的文化返老还童……"①互联网的自由、开放、平等,使网络写作成为一种最个人化的写作,无须编审就能够自由发表。再如自由写作让人人都可上网写作,写作成为一种日常行为,而不再是什么盛事了。自由的发言机会使传统文学中的个人宣传变成了网络文学中真正的"众声喧哗",真正实现了"我是网虫我怕谁"或所谓"自由飞翔"或所谓"酣畅淋漓的言说"。对此,张抗抗认为："无论大鱼小鱼,在网络世界里自由漫步,发问与应答、痛苦与欢乐,都是悄然无声的。那些声音发自孤寂的内心深处,在浩渺的空间寻找遥远的回声。网络写作者的初衷也许仅仅只是为了诉说,他(她)们只忠实于个人的认知,鄙视名誉欲求和利益企图——这是最重要和最宝贵的。"②网络作家今何在曾经说过："感谢网络,它使我有一个自由的心境来写我心中想写的东西,它完全是出于自己的一种表达的欲望,如果我为了稿费或者发表来写作,就不会有这样的《悟空传》。因为自由,文字变得轻薄,也因为自由,写作真正成为一种个人的表达而不是作家的专利。"③自由地呼吸,自由地思考,自由地发挥自己的想象力,从这一点来讲,网络写作本身也许更贴近文学创作的内在本质。作为一个有着丰富创作经验的学者,葛红兵就曾表示："我始终相信文学在终极上是游戏的。从理想的角度讲,它不是出于义务,也不应是出于义愤,不是为了宣告,也不是为了呼号,而仅仅是出于人之作为一个人,他的先天的表达的欲望、

---

① 吴伯凡:《孤独的狂欢——数字时代的交往》,中国人民大学出版社 1998 年版,第 35 页。

② 张抗抗:《网络文学杂感》,《中华读书报》2000 年 3 月 1 日。

③ 于洋、汤爱丽、李俊:《文学网景:网络文学的自由境界》,中央编译出版社 2004 年版,第 34 页。

解释的欲望、展现的欲望。"①正是如此,从《悟空传》《蒙面之城》到《间客》《傲世九重天》等,网络写作表达的是一种不受约束的自由情怀。所谓"爽文""热血小说",就是作品情节跟着人物的愿望走,让读者获得畅快的阅读体验。再如,大众写作让人人都可以当作家成为现实,激发了大众的写作热情,使网络文学成为真正的"人民文学"或"平民文学",一定程度上推动了精英意识的瓦解和权威话语的消解。

从传播机制来看,在线发表、与读者即时互动,这种直面读者的方式让作者在写作时能充分考虑读者的阅读体验,甚至直接采纳读者的意见,对作品构思和故事情节进行调整。可以说,这是一种"读者参与式写作"或"作者读者合谋式写作"。从传统文学到网络文学,文学场域的中心出现了位移,即从"作者中心""作品中心"走向了"读者中心"。换言之,就是所谓"消费至上""读者为天",浏览量、订阅数、出版数及粉丝量等,必然成为衡量一部网络文学作品的关键指标甚至核心指标。与传统文学相比,网络文学更重消费性、亲民性,更注重读者的阅读体验。作者与读者的互动为作者提供了写作动力,读者的订阅、点赞、打赏都是对作者创作的鼓励。另外,网站、影视公司、动漫公司等在网络文学的消费式传播中也举足轻重。从某种角度来说,网络文学的传播实质上就是对网络文学的接受与消费,以及再接受与再消费。笔者认为:"文学传播的成规在新世纪的传媒化语境中出现了裂变与变通,一系列新的传播方式正日益成为基于新媒体的传播共识。于是,电子媒介、网络媒介、通信媒介引起的传播革命,不仅一次又一次引起了文学传播的变革,而且意味着一场文学革命的肇始,最大限度地促成了人的解放与文学的解放。"②笔者曾将包括网络文学在内的新世纪文学传播方式的变通概括为以下四种情况:一是从"作品传播"走向"事件传播";二是从"书本传

---

① 于洋、汤爱丽、李俊:《文学网景:网络文学的自由境界》,中央编译出版社 2004 年版,第 35—36 页。

② 张邦卫:《媒体化语境下新世纪文学的转型研究》,中国社会科学出版社 2017 年版,第 315 页。

播"走向"影像传播";三是从"单向传播"走向"双向传播";四是从"一维传播"走向"多维传播"。① 对此,欧阳友权认为:"互联网对物理和精神世界的迅速覆盖和无限延伸,一夜之间拆卸了文学传播的所有壁垒,以电子化传播的全新方式改变了传统的文学传播机制,使创作与欣赏成为实时交互的轻松游戏。"②尽管如此,仅就网络文学的传播机制而言,有几点是值得关注的:一是传播主体"泛化";二是传播速度"迅速化";三是传播机制"非线性化";四是传播过程"互动化";五是传播意义"非中心化";六是传播目标"多元化"。③

从评价机制来看,网络文学的作者与读者在网上"亲密接触""亲密无间",读者的评价尤其是粉丝读者的评价不仅关乎作品的好坏、优劣和高下,也直接关乎作者的声誉、知名度和收入。除了读者的评价,文学网站对网络文学的评价也很重要。尽管读者是作者的"最大金主"和"最终金主",但文学网站却是作者的"直接金主"。文学网站的评价是一种"遴选式评价",也是一种"认可式评价"。文学网站的首页推荐、榜单推荐和网络作者之间的互推,都是基于对经济效益与市场前景的考量,都会极大地推动作品走进市场、推动作者走进读者的认知视野与阅读期待。文学网站举办的各种活动会促进创作交流、研讨互动,如 17K 小说网组织的网络文学培训、阅文集团组织的现实题材网络文学征文大赛、各文学网站的行业年会等。在网络文学 IP 产业化机制形成之后,文学网站都在打造一些"大神",将人气作品进行 IP 产业化开发,以获得更多的收益,这也扩大了网络文学作品的影响力。所以,文学网站的评价也是网络文学经典化的重要推手。除网络读者的评价、文学网站的评价之外,网络文学的评价机制中应该有,也不应该缺少批评家、主流文坛的专业评价。专业评价介入网络文学,有着一个"漠视—忽

---

① 张邦卫:《媒体化语境下新世纪文学的转型研究》,中国社会科学出版社 2017 年版,第 315—331 页。

② 欧阳友权主编:《网络文学概论》,北京大学出版社 2008 年版,第 165 页。

③ 欧阳友权主编:《网络文学概论》,北京大学出版社 2008 年版,第 165—171 页。

视—轻视—重视"的渐进式演变脉络。围绕着"网络文学究竟算不算一种文学""网络文学的评价标准和前景""网络文学到底需不需要文学批评"等问题,传统作家、评论家众说纷纭。激烈抨击者有之,如莫言、池莉、格非、戴锦华等;谨慎观望者有之,如李洁非、徐坤、白烨、陈村、张抗抗等;积极认可者有之,如欧阳友权、黄鸣奋、陈定家、邵燕君、马季、周志雄、单小曦、夏烈、张邦卫等。仅就网络文学评价机制而言,有几点是值得关注的:一是评价必不可少,网络文学要发展,就必然存在区别优劣、批评引导的问题,而且评价是网络文学经典化的文化资本积聚;二是评价要有标准、有权威,唯有如此,评价才是有效评价,才是"有的放矢""对症下药"的评价,而不仅仅是情绪的宣泄与话语的狂欢;三是批评家的专业评价不可缺席,批评家的功用不可淡化。房伟曾敏锐地指出:"传统批评家也是文学权力的表征。批评家引领大众阅读,帮助筛选作品,确立经典机制。网络传媒面前,这项功能权力也被分化,让位给豆瓣评分、网站弹幕、段评加章评这类'大众点评'。面对作品,谁都可以说上几句,不需要什么批评家。"①批评家功用的淡化,必然导致读者的"粉丝化评论"、文学网站的"水军评论""雇佣式评论"等的权力扩张,从而使得大众评论愈发充满狂气、戾气等负面情绪,反而削弱了普通读者要求深度理解作品的经典化诉求。总之,充分发挥传统批评的优势,引导"大众评论"步入良性轨道,将多元化的评价形式导入网络文学经典化的轨道,这是网络文学扩容提质、上品入流及持续发展的内在诉求。

　　从引导机制来看,国家对网络文学的政策导向,以及相关主管部门尤其是中国作家协会对网络文学的引导及将其纳入体制内的"半官方管理",也促进了网络文学作家作品的经典化。如中国作协从 2015 年开始发布的"中国网络小说排行榜",国家新闻出版署举办的"优秀网络文学原创作品推介"活动,中华文学基金会组织的"茅盾新人奖·网络文学奖",橙瓜网主办的橙瓜网络文学奖,浙江省网络作家协会主办的"网络文学双年奖",江苏省网络

---

① 房伟:《跨越鸿沟:网络时代文学经典化的挑战与机遇》,《上海文学》2022 年第 9 期。

作家协会主办的"泛华文网络文学金键盘奖",共青团中央组织的青年网络作家井冈山高级培训班,鲁迅文学院组织的网络文学作家培训班,中国作协网络文学委员会与上海市作家协会等联合主办的"中国网络文学 20 年 20 部优秀作品"评选活动,等等。这些活动和奖项,无论从哪个角度来审视,虽然表面有着商业、市场、资本的色彩,但透过现象看本质,其背后都有着官方的色彩。网络不是法外之地,在新时代的中国文学事业中,网络文学的阵地是不可丢失的。从文化安全的角度去引导和规范新时代的网络文学,这不仅是必需,也是刚需,更是急需。健全网络文学引导机制,这是当务之急。事实上,这些年来,随着网络文学引导机制的初步实施,网络文学不仅得到市场的认可,也得到了主流意识形态的认可,一大批优秀的网络文学作品也为网络文学经典化提供了目标导向和样品范本。

(三)基于经典化的网络文学评价标准设置

英国著名文艺理论家特雷·伊格尔顿认为:"文学批评根据某些制度化了的'文学'标准精选、加工、修正和改写本文,但是这些标准在任何时候都是可争辩的,而且始终是历史地变化着的。"[①]可见,在不同时代的文学实践面前,文学标准是历史地变化的。网络文学的评价标准自然不同于传统文学或主流文学的评价标准,应充分考虑网络文学的网络性、大众性、市场性、文化产业转化的影响力等。周志雄敏锐地指出:"应充分考虑中国网络文学的发展实际,有多维度的考量,在传统文学'思想标准'和'艺术标准'之外加上'读者影响力''商业效益'等维度,而'思想标准'也不是简单等同于传统文学中的'思想深度',而是体现在传统文化价值观与现代精神的嫁接,作品价值导向的社会效应;'艺术标准'也非作品艺术上的先锋性、探索性,而多指作品的'创意''脑洞',以及自身的风格。这种根据我国网络文学的实际

---

① 〔英〕特雷·伊格尔顿:《二十世纪西方文学理论》,伍晓明译,陕西师范大学出版社 1986 年版,第 254 页。

情况,结合网络文学的读者对象及作品的社会效益、经济效益等综合考量的'兼容'式评价正慢慢成为网络文学评价标准的共识。"①这种"综合考量的'兼容'式评价"及其标准的趋同认可,无疑大大推进了网络文学的经典化进程。

网络文学经典化的原动力是网络文学 20 多年的写作实践与蓬勃景象,这其实也是网络文学经典化的硬实力。古今中外的文学史上有一个颠扑不破的法则,就是"一切靠作品说话""作品才是硬通货"。在中国现代文学与当代文学的视域下,曾经有一个十分精辟的概括,那就是所谓"中国现代文学是有大师无大作,中国当代文学是有大作无大师"。事实上,对中国当代文学的评论也同样适合中国网络文学,我们似乎也可以说"中国网络文学是有大作无大师"。但是,我们还是可以肯定地说,一个"有大作"的时代是值得期许的。从 1998 年至今,网络文学蔚为大观,影响力毋庸置疑。从"网络文学 10 年盘点""中国网络文学 20 年盘点"中,我们可以真切地感知到中国网络文学"明天会更美好",正朝着"既有大作又有大师"的目标阔步前进。对此,欧阳友权在《网络文学这十年:追风时代,砥砺前行》一文中乐观地说:"汉语网络文学短短 30 年间,便以其特有的高效生产模式及其巨大体量领冠全球,打造出世界网络文学的'中国时代'。今天,当我们回溯网络文学发展历程时你会发现,与此前相比,近十年的网文行业增长势头不减,但其内在构成、外在形态及其各关联要素却发生明显变化,在价值赋能、作家迭代、行为治理、版权衍生、跨境传播和理论批评等诸多方面,均出现深刻改变。新时代的网络文学,正担负起历史使命,汇聚创新力量,在主旋律和精品化的文学赛道上砥砺前行。"②

网络文学经典化的重要途径是各种网络文学排行榜和网络文学评奖,这其实也是网络文学评价标准设置和确立的实践过程。2009 年 6 月 25 日,

---

① 周志雄:《网络文学经典化与评价体系建构》,《中国文学批评》2021 年第 3 期。
② 欧阳友权:《网络文学这十年:追风时代,砥砺前行》,《文艺报》2022 年 9 月 26 日。

由中国作协《长篇小说选刊》与中文在线 17K 小说网主办的"网络文学 10 年盘点"揭榜了"十佳优秀作品"与"十佳人气作品"。这是新世纪网络小说集中获得"象征资本"、步入经典化轨道的集体亮相。"优秀"和"人气",隐含了对网络文学作品的文学品质和网络影响力的双重认定标准。换言之,就是在"品质"上要"优秀",在"人气"上要"高"。中国作协自 2015 年开始组织发布的年度中国网络小说排行榜,在评选的程序上,首先由各家网站将年度最有影响力的优质作品上报,经过各家文学网站的初步推荐,征集入围的作品,经由网站编辑、研究专家和知名作家组成的评委会的评审,最终确定 20 部作品上榜。从中可以看出,中国作协年度网络小说排行榜兼顾了读者反响、文学网站数据和研究专家评价等多重评审标准,力图把我国既有市场影响力又有审美感召力的优秀网络文学作品推选出来,借此引导中国网络文学的健康发展,推进中国网络文学的质量工程建设。

　　网络文学经典化的快捷途径是网络文学(主要是网络小说)的影视改编。时下网络小说所涉及的宫廷、豪门、都市家庭、情感等题材,几乎都是现代人喜欢看的影视题材,这种相似性直接促使影视制作方全神聚焦于网络小说这个巨大的"金矿"。一般来说,网络小说的读者基础好、改编难度小、戏剧化程度高,对于影视制作单位和影视投资方来说是最价廉物美的"原料"。还有,网络小说大多故事引人入胜,内容轻松活泼,语言诙谐幽默,台词时尚流行,风格后现代化,因而深受年轻人的追捧与喜欢,并且易于传播,也就更容易获得商业资本的青睐与倚重。业内人士认为,与名著改编、经典作品改编相比,热门网络小说的改编没有职业编剧创作中的"闭门造车"等局限性,而且因为在改编过程当中可以与网友随时互动,使得作品与市场需求几乎"零距离"。网络小说的开放性和新鲜感都是其他文学作品不具备的长项,因此搬上荧屏很快就吸引了观众的收看。可以说,改编自网络小说的影视作品的热播,对视觉文化时代的大众有着深度影响与极度诱导。围观之后产生认同,认同之后产生追捧,追捧之后产生偶像,"粉丝群"的壮大与"粉丝文化"的漫溢似乎在无形地重构着新世纪的文学秩序,从而进一步推动了新世纪网络文学的经典化进程。

　　网络文学经典化的创新途径是网络文学(主要网络类型小说)的原创性写作。就网络类型小说而言,富有原创性的作品往往是那些开风气之先的作品,这些作品在艺术上也许并不成熟,但有"特色",或引领一时之风气,或是某种类型的"样板"与"摹本"。如:《第一次的亲密接触》之于 BBS 小说,《回到明朝当王爷》之于网络历史小说,《致我们终将逝去的青春》之于网络青春小说,《杜拉拉升职记》之于网络职场小说,《无限恐怖》之于网络无限流小说,《后宫·甄嬛传》之于网络宫斗小说,《我们是冠军》之于网络体育竞技小说,《凡人修仙传》《诛仙》之于网络修仙小说,《明月度关山》《故园的呼唤》《我的草原星光璀璨》之于网络扶贫小说,《春天见》《共和国医者》《白衣执甲》之于网络抗疫小说,等等。这些作品因其原创性,在网络文学发展史上影响较大、关注度较高,加之有着"趁热打铁"的影视改编、游戏改编的助推,有着较大的社会影响力,如今何在的《悟空传》、天下霸唱的《鬼吹灯》、天蚕土豆的《斗破苍穹》、南派三叔的《盗墓笔记》、当年明月的《明朝那些事儿》、唐家三少的《斗罗大陆》、我吃西红柿的《盘龙》等作品。这些具有原创性的网络类型小说,是由读者、作者、平台合力完成的,已经造就了具有开创性贡献的"网络大神"。如:唐家三少、跳舞、我吃西红柿之于玄幻类网络文学,烽火戏诸侯、萧鼎之于仙侠类网络文学,管平潮、无罪之于仙剑类网络文学,骁骑校、卓牧闲、阿耐之于都市类网络文学,蝴蝶蓝、失落叶之于网游类网络文学,匪我思存、天下归元之于女频古言类网络文学,月关、蒋胜男、天使奥斯卡之于历史类网络文学,顾漫、叶非夜之于现言类网络文学,雨魔之于驯兽文,愤怒的香蕉之于赘婿文,紫金陈之于现实题材类网络文学,等等。[①] 当然,重视网络文学的原创性在网络文学经典化进程中的作用,并不是强调网络文学"全面创新"。事实上,网络文学的原创与创新总是与传统文学的赓续息息相关。对此,著名学者陈平原指出:"类型研究把一部作品和其他相

---

① 　李玮:《网络文学评价的五个关键词》,《中国青年作家报》2021 年 12 月 28 日。

似作品放在一起考察,不是为了说明一切都古已有之,以学者的博学抹杀作家的才气,而是用更敏锐的眼光更准确的语言,辨别并论述真正的艺术创新。因为,所谓具有开拓意义的优秀作品,很可能不过是百分之九十九的'旧',加上百分之一的'新';可正是这百分之一的'新'改变了作品的质,实现了作品的艺术价值。能够真正理解、把握这百分之一的'新',比不着边际地颂扬天才作家的'全面创新'好得多——其实何曾有过名副其实的'全面创新'之作!"①

　　网络文学经典化造就的是一种"时代经典"。学者陈剑晖曾将文学经典分为"时代经典"和"永恒经典"两种类型,他认为:"当代的经典并非高不可攀、遥不可及。经典只不过是那些比较优秀、超越了同时代作家的思想艺术平均水准,并被广大读者喜爱的作品。具体点说,我认为经典可以分为两类。一类是'时代的经典',即在特定的时代,比如'十七年文学'中的《红日》《红旗谱》《红岩》《创业史》《青春之歌》等,这一类作品的思想和艺术上都存在着一定的局限,但它们确实在特定的时代中影响、教育了一代人,因此作为一种'时代经典',应承认其存在的合理性和价值,在写作文学史时应有它们的地位。另一类可称为'永恒经典',如《红楼梦》、鲁迅的《阿Q正传》,等等。这一类作品不受时代和空间的局限,它们以思想上的原创性与超越性、艺术上的独创性、时间上的永久性,一代代传承下去,这是对'永恒经典'的高端要求。就当代文学来说,目前从严格意义上还难觅'永恒经典',但具备'永恒经典'潜质的作家作品可以找出不少。"②值得一提的是,陈剑晖的这个判断也同样适用于中国网络文学的历史与现状。中国网络文学已产生了一大批属于网络时代的"时代经典"。事实上,马季在《读屏时代的写作:网络文学10年史》一书中就指出:在网络文学发展进程中,每个时期都有在读者心目中产生重要影响的作品出现,而且不断加持网络原创文学的热度,如网

---

① 　陈平原:《千古文人侠客梦》,北京大学出版社2018年版,第168页。
② 　陈剑晖:《当代文学学科建构与文学史写作》,《文学评论》2018年第4期。

络情感小说《第一次的亲密接触》、网络戏说小说《悟空传》、网络幻想小说《灰锡时代》、网络玄幻武侠小说《诛仙》、网络悬疑恐怖小说《鬼吹灯》等。[①]所以,我们有理由相信,拥有"时代经典"的中国网络文学,一定会产生超越时代而给不同时代、不同国别的读者提供精神营养、审美趣味、价值引导的精品佳作。从"时代经典"到"永恒经典",缺的也许只是历史距离与时间积淀,毕竟中国网络文学只有短短的 20 多年发展史。

---

① 马季:《读屏时代的写作:网络文学 10 年史》,中国工人出版社 2008 年版,第 65—79 页。

| 第七章 |

网络文学评价体系的维度选择与指标设计

网络文学在现实中的蓬勃发展，诚然在呼唤与之相适配的网络文学评价体系，以及具有最大程度的普适性、通用性的评价标准的建构。事实上，本书的第二章、第三章、第四章、第五章、第六章，已经分别从网络文学的"合法化""粉丝化""产业化""影视化""经典化"等不同维度探讨了网络文学评价体系建构的内在机理，也探究了"合法化""粉丝化""产业化""影视化""经典化"与网络文学评价体系建构的内在关联。所谓"横看成岭侧成峰，远近高低各不同"，维度从本质上说就是观察、思考、表述、衡量、判断、评价某事物的思维角度。维度不同，必然有不同的视域、不同的视界、不同的判断、不同的评价，甚至是不同的结论。因此，在建构网络文学评价体系和确立网络文学评价标准的过程中，维度的选择和指标的设计，就显得十分必要了。

一、网络文学评价体系建构的思想资源[①]

近年来，关于网络文学评价标准的讨论，概括起来大致有四种代表性观

---

① 本节由徐志雅撰写。作者简介：徐志雅，女，本科学历，一级教师，浙江省衢州市常山县实验幼儿园教师，主要从事学前教育与文化传播研究。

点:一是"传统文学标准说",以传统文学标准评价网络文学,认为网络文学归根到底是一种文学,传统文学的标准同样适用于网络文学;二是"通俗文学标准说",以通俗文学标准评价网络文学,认为它赓续了中国近现代通俗文学的传统,最大限度地满足了大众的快感消费和"爽感"需求;三是"媒介标准说",以媒介视角评价网络文学,强调网络文学的技术性、网络性与网生性;四是"多属性综合标准说",借由网络文学的多属性,综合运用多种评价标准,形成多维度评价,建构出社会效益、经济效益等多层次的指标体系。每一种评价标准都有其合理性和指导意义,但是,这些或忽视网络文学的独特性、异质性,或过分注重网络文学的商业性、产业性、消费性及娱乐性,或脱离了文学本体转向媒介研究,或忽视网络文学的内容研究却重视外部研究,或用数理统计替代了审美评判。正因为这样,周根红认为:"网络文学评价标准的建构应该理解媒介变迁,回归文学本体,重视市场影响,重估思想价值,深入研究网络文学的审美、叙事、价值等方面的转型,建构一套立足于文学,但又不同于传统文学的评价标准。"①

当下,关于网络文学评价体系的建构,由于视角与维度的不同,而呈现出不同的评价标准和指标体系。既争论不休,又悬而未决。争论不休,导致的是没有共识;悬而未决,导致的是无力践行。之所以如此,就在于人们对网络文学的定义、边界、地位等没有清晰界定,在"网络"与"文学"之间各执一端,乃至偏执,强调文学性则忽视网络性,强调网络性则轻视文学性,过分强调网络的芜杂性、广场性、自由性、平等性、交互性和娱乐性,过分强调市场的绩效性、消费性、产能性和产值性,以致出现了一些远离文学而接近市场的类似于企业绩效考核、产业绩效评估的指标体系。尽管如此,当前有代表性的网络文学评价体系,依然可以成为我们进一步建构的思想资源和理论基石。这诚如鲁迅《拿来主义》一文中所说的"拿来主义",亦如《论语·述

而》所说的"三人行,必有我师焉。择其善者而从之,其不善者而改之",道理和逻辑是一样的。

(一)"AHP-模糊综合评价"及指标设计

所谓"AHP-模糊综合评价",是指将美国运筹学家托马斯·L.萨蒂(Thomas L. Saaty)提出的层次分析法(Analytic Hierarchy Process,AHP)和模糊综合评价相结合的一种系统的评价方法。倡导对网络文学作品进行"AHP-模糊综合评价",最有代表性的是李薇的《网络文学作品评价体系研究》。[①] 李薇认为,"AHP-模糊综合评价"这一方法"简化了判断目标相对重要性的复杂度,借助优先关系矩阵实现决策由定性向定量方便、快捷的转换,直接由优先关系矩阵构造模糊一致性判断矩阵,使判断一致性问题得到解决,从而能够实现从众多的单一评价中获得对某个或某类对象的整体评价,从较模糊的主观评价标准得出客观的评价结果"。"AHP-模糊综合评价"主要包括:建立评价因素集;建立权重集;确定评语集;形成评价矩阵;一级模糊综合评价并归一化;二级模糊综合评价。其指标体系如表7-1所示。

表 7-1　网络文学"AHP-模糊综合评价"指标体系表

一级指标与权重	二级指标	二级指标权重
社会效益 0.3	舆论导向	0.5
	语言文字规范性	0.3
	作品创意	0.2
经济效益 0.3	中国移动收入	0.3
	百度搜索指数	0.3
	粉丝量	0.2
	下载量	0.2

---

① 李薇:《网络文学作品评价体系研究》,《出版广角》2014 年第 19 期。

一级指标与权重	二级指标	二级指标权重
版权运营情况 0.2	实体书出版	0.5
	网游开发	0.3
	影视作品开发	0.2
作者信息 0.2	写作水平	0.4
	社会影响	0.3
	教育程度	0.3

值得一提的是,李薇主张的"AHP-模糊综合评价"分社会效益、经济效益、版权运营情况、作者信息4个一级指标及一系列二级指标。作为一种评价方法,"AHP-模糊综合评价"诚然能够有效地解决网络文学作品评价中层次多、指标复杂等问题,可以将繁杂、主观的评价转化为统一、客观的评价,对网络文学作品的评价有一定的示范性、借鉴性。但是,从整体上说,该方法在思想性、艺术性上的设置还不够完善;一级指标中"经济效益"与"版权运营情况"在逻辑上有重叠;作品评价与作家评价混合,存在着所谓"二重逻辑持论",作家评价不能替代或超越作品评价,唯有作品评价才是旨归;作家的教育程度是否跟作品质量和水平直接相关,存在疑义;在中国特色文学语境下,"舆论导向"的设置是完全有必要的,但是对于舆论导向有错误或者有严重偏差的网络文学作品还有评价的必要吗? 所以,"舆论导向"作为"社会效益"下的二级指标,应该被特别赋予"一票否决"的权重。

(二)"多属性综合评价"及指标设计

所谓"多属性综合评价",是一种适用于多属性评价对象的以定量为主、定性与定量相结合的综合评价模型。一般是先进行维度评价,再进行综合评价。倡导对网络文学作品进行"多属性综合评价",最有代表性的是高宁的《基于多属性综合评价方法的网络文学评价指标体系研究》。[①] 高宁认为："网络文学作品具有多属性、多层次的特点,且在其诸多的属性中既有客观的定量指标,如作品点击率、下载量、销售量、获得道具数量等,也有主观的定性指标,如用户阅读评价、编辑推荐分数等。因此,使用多属性综合评价的方法对网络文学作品进行评价,在理论上具有较高的可行性和科学性。""多属性综合评价"主要包括:建立评价因素集;确定各指标权重;指标计算与结果确定。其指标体系如表 7-2 所示。

表 7-2　网络文学"多属性综合评价"指标体系表

一级指标与权重	二级指标	二级指标权重/分
人气类指标(10 分)	点击量(次)	2.0
	下载量(次)	2.0
	阅读量(次)	2.0
	搜索量(次)	2.0
	被收藏量(次)	2.0
道具类指标(10 分)	鲜花(个)	1.0
	VIP 贵宾(个)	2.0
	凹凸票(个)	1.0
	盖章(个)	1.0
	惊喜(个)	1.0
	装扮(个)	1.0
	月票(个)	3.0
用户评价指标(15 分)	文笔(分)	3.0
	情节(分)	3.0
	人物(分)	3.0

---

①　高宁:《基于多属性综合评价方法的网络文学评价指标体系研究》,《出版参考》2015 年第 8 期。

一级指标与权重	二级指标	二级指标权重/分
用户评价指标(15分)	主线(分)	3.0
	开篇(分)	3.0
销售类指标(10分)	购买量(次)	5.0
	订阅量(次)	5.0
影响力(10分)	百度指数(次)	6.0
	媒体报道(次)	4.0
推荐票(10分)	投票(个)	10.0
编辑推荐(10分)	编辑打分(分)	10.0
出版实体书(10分)	是否出版(是/否)	10.0
改编影视(5分)	是否改编(是/否)	5.0
改编游戏(5分)	是否改编(是/否)	5.0
更新频率(5分)	平均每日更新字数(字/天)	5.0

值得注意的是,高宁所主张的"多属性综合评价"有着浓烈的平台色彩、产业色彩、行业色彩,虽然最大限度地涵括了网络文学作品的客观因素,但没有更多地观照网络文学作品的思想性、艺术性及审美性等主观因素。过度数量计算的评估评价招致传统文学论者和主流文学论者的质疑,也就在所难免了。当然,任何一种评价方法都有其自身的缺陷和不足,但有一点是可以肯定的,那就是就网络文学作品而言,优秀的作品必然是有影响力的作品,也必然在数据统计中占头部位置,毕竟籍籍无名、读者反响不好、社会认可度低、市场效益小的网络文学作品难说优秀、难说佳作、难说精品。

(三)"社会效益评价"及指标设计

2017年6月,国家新闻出版广电总局发布了《网络文学出版服务单位社会效益评估试行办法》(以下简称"《办法》"),这是国家层面对"社会效益评价"的规范与规制。《办法》明确强调,要将社会效益和社会价值放在首位,实现社会效益和经济效益相统一,使网络文学作品经得起人民认可、专家评价和市场检验。《办法》明确指出，社会效益评估采取定性评价与定量考核、单位自评与管理部门考核相结合的工作方法，通过量化指标体系对其社会效益进行考核评价。该办法设置 5 个一级指标、22 个二级指标和 77 项评分标准，主要包括出版质量、传播能力、内容创新、制度建设、社会和文化影响等指标。这样的顶层设计，导向的是既有经济效益又有社会效益、体现中国主流价值观和主流意识形态的精品佳作。《办法》虽然是针对网络文学出版服务单位（主要包括开办原创网络文学网站、网络文学阅读平台的单位）的，但其所标举的"社会效益评价"同样适用于网络文学作家作品的评价。毕竟在网络文学领域里，出版服务单位或所谓"平台"，是"幕后的推手"或"资本的代言"，甚至是所谓"金主"。

禹建湘在《构建网络文学网站社会效益评价体系——基于 25 家网站数据分析》一文中指出，文学网站在进行社会效益建设过程中需要平衡三种关系：一是作品流量与内容质量之间的平衡；二是 VIP 付费和免费作品之间的平衡；三是类型化写作与受众需求之间的平衡。正是基于这三大现实关系问题，构建网络文学社会效益评价体系时也需要从三个方面进行考量：一是政治导向是平衡作品流量与内容质量之间的保障，坚持正确的政治导向，引导读者进行正向阅读，主要通过表现社会主义核心价值观、弘扬优秀传统文化、倡导道德公序良俗、以人民为中心、促进网络创作政治导向正确等五大指标来反映；二是文学生产是平衡 VIP 付费和免费作品之间的保障，坚持海量的文学生产，服务读者阅读需求，主要通过作品总存量、畅销作品数量、版权转让数量、作品出口数量、题材构成的丰富性、精品力作数量等六大指标来反映；三是受众反应是平衡类型化写作与受众需求之间的保障，坚持读者中心、受众至上，主要通过读者总数量、注册读者数量、平均上线时间、点击量 100 万次以上的作品数量、收藏量 5000 次以上的作品数量、读者发长帖数、年度搜索前 300 名的作品数量、文学评论活动、媒体关注度、上榜作品数量、中国作协重点作品扶持项目等十一大指标来反映。①

　　根据上述对网络文学出版服务单位"社会效益评价"体系及指标的设计,本着求同存异、兼顾共有共享的原则,我们概括出以下的指标设计,可供参照,如表 7-3 所示。

表 7-3　网络文学"社会效益评价"指标体系表

一级指标	二级指标
政治导向	是否体现社会主义核心价值观
	是否弘扬优秀传统文化
	是否倡导道德公序良俗
	是否表现一切以人民为中心
文学生产	是否畅销作品
	版权转让情况
	作品出口数量
	作品题材、内容构成的丰富性
受众反应	读者总数量
	注册读者数量
	读者平均上线时间
	点击量
	收藏量
	读者长评数量
	网民搜索入围年度前 300 名情况
社会影响	文学评论活动
	媒体关注度
	上榜(获奖)情况
	是否为中国作协重点作品扶持项目

　　① 禹建湘:《构建网络文学网站社会效益评价体系——基于 25 家网站数据分析》,《中国文学批评》2021 年第 3 期。

从表 7-3 中可以看出,"社会效益评价"有着浓厚的官方色彩,承续了政府主管部门对行业出版服务单位的监管,包括 4 个一级指标、19 个二级指标。在 19 个二级指标中,既有量化指标也有质化指标,既有价值判断也有审美判断,既有内容分析也有产业评估。但如果细究的话,在 19 个二级指标中,产业考量、经济效益评估指标的占比还是十分高的。换言之,"社会效益评价"虽然从出发点上是本着"社会效益优先""社会效益和经济效益相统一"的原则,但从根本上讲依然不过是"经济效益第一",难说是真正意义上的"社会效益评价"。从整体上看,"社会效益评价"强化的是网络文学的"外部评价"(包括网络文学与政治、社会、经济等的关系),弱化的是网络文学的"内部评价"(包括网络文学作品的思想性、艺术性等),也就是说,对网络文学的本体性、本质性的关注、评价是明显不够的。"社会效益评价"在面对"网络文学始终是文学"的诘问直击时,很难做到自圆其说与底气十足。

(四)"分层评价"及指标设计

所谓"分层评价",是指基于网络文学的本体追问,从网络文学创作实际和作品品貌出发,对评价对象进行"区隔性"分层评价,包括资格性评价和选择性评价。当下,倡导"分层评价"的代表性论文是欧阳婷的《网络文学的本体追问与分层评价》。[①] 在欧阳婷看来,资格性评价是一种文学入门评价、大众文化评价和娱乐性消费的合格资质评价,它具有两个鲜明特征:一是广泛的包容性;二是在文学功用上更注重快感效应。欧阳婷认为,选择性评价则是一种人文审美评价、艺术创新评价、精品力作评价。假如说资格性评价的核心是快感机制的话,那么,选择性评价的核心则是美感机制。从本质上说,选择性评价是一种评优评价,它能最大程度推进网络文学朝前走、往上走,走向精品、走向经典。作为一种评优评价,选择性评价是网络文学赢得文学的尊重和社会的认可的一种必然与必需:一是选择性评价能为网络文

---

① 　欧阳婷:《网络文学的本体追问与分层评价》,《网络文学研究》2022 年第 1 期。

学高质量发展形成"驱动效应";二是选择性评价是网络文学"趋主流化"的必然要求;三是选择性评价是催生网络文学迈向经典化的"成人礼"。由此可见,在"分层评价"的视域下,资格性评价是一种合格评价,判断的是"是不是文学"的问题;选择性评价是一种评优评价,判断的是"是不是好文学"的问题。既是分层次,其实也是分等级。当一部作品经受不住资格性评价时,也就没有必要进行选择性评价了。其指标体系如表 7-4 所示。

表 7-4   网络文学(小说)"分层评价"指标体系表

层次	标准
资格性评价	有基本的叙事能力并讲述一个完整的故事
	冲突和桥段有一定的吸引力
	人设合理,性格和言行有喜感
	情节、人物、环境相互协调,无违和感
	语言表达文从字顺,通俗易懂或俏皮搞笑
	有刚性约束,没有价值观"硬伤"
选择性评价	是否有"驱动效应"
	是否"趋主流化"
	是否"经典化"
	是否上榜
	是否获奖
	是否畅销
	是否有庞大的粉丝群
	是否有高效的产业开发

值得一提的是,"分层评价"有其合理性,毕竟从古至今的文学批评史就有所谓"作品分等、作家分级"的传统。资格性评价和选择性评价有对象区隔。对象区隔的意义在于让富含"爽感"、拥有市场体量的网络文学作品获得历史"合法性",同时也让充满"美感"的精品力作得以高标凸显,以引领网文行业的高质量发展。但是对象区隔,并不代表界限分明和截然分开,其中

的衍变和转化也是应有之义。还有就是选择性评价的语焉不详或指标创设的虚化,在具体操作中必然会有视觉盲区和遗珠之憾。事实上,从评价的角度来说,难道就只有合格作品和优质作品可以评价,那些不合格作品和一般作品就不能进行评价吗? 一般来说,评价应该是公用的,指标应该是通用的,标准应该是一致的。厚此薄彼的选择性评价,本身就是一种偏颇和失衡。所以,"分层评价"有许多值得商榷的地方。

(五)"多维度综合评价"及指标设计

在关于网络文学评价体系的众多主张中,"多维度综合评价"因兼顾了传统与现代、网络与文学、思想与艺术、事业与产业、社会效益与经济效益等而尤显公正中允,因而也就和者众多。事实上,"多维度综合评价"既强调"多维度"又强调"综合",是一种在当下网络文化语境下合理性、科学性、可行性都很高的评价。时至今日,倡导对网络文学进行"多维度综合评价"的代表人物,当属网络文学研究领域的"领军人物"欧阳友权先生。他在《网络文学评价的美学律令与历史逻辑——兼论恩格斯"美学观点和历史观点"之于网络文学评价的有效性》(《文学评论》2022 年第 2 期)、《网络文学评价体系:维度·指标·实践》(《新媒介文艺》2022 年 12 月 13 日)、《网络文学评价体系的"树状"结构》(《当代文坛》2021 年第 6 期)、《网络文学亟待建立自己的评价体系和标准》(《社会科学辑刊》2022 年第 2 期)、《建立网络文学评价标准的必要与可能》(《学术研究》2019 年第 4 期)等相关著述中均表达了"多维度综合评价"的必要性、可能性、可行性和合理性。欧阳友权认为,网络文学评价需要创设既符合"文学"本性又切合"网络"特点的评价标准,需要设定科学的评价维度,需要围绕评价维度建立系统性的评估指标和设计可量化的评估权重。欧阳友权还认为,网络文学评价是一种价值判断,从本质上是一种质的评判,但它是基于一定的量的分析,需要有"以量衡质、量质互证"的逻辑环扣和立场认知。在此基础上,欧阳友权明确主张:"从'文学'与'网络'的双重属性看,对网络文学的评价既要有'文学'的维度,如思想性维度、艺术性难度,也不可脱离'网络'的评价难度,如媒介维度、产业维度,还需要有二者融合而成即'网络文学'的整体评价维度——影响力评价。也就是说,思想性维度、艺术性维度、媒介性维度、产业性维度和影响力维度,便是网络文学评价体系构建时需要持论的基本维度。"①并且他进一步认为,思想性维度、艺术性维度、媒介性维度、产业性维度、影响力维度的重要性和逻辑持位并不对等,它们不仅有轻重主次之分,而且倚重的对象也有所区别,从而把这五个维度分为三个层次,分别是:第一层次是核心层,包括思想性维度与艺术性维度;第二层次是中间层,包括媒介性维度与产业性维度;第三层次是外围层,即影响力维度。这五个维度或五种评价"相互交织、彼此渗透又相互制约,形成了一个'熵值'圈层以及不断更新的逻辑自洽系统,构成了网络文学评价完整的指标体系"②。于是,在学界与业界均有引领示范地位的欧阳友权,精心创设出了网络文学评价体系的"树状"结构图,如图7-1所示。

　　欧阳友权创设的网络文学"评价树"由 5 个一级指标、18 个二级指标构成。至于他创设的"网络文学评价指标体系及权重系数",由于后文中多有借鉴,在此不加赘述。应该说,欧阳友权的网络文学"评价树"是迄今为止最权威、最有说服力的一种创设,它兼顾了方方面面和诸多维度,是一种典型的"多维度综合评价"。

---

① 欧阳友权:《网络文学评价体系的"树状"结构》,《当代文坛》2021 年第 6 期。
② 欧阳友权:《网络文学评价体系:维度·指标·实践》,《新媒介文艺》2022 年 12 月 13 日。

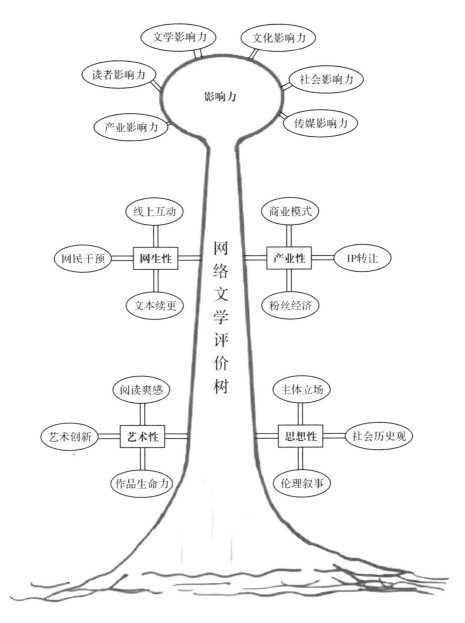

图 7-1 网络文学"评价树"

当然,在网络文学评价上主张"多维度综合评价",除"执牛耳"的欧阳友权先生之外,有代表性的还有单小曦、吴长青等知名学者。如单小曦在《网络文学评价标准问题反思及新探》一文中认为,网络文学评价体系至少应包括 6 个尺度:一是网络生成性尺度;二是技术性—艺术性—商业性的融合尺度;三是跨媒介、跨艺类尺度;四是"虚拟世界"的开拓尺度;五是主体网络间性与合作生产尺度;六是"数字此在"对存在意义的领悟尺度。单小曦强调,网络文学评价需要从多个尺度形成的系统层面做综合评价,如此才能改变目前网络文学评价的无序和杂乱状况。① 再如吴长青在《构建网络文学批评融合发展机制》一文中认为,为了更好地提升网络文学批评质量,应积极寻求线上批评和线下批评的融合发展之路,其路径包括:一是建立和谐的批评话语空间;二是凸显网络平台的"中介"作用;三是发挥媒体批评的调节与补充作用;四是扩大网络文学批评公共空间建设。② 从根本上说,吴长青所谓"融合批评"其实也是一种"多维度综合评价",只是可能限于文章篇幅和学理逻辑,未对指标体系进行创设而已。当然,值得一提的是,"多维度综合评价"所强调的"多维度"和"综合",无论是在当下还是今后的评价现场、评价实践中,依然存在着"哪些维度"和"如何综合"的现实困境和实操难题。

二、网络文学评价体系的维度选择

宋代诗人苏轼的《题西林壁》:"横看成岭侧成峰,远近高低各不同。不识庐山真面目,只缘身在此山中。"这首诗告诉我们一个哲理,那就是看事物的方向、视角、维度不同,事物呈现的面貌也是不同的。或者说,看任何事物都要从不同的角度去看,不能单方面地想问题。同样,我们评价当下的网络文学,也应该进行多视角、多属性、多维度的审视。比如,网络文学作品既是作品、艺术品,也可以是产品、商品,还可以是宣传品;再比如,网络文学读者既是读者,也可以是粉丝,还可以是消费者或生产性消费者,还可以是鉴赏

---

① 单小曦:《网络文学评价标准问题反思及新探》,《文学评论》2017 年第 2 期。
② 吴长青:《构建网络文学批评融合发展机制》,《中国文学批评》2022 年第 3 期。

者或评论者,还可以是传播者或宣传对象。就网络文学评价而言,不同的评价者,面对不同的评价对象,其所坚守的价值立场和秉持的尺度标准是不同的,可能是有所侧重或有所选择的。但是,作为一种具有公共性、社会性的文学活动,网络文学评价又不可能不要标准,否则各说各话、自以为是,特定社会历史文化语境下的共识与共鸣就难以形成,毕竟网络文学评价是一种文化软规制和文化软引导。正如鲁迅先生所说的:"我们曾经在文艺批评史上见过没有一定圈子的批评家吗? 都有的,或者是美的圈,或者是真实的圈,或者是前进的圈。没有一定圈子的批评家,那才是怪汉子呢……我们不能责备他有圈子,我们只能批评他这圈子对不对。"①鲁迅先生所说的"圈子"其实就是批评标准,也就是说,任何文学批评都须有"一定圈子",即批评标准,网络文学评价也当如此。但是,在网络文学评价领域,由于主体有立场、维度有选择,不同的评价者,面对不同的评价对象,其所持论点的价值立场、评价标准是有所不同的,就不可能有一成不变或"放之四海而皆准"的标准,也就不可能有一成不变的评价。所以,我们既要有标准、有指标,但又不能为标准和指标所限,毕竟任何文学评价都是具体的、鲜活的、主观的。

(一)思想性维度

从理论上说,思想性是指文学作品描绘的艺术形象体现出来的全部思想内容的正确性、深刻性和高度。思想性的实质是文学作品中反映出来的作家对生活的思考和认识,是作家通过一定的艺术形象体系对社会生活进行审美评价时体现出来的政治、伦理、社会观点和审美理想。思想性是文学作品内容美的重要条件,有正误、高低、深浅之分,缺乏思想性的作品必然价值不大、传播不广,诚如古人所说的"言之无文,行而不远"。优秀的文学作品,必然是思想性与艺术性的高度统一,正如毛泽东《在延安文艺座谈会上的讲话》中所说的"革命的政治内容和尽可能完美的艺术形式的统一"。

---

① 鲁迅:《批评家的批评家》,《鲁迅全集》第 5 卷,花城出版社 2021 年版,第 300 页。

　　强调文学作品的思想性的意义,无论古今中外,都是文学评价的正统主流,也不会过时。刘勰认为:"辞为肤根,志实骨髓。"对于文学作品而言,辞藻如同肌肉皮肤,思想内容才是骨髓。高尔基认为:"理智要比心灵为高,思想要比感情可靠。"他还说:"文学使思想充满血和肉,它比哲学或科学更能给予思想以更大的明确性和巨大的说服力。"可见,思想是作品的灵魂,思想卑俗、低下、肤浅的作品,纵使文字再好、艺术造诣再高,充其量也不过是一只悦目的纸鸢,只可在风中飘舞,不可能在大地生根发芽。习近平总书记《在文艺工作座谈会上的讲话》中明确指出:"一切创作技巧和手段最终都是为内容服务的,都是为了更鲜明、更独特、更透彻地说人说事说理。背离了这个原则,技巧和手段就毫无价值了,甚至还会产生负面效应。"①所以,反对"三俗"(庸俗、低俗、媚俗),提倡"三精"(思想精深、艺术精美、制作精湛),也就成了新时代的文化指令。2015 年 9 月,中共中央办公厅、国务院办公厅印发的《关于推动国有文化企业把社会效益放在首位、实现社会效益和经济效益相统一的指导意见》明确指出:"正确处理社会效益和经济效益、社会价值和市场价值的关系,当两个效益、两种价值发生矛盾时,经济效益服从社会效益、市场价值服从社会价值。"②这种对社会效益、社会价值的高度重视,无异于给予了思想性"一票否决"的文化权力。

　　所以,评价网络文学作品首先要考察其思想性,包括正确性、科学性、真实性、倾向性,以及是否以人民为中心,是否为人民服务,是否传播社会主义核心价值观,是否传承中华优秀传统文化,作品的内容、倾向及立场是否对历史、对社会、对人生、对人民的精神世界产生正面的积极影响。中国式现代化需要文化自信,需要为国家立心、为民族立魂,需要增强实现中华民族伟大复兴的精神力量,需要先进文化、革命文化、中华优秀传统文化,需要满

---

　　①　习近平:《在文艺工作座谈会上的讲话》,人民出版社 2015 年版,第 19 页。
　　②　《关于推动国有文化企业把社会效益放在首位、实现社会效益和经济效益相统一的指导意见》,人民出版社 2015 年版,第 4 页。

足人民日益增长的精神文化需求。习近平总书记在党的二十大报告中明确指出："坚持以人民为中心的创作导向,推出更多增强人民精神力量的优秀作品,培育造就大批德艺双馨的文学艺术家和规模宏大的文化文艺人才队伍。坚持把社会效益放在首位、社会效益和经济效益相统一,深化文化体制改革,完善文化经济政策。""坚守中华文化立场,提炼展示中华文明的精神标识和文化精髓,加快构建中国话语和中国叙事体系,讲好中国故事、传播好中国声音,展现可信、可爱、可敬的中国形象。"这无异于为建构新时代中国网络文学评价体系定调定音、定标定准。这样,在建构网络文学评价体系的维度选择上,思想性维度必然是首位与重点。

(二)艺术性维度

网络文学虽说是一种网络性十足的文学,但归根结底,它始终是"文学",是语言的艺术,是审美的艺术。作为语言的艺术,其艺术性在于间接性、精神性、韵律性;作为审美的艺术,其艺术性在于情感性、形象性、超越性。可以说,艺术性是文艺作品的魅力所在,也是文艺作品不同于其他意识形态的异质性所在,即审美的意识形态。在中国古代文学理论史中,有"言之无文,行而不远"之说,亦有"文质彬彬,然后君子"之论。在美学史上,德国"新文学之父"莱辛在《拉奥孔》一书中首先提出"美的规律"问题,并认为"艺术的首要规律,即美的规律"[①]。马克思在《1844 年经济学哲学手稿》中,明确提出"人也按照美的规律来构造"[②]的科学命题,并在《致斐迪南·拉萨尔》一文中要求现实主义创作需要"更加莎士比亚化"[③]。恩格斯也认为:"我

---

① 〔德〕莱辛:《拉奥孔》,朱光潜译,安徽教育出版社 2006 年版,第 17 页。

② 〔德〕马克思:《1844 年经济学哲学手稿》,《马克思恩格斯全集》第 3 卷,人民出版社 2002 年版,第 274 页。

③ 〔德〕马克思:《致斐迪南·拉萨尔》(1859 年 4 月 19 日),《马克思恩格斯选集》第 4 卷,人民出版社 2012 年版,第 437 页。

们不应该为了观念的东西而忘掉现实主义的东西,为了席勒而忘掉莎士比亚。"①马克思、恩格斯所强调的现实主义创作原则,是马克思主义关于"美的规律"的思想在文学创作中的具体运用和体现。它要求作家真实描写现实关系,塑造出典型环境中的典型人物。正如恩格斯所说的:"据我看来,现实主义的意思是,除细节的真实外,还要真实地再现典型环境中的典型人物。"②可见,在马克思、恩格斯看来,是否塑造出生动感人的典型环境、典型人物及典型性格,是小说、戏剧等叙事类作品优劣的重要标志。正是在这样的理论逻辑上,恩格斯标举"美学观点"和"史学观点"相统一的文学批评的原则,即所谓"您看,我是从美学观点和史学观点,以非常高的亦即最高的标准来衡量您的作品的,而且我必须这样做才能提出一些反对意见"③。也正是本着"美学观点"和"史学观点"相统一的"最高的标准",马克思和恩格斯于 1859 年就剧本《济金根》分别给斐迪南·拉萨尔致信,恩格斯于 1885 年给敏·考茨基致信,并于 1888 年给玛格丽特·哈克奈斯致信,为我们提供了马克思主义文学批评的典范。

艺术性是文学作品的审美属性。没有艺术性的文学作品,只能是马克思所批判的"席勒式地把个人变成时代精神的单纯的传声筒"④。毛泽东《在延安文艺座谈会上的讲话》强调文艺创作源于生活而高于生活,人民群众还是要追求艺术美,他说:"虽然两者都是美,但是文艺作品中反映出来的生活却可以而且应该比普通的实际生活更高,更强烈,更有集中性,更典型,更理

---

① 〔德〕恩格斯:《致斐迪南·拉萨尔》(1859 年 5 月 18 日),《马克思恩格斯选集》第 4 卷,人民出版社 2012 年版,第 442 页。
② 〔德〕恩格斯:《致玛格丽特·哈克奈斯》(1888 年 4 月初),《马克思恩格斯选集》第 4 卷,人民出版社 2012 年版,第 590 页。
③ 〔德〕恩格斯:《致斐迪南·拉萨尔》(1859 年 5 月 18 日),《马克思恩格斯选集》第 4 卷,人民出版社 2012 年版,第 443 页。
④ 〔德〕马克思:《致斐迪南·拉萨尔》(1859 年 4 月 19 日),《马克思恩格斯选集》第 4 卷,人民出版社 2012 年版,第 437 页。

想,因此就更带普遍性。"①这是对前人关于艺术美的理论和实践的总结,深刻阐明了文艺与生活的辩证关系,既为文学艺术的创作提供了正确方法,又为我们鉴赏和评价文学作品提供了美学原则。在毛泽东看来,过分强调作品的艺术性,甚至追求所谓"为艺术而艺术",或者过分强调作品的政治性乃至出现"标语口号式"的创作倾向,都是不可取的。对此,毛泽东明确指出:"我们的要求则是政治和艺术的统一,内容和形式的统一,革命的政治内容和尽可能完美的艺术形式的统一。缺乏艺术性的艺术品,无论政治上怎样进步,也是没有力量的。因此,我们既反对政治观点错误的艺术品,也反对只有正确的政治观点而没有艺术力量的所谓'标语口号式'的倾向。"②当然,如果透过历史的迷雾还原历史的现场,我们诚然不能把"政治标准"与"艺术标准"的关系绝对化,更不能对"政治标准"做狭隘的理解,毕竟毛泽东特别强调"应该注意艺术的提高",应该区分出文艺作品在艺术上的高下,而不仅仅是在政治上的浓淡。

　　一般来说,文学作品的艺术性越高,审美价值就越大,对读者的吸引力、感染力就越强,思想传播或政治传播的效果就越好。在文学作品中,艺术性表现为作家在一定审美意识、审美理想的驱使和诱导下,娴熟地运用各种艺术技巧和表现手法,表现出启人联想、给人无穷回味的艺术形象、意境、意蕴,塑造出栩栩如生的典型环境、典型人物、典型性格,呈现出独特的艺术风格,激起欣赏者不同程度的美感和愉悦。那么,网络文学的艺术性又将如何呈现呢?欧阳友权认为:"网络文学作品的艺术性通常要通过阅读'爽感'来实现,需经历'可读→悦感→爱读'或'爽感→喜感→美感'的接受过程,最终形成从情绪情感到志趣情怀的深刻代入。"③也就是说,网络文学常以"爽感"

---

① 毛泽东:《在延安文艺座谈会上的讲话》,《毛泽东选集》第 3 卷,人民出版社 1991 年版,第 861 页。

② 毛泽东:《在延安文艺座谈会上的讲话》,《毛泽东选集》第 3 卷,人民出版社 1991 年版,第 869—870 页。

③ 欧阳友权:《网络文学评价体系的"树状"结构》,《当代文坛》2021 年第 6 期。

为第一美学,以"好看"为作品艺术性的"准入证"。"爽感"不是网络文学的原罪,追求阅读"爽感"也不是对网络文学的"矮化"。相反,"爽感"可能是一种对艺术本色的认知,因为"爽感"本身并不是外在于艺术性的,而是艺术性的一种功能形态,任何艺术性的实现都需要经由"爽感"才能将观念上的艺术性变成审美体验中的艺术美感。当然,网络文学作品的艺术性不止于"爽感",应该还包括诸如精彩的故事创意、个性鲜明的人物塑造、新奇别致的矛盾设置、不落俗套的情节安排、天马行空的想象、细腻逼真的细节描写、生动传神的语言,乃至整体呈现的叙事节奏、艺术风格和文学情怀等。这些均是网络文学艺术性的当然构成和多维姿态。

(三)网络性维度

网络文学是网络传媒深度介入文学生产的结果。它产生于网络,也受制于网络,因而它比传统文学更具鲜明特性,那就是"网络性"或"网生性",也即所谓"文学网景"。诚如欧阳友权所说的:"网络不仅是文学的媒介和载体,也是文学作品的'生产车间'。网文作品脱胎于网络又受制于网络,从而被深深打上了'网络生产'的印记。网络规制了文学的生成,也制衡着网文作品的价值律成,因而评价网络文学不能没有网生性维度,它是网络文学评价有别于传统文学的一个特殊维度。"[①]在此,欧阳友权明确主张网络文学评价的"网生性维度",之所以如此,是基于以下三点考虑:一是网生方式限定了作品的结构形态;二是网生方式极大地干预了作品的创作过程、结构内容及故事情节,"过程生产"代替了作品的"一次性呈现";三是网生方式最大程度地影响了作品的价值判断,尤其是"网民的在线评价"会形成引导性力量,产生"马太效应",对他人、线下、传统学人的评价产生诱导,以"影响评价"形成"影响力评价"。

在21世纪这个越来越走向数字化生存的信息时代,我们诚然应该以"网

---

①　欧阳友权:《网络文学评价体系的"树状"结构》,《当代文坛》2021年第6期。

络化"的思维方式重新认识文学,重新审视既有的文学惯例与文学观念。事实上,"网络性"对网络文学来说至关重要,它既是建构网络文学的基石,也是塑造网络文学的"黄金刀",从某种角度来说,"网络性"甚至决定了网络文学的本质与特质。这可以从以下几点得到具体阐释与充分印证:一是"自由性:空间开放与自由表达";二是"平等性:平台共享与平等言说";三是"交互性:信息交互与粉丝为王";四是"娱乐性:娱乐至死与快感优先"。① 可见,网络书写对文学的影响是十分深刻的,这种深刻性被法国哲学家德里达描绘为使主体失去稳定性的主要因素,或者说,对主体性的颠覆,即"主体双重化"。在网络文学的生产与消费机制中,客体是如此靠近主体,主体是如此靠近客体,使得主体、客体失去原来绝对的稳定性而变得主客不分。假如我们套用马克思所谓"生产直接是消费,消费直接是生产"的话,那么,在网络文学的运行机制中,作者其实也是消费性读者,读者其实也是生产性作者,或者说,"作者直接是读者,读者直接是作者"。这就意味着作者失去对文本的绝对控制权,这种权力的削弱直接导致"作者去中心化",即作者再也不在文本的形成过程中处于中心地位。相反,那些高素质、高忠诚度的"铁粉""硬粉"却演绎出"粉丝为王"的多彩多姿。或者说,网络文学的"存在就是被点击"。

美国学者约书亚·梅罗维茨认为,新媒介产生新场景,新场景产生新行为。"新媒介不仅影响了人们行为的方式,而且它们最终影响人们觉得自己应该怎样行为的方式。正如下面所说,行为和态度的这种变化,在'更新'共享媒介环境内容时对系统进行了'反馈',这加强了电子媒介的整体影响。"② 作为文化环境的网络,作为人的延伸的网络,作为人的生活方式的网络,是一种普适性极强的新媒介,承载着更多的民主性、平民性、公共性与全球性。

---

① 张邦卫:《媒体化语境下新世纪文学的转型研究》,中国社会科学出版社 2017 年版,第 112—117 页。

② 〔美〕约书亚·梅罗维茨:《消失的地域:电子媒介对社会行为的影响》,肖志军译,清华大学出版社 2002 年版,第 166 页。

所谓"新媒介新文学",网络不仅是文学的技术性载体,也是文学的审美性引擎;网络不仅是文学的媒介与载体,也是文学的"生产场"与"孵化器"。网络文学的运行机制,不再是传统的"你写我读"的"一次性创作,一次性发表",而是"读写互动""以读促写"的"多次性创作,多次性发表",尤其是网民的在线评说、跟帖评议、趣味言谈等,既会干预作家的创作过程,也会影响作品的故事进程。这样,"网络"这个媒介的"常量"始终渗透在网络文学评价体系的各个维度及批评标准的各个要素之中。我们在建构网络文学评价体系时,网络性维度也就成为一种必选维度。

(四)产业性维度

文学是一种生产,也是一种产业,这在马克思关于"艺术生产"的科学论述中早就已经得到确证。在《〈政治经济学批判〉导言》中,马克思明确使用了"艺术生产"的概念,他指出:"就某些艺术形式,例如史诗来说,甚至谁都承认:当艺术生产一旦作为艺术生产出现,它们就再不能以那种在世界史上划时代的、古典的形式创造出来;因此,在艺术本身的领域内,某些有重大意义的艺术形式只有在艺术发展的不发达阶段上才是可能的。"[①]对于马克思的艺术生产理论,英国学者希·萨·柏拉威尔(S. S. Prawer)在《马克思和世界文学》一书中认为,马克思"把主要用于经济学的术语也用在文学和其他艺术的历史上,如生产等。他把诗人也叫作'生产者',把艺术品叫作'产品',虽然是一种独特的、有别于其他种类的'产品'。马克思通过使用这样的术语叫我们不要忘记把艺术放在其他社会关系的框子里来观察,特别是应该放在物质生产关系和生产手段的框子里。只有明确了这一点之后,他才能独立地、抽象地研究艺术,才有余暇观察一下艺术领域自身"[②]。关于

---

① 〔德〕马克思:《〈政治经济学批判〉导言》,《马克思恩格斯选集》第 2 卷,人民出版社 2012 年版,第 710 页。

② 〔英〕希·萨·柏拉威尔:《马克思和世界文学》,梅绍武、苏绍亨、傅惟慈等译,生活·读书·新知三联书店 1980 年版,第 383 页。

"艺术生产"及其内在的"商业性""产业性""资本性",德国法兰克福学派的"文化工业"的命意似乎更加透彻。阿多诺与霍克海默将大众传播媒介制造的文化命名为"文化工业",认为文化工业的特征就是文化产品的标准化生产,以及商品的拜物教、资本的膜拜狂。在《文化工业:作为大众欺骗的启蒙》一文中,阿多诺与霍克海默认为,大众传播媒介与一般商品并没有什么区别,在为资本家营利这一点上表现出惊人的一致。

沉浸于商业化语境、产业化语境中,加之现代传媒、新媒体对商业法则的推崇,以及对文化产业、知识经济的引导与扩大化、聚集化宣传,作为文化产业与知识经济的一部分,新世纪文学就不可避免、理所当然地彰显着商业化、产业化的时代特征。假如说 20 世纪中国文学更多表现为一种启蒙活动、革命活动、政治活动与准商业活动的嬗变的话,那么,新世纪文学则更多表现为一种后革命语境中以经济建设为中心的商业活动与产业活动。对此,笔者在《媒体化语境下新世纪文学的转型研究》一书中,在分析了新世纪文学的"要素商业性""过程商业性""环节商业性"之后,提出了"整体商业性",包括"作为市场的世界""作为生产者的作者""作为商品的作品""作为消费者的读者"。① 包括网络文学在内的新世纪的文学活动,从本质上说就是一种与经济社会、消费社会、市场规约、媒介指令密切相关的商业活动、产业活动。

网络文学源于网络技术,成于市场机制,盛于产业开发。从 2003 年起点中文网创立"VIP 付费阅读"商业模式之后,中国的网络文学一路高歌猛进,打造了世界上独一无二的网络文创产业。这一产业由文学网站平台负责经营和打理,其业态分为三块:一是由付费订阅、打赏、月票、盟主模式和广告组成的线上经营;二是由网文 IP 版权分发、孵化、改编影视、游戏、动漫、图书、听书、演艺等形成的网文产业链和产业集群,它们是源于网文知识产权

---

① 张邦卫:《媒体化语境下新世纪文学的转型研究》,中国社会科学出版社 2017 年版,第 157—180 页。

的全媒体、多版权线下产业;三是由从作品传播到模式输出构成的网文出海产业,它们成为中国文化"走出去"的重要组成部分,为中国文化外贸从逆差走向顺差贡献市场份额。网络文学的商业属性和产业价值,理所当然召唤和遵循的是市场绩效评价,而且这种评价是可以进行数据分析、量化计算的。事实上,阅文集团的网络文学原创 IP 风云榜、橙瓜网的网络文学奖"网文之王""百强大神"榜单、速途研究院的年度"中国网络文学作家影响力榜"等网络文学排行榜单,都是以市场绩效、产业价值作为评价标准的。①

　　正因如此,建构网络文学评价体系必须要把产业性维度纳入考量视域,否则网络文学评价体系就是不完善的,毕竟网络文学对新时代中国文化产业的繁荣发展是功不可没的。欧阳友权认为:"我们把产业绩效作为网络文学评价体系构建的一个重要维度,在于它无论对网络文学本身还是对网络文学评价,都有着不容忽视的影响力。"他提出了三点理由:一是市场绩效形成的经济驱动,成就了网络作家、网络平台、读者粉丝的"利益共同体",让整个行业有了生产与扩大再生产的经济基础;二是市场经营的绩效评价让网络文学以"经济的触须"与社会建立起密切关联,不仅以新型的文创产业为社会贡献了经济价值,还以文化建设的前沿姿态创造时代的文化景观和文化风景;三是市场绩效评价必然开户产业与艺术的博弈,在经济效益与社会效益之间形成一定的张力,推进社会效益与经济效益的"双效合一"。②

(五)影响力维度

　　所谓"影响力",是一种用别人乐于接受的方式改变他人思想和行为的能力。那么,文学的影响力就是一种以审美的方式改变读者的思想和行为的能力。文学的影响力实质上是文学的功能与价值的综合表现,是一种非

---

① 欧阳友权:《网络文学评价体系的"树状"结构》,《当代文坛》2021 年第 6 期。
② 欧阳友权:《网络文学评价体系的"树状"结构》,《当代文坛》2021 年第 6 期。

权力性或非限制性的影响力。《论语·阳货》所说的"诗可以兴，可以观，可以群，可以怨。迩之事父，远之事君，多识于鸟兽草木之名"，说的是文学的功能，其实也是文学的影响力。《荷马史诗》塑造了阿喀琉斯、奥德修斯等英雄形象，英雄神话及英雄崇拜一直延续到现在。《三国演义》生动地展现了魏、蜀、吴之间的政治、军事斗争，具有丰富的价值，其开篇语"话说天下大势，分久必合，合久必分"不单是小说的主旨红线，更是对中国历史发展规律的一种高度概括，产生了深远的影响。尤其值得一提的是，《三国演义》虽然是"三分真实，七分虚构"，但小说所描写的故事、塑造的形象、讲述的道理、传播的礼义等远比《三国志》要深入人心得多，有的甚至成为中国人的一种集体无意识或民间信仰，如关羽的"义"和"仁"、诸葛亮的"智"和"鞠躬尽瘁，死而后已"、曹操的"奸"和"谋"、周瑜的"俊"和"气"等。《安娜·卡列尼娜》探讨了 19 世纪后期俄国贵族的爱情婚姻问题，其开篇警句"幸福的家庭每每相似，不幸的家庭各有各的苦情"可以说是家喻户晓。在五四新文化运动中，著名作家（如鲁迅）、著名作品（如《子夜》）、著名刊物（如《新青年》《小说月报》）等，以文学的革命最大程度地推进了社会的革命。在 20 世纪 80 年代，以卢新华《伤痕》为代表的"伤痕文学"、以王蒙《班主任》为代表的"反思文学"、以蒋子龙《乔厂长上任记》为代表的"改革文学"、以韩少功《爸爸爸》为代表的"寻根文学"等，更是一度引领了一个时代的文化思潮。

当然，文学有正面的影响力也有负面的影响力，有现实的影响力也有历史的影响力，有短暂的影响力也有长久的影响力。唯有那些正面、积极、持久的影响力，才是值得肯定的、具有较高价值的影响力。有的作品虽然名噪一时、影响很大，如中国古代俞万春的《荡寇志》、中国现代浩然的《金光大道》、中国当代木子美的《遗情书》等，但随着时间的流逝、历史的推进，这些作品便日渐黯然失色，甚至成为文学史上的反面教材或文坛笑话，这样的影响力是廉价的、负面的、消极的、短暂的、意义不大的。我们需要的是那种"立得住、传得开、留得下"的持续影响力，就像王国维在《人间词话》所盛赞的"楚之骚""汉之赋""六朝之骈语""唐之诗""宋之词""元之曲""明清之小说"一样,其实这也是文学经典尤其是"永恒经典"所必备的属性与禀赋。

从整体上说,网络文学的影响力也是与日俱增,在国内文坛场域,是与主流文学、市场文学"鼎足而三"的盛大存在;在国际文化领域,是与美国好莱坞电影、日本动漫、韩国偶像电视剧"鼎足而四"的文化奇迹。当然,不同的网络文学作家作品的影响力还是有差别的,有的影响力大,有的影响力小,暴得大名者有之,籍籍无名者有之。如网络作家唐家三少、当年明月、血红、流潋紫、天蚕土豆、烽火戏诸侯、桐华、蒋胜男、月关、管平潮等均是有影响力的新社会阶层人士代表。如果说"注意力"是网络文学行业的起点的话,那么,"影响力"则是网络文学行业的落脚点和标志点。这是因为网络文学作家作品和网站平台在行业内外、社会层面、网民粉丝中的影响力大小,基本上与其价值大小或品质高低是成对应关系、成正比关系的。毕竟影响力是一种综合实力,既有硬实力也有软实力;影响力判断是一种综合判断,既是定性的也是定量的。从这个角度来讲,网络文学作家作品的影响力是一种更高层次的文化象征资本,它由政府认可与否、专家认可与否、行业认可与否、受众认可与否等综合传播效应集聚而成。正因如此,我们认为,聚焦传播效应的影响力评价是网络文学评价体系中不可或缺的有效维度。

三、网络文学评价体系的指标设计

在搜罗了网络文学评价体系创设的思想资源,以及明确了网络文学评价体系建构的维度之后,我们基本可以进行网络文学评价体系的指标设计了。事实上,欧阳友权主张的"网络文学'评价树'构想",无论是在维度选择还是指标设计上,都是值得肯定的。诚如他所说的,网络文学评价不是某个单一评价维度的功能行为,也不是各评价维度的简单相加,而是由思想性维度、艺术性维度、网生性维度、产业性维度、影响力维度等五个维度所建构的一个立体的、丰富的、综合的系统。在此,我们谨以欧阳友权在《网络文学评价体系:维度·指标·实践》(《新媒介文艺》2022 年 12 月 13 日)、《网络文学评价体系的"树状"结构"》(《当代文坛》2021 年第 6 期)等文章中的指标设计为主要借鉴,再以其他网络文学评价法的指标设计为补充参考,从而创设出一个相对来说可以兼顾多维度、多主体、多对象的网络文学评价指标体系,如表 7-5 所示。

表 7-5　网络文学评价体系的指标设计表

一级指标	二级指标	三级指标	权重
思想性评价	政治导向	是否体现社会主义核心价值观	
		是否弘扬优秀传统文化	
		是否倡导道德公序良俗	
		是否表现一切以人民为中心	
	主体倾向的 立场站位	对真善美与假恶丑的分野	
		悲悯苍生,敬畏自然	
		三观正确,思想格调健康	
		对终极意义的信仰与虔敬	
	社会历史判断的 价值观	作品反映生活的深度、广度和真实度	
		思想境界上有对国家民族的责任担当	
		唯物史观的真实书写	
		价值引导和文化传承	
	伦理叙事的人性化 表达及叙事伦理	作品对人生苦痛的敏锐感知	
		对人性丰富性的发掘与批判	
		对弱者的同情与关爱	
		对人的精神世界的永恒探寻	
		正确的叙事伦理	

续　表

一级指标	二级指标	三级指标	权重
艺术性评价	阅读爽感及美感	故事抓人,形象生动	
		情感的共鸣性	
		人物、情节、细节生动传神	
		语言、结构、表现手法等文学形式的独创性与完美度	
	艺术创新力	故事架构的创意力	
		题材类型出圈的拓新力	
		多媒体、超文本或 AI 创作的艺术表现力	
		鲜明的个性化风格	
	作品的生命力	语言文字的规范性、蕴藉性	
		作品价值与审美意蕴	
		作品立得住、传得开、留得下	
		是否具备网络时代经典的潜质与属性	
网络性评价	作品的互动及交流	作者与读者的交流频度	
		读者与读者的互动密度	
		作者与网站编辑交流的深入程度	
	粉丝干预效应	粉丝数量	
		新媒体指数	
		贴吧话题量、超话数等全网热度	
		粉丝对创作过程的影响度	
		作者对粉丝干预的态度	
	网络文本的特异性	续更延异的长度与时间密度	
		网络文本的容错率	
		作品的线上反响	

续　表

一级指标	二级指标	三级指标	权重
网络性评价	网络人气	点击量	
		下载量	
		阅读量	
		搜索量	
		被收藏量	
	网络道具	鲜花	
		VIP 贵宾	
		凹凸票	
		盖章	
		惊喜	
		装扮	
		月票	
产业性评价	作品销售	出版实体书与畅销程度	
		购买量	
		线上订阅量与付费阅读	
		作品出口总数	
	产业开发	线上附生广告收入	
		版权转让收入	
		网游作品开发	
		影视作品开发	
		声音作品开发	
		是否有"文—艺—娱—产"的长尾效应	
	粉丝经济	壮大"书粉",提升黏性	
		粉丝社群文化经营	
		粉丝共创,开发消费新品	
		本章说、角色应援、衍生创作、社交安利、AI 智能伴读等吸粉力	

续　表

一级指标	二级指标	三级指标	权重
产业性评价	作家自主经营	微博、微信等自媒体文学经营	
		作家开办公司,自主内容开发	
		定制化创作的一条龙经营	
影响力评价	作者影响力	写作水平	
		教育程度	
		社会任职与兼职	
		荣誉与获奖	
		社会认可度与口碑形象	
	作品影响力	人文价值方面的影响力	
		艺术审美的影响力	
	文化影响力	线上作品的文化认同	
		线下"泛娱乐"文化市场的影响力	
	读者影响力	线上传播的时效与热度	
		线下的读者评价	
	社会影响力	社会评价和荣誉奖项	
		社会主流意识形态的建设性	
		社会文化建设的有效性	
		对青少年成长的引导性	
		网文出海的国际影响力	
	产业影响力	在线订阅量和粉丝打赏数	
		线下产业链"长度"与"宽度"	
	媒体影响力	新媒体影响力	
		线下媒体影响力	

从表7-5中可以看出,网络文学评价体系指标设计包括了5个一级指标、23个二级指标、89个三级指标。其中思想性评价包括4个二级指标、17个三级指标;艺术性评价包括3个二级指标、12个三级指标;网络性评价包括5个二级指标、23个三级指标;产业性评价包括4个二级指标、17个三级

指标；影响力评价包括 7 个二级指标、20 个三级指标。欧阳友权的网络文学评价体系是由 5 个一级指标、21 个二级指标、69 个三级指标构成的，并通过德尔菲法获取权重系数值。本书创设的网络文学评价体系与之相比在一级指标上是一样的，二级指标增加了 2 个，三级指标增加了 20 个。

　　值得说明的是，本评价体系设计的指标并没有设置权重系数，之所以如此，是因为考虑文学评价虽然可以采用一定的量化指标，这些量化指标也总是能够表现出某些本真性、本质性的东西，但是文学评价或文学批评终究是主观性极强的综合判断与评价。量多不一定质优，网络文学要想高质量发展，这些指标都是需要审视的观测点、标准点。但在具体的文学评价实践中，评价体系的各项指标是可以设置权重系数的，可以根据实际情况和现实需要对相关指标的重要性进行赋值，而且赋值宜采用阶梯值而非精确值。这是因为文学本身就具有模糊性和不确定性，在思想性评价、艺术性评价、影响力评价上是难以精准量化的，强行量化极可能是"削足适履""东施效颦""橘逾淮而为枳"。所以，建构网络文学评价体系的基本原则必须是：以定性评价为主，以定量评价为辅。单一的定性评价或定量评价都是片面的、不可取的。唯其如此，才能有效地克服网络文学评价中的两个倾向性问题：一是以"泛文学"的思想，片面扩大网络文学的消费性、产业性，弱化甚至是放弃文学性、审美性，进而远离已有的文学批评标准来评价网络文学；二是以专业读者的审美意见代替普通读者的阅读感受，对网络文学的创作方法、类型化、娱乐化等"过度阐释"，玩概念、玩套路、玩理论，既不接"地气"也不接"人气"，既不接"地线"也不接"网线"，由此误导网络文学创作。① 在当前文学格局下，唯有科学的网络文学评价才能推进网络文学的健康前行，希望白烨所说的"线上要 IP 值，线下要文学值"能够成为网络文学批评界的共识。

---

① 于太行：《网络文学评价中的两个倾向性问题》，《网络文学评论》2019 年第 2 期。

四、网络文学评价体系的尺度设想

从理论上说,任何文学评价都需要有一定的指标与尺度,但任何文学评价不可能只有一成不变或千篇一律的指标与尺度。评价者因政治立场、思想观点、艺术趣味乃至价值追求的不同,其文学评价也就殊异。所以,从这个角度来讲,文学评价是一种主观评价。刘勰在《文心雕龙・知音》中指出:"夫篇章杂沓,质文交加,知多偏好,人莫圆该。"同样一部作品,在不同评论家笔下得到的评价是不尽相同的,有时甚至截然相反;在不同历史时期得到的评价也是不尽相同的,有时甚至落差很大。鲁迅先生在谈到《红楼梦》时,曾戏谑地说过这样一句话:"单是命意,就因读者的眼光而有种种:经学家看见《易》,道学家看见淫,才子看见缠绵,革命家看见排满,流言家看见宫闱秘事……"①可见,文学评价不可能有固定的标准、指标和尺度,评价者尽可以仁者见仁、智者见智,各是其所是、各非其所非,无有定论可言。这也许就是古人所谓"诗无达诂""见仁见智"吧。就网络文学评价而言,政府可能更推重思想性评价,学者可能更推重艺术性评价,网民可能更推重网络性评价,文学网站和资本方可能更推重产业性评价,市场和社会可能更推重影响力评价。

在网络文学评价体系的建构中,任何计量分析与计量评价显然都只能是捉襟见肘的。但在具体的评价实践中,没有较大认可度、普适性的计量评价也是难以实施的。我们允许个见,但也需要共识。否则,公说公有理、婆说婆有理,评价只能是一地鸡毛,缺乏权威性、公共性、通约性。虽说"一千个读者有一千个哈姆雷特",但"一千个读者又只能有一个哈姆雷特",科学的评价总是在抓共性、聚共识、树共标。尤其是在当下数字化、数据化、标准

---

①　鲁迅:《〈绛洞花主〉小引》,《鲁迅全集》第 8 卷,人民文学出版社 1993 年版,第145 页。

化盛行的背景下,计量分析与计量评价还是很有镜鉴意义的。在数字化生存的文化语境中,数字有表征,数据能说话,标准可协同。从这个角度来说,我们依然有必要运用数字思维、数据分析、标准意识来对网络文学评价体系的指标进行权重设计和赋分测评。换言之,数字或数据有时是最有判断力、说服力的"硬标"。

依照表7-5"网络文学评价体系的指标设计表",我们对5个一级指标、23个二级指标进行权重设计,对89个三级指标不做权重设计,只做观测点设计,或者说是一种模糊设计和综合判断。具体包括:(1)5个一级指标的占比分别设计为25%、25%、15%、15%、20%;(2)思想性评价的4个二级指标的占比分别设计为50%、15%、20%、15%;(3)艺术性评价的3个二级指标的占比分别设计为40%、30%、30%;(4)网络性评价的5个二级指标的占比分别设计为20%、20%、20%、20%、20%;(5)产业性评价的4个二级指标的占比分别设计为30%、30%、20%、20%;(6)影响力评价的7个二级指标的占比分别设计为10%、20%、10%、10%、20%、20%、10%。具体如表7-6所示。

表7-6　网络文学评价体系的指标权重表

一级指标与权重	二级指标	二级指标权重/分
思想性评价 (25分)	政治导向	12.50
	主体倾向的立场站位	3.75
	社会历史判断的价值观	5.00
	伦理叙事的人性化表达及叙事伦理	3.75
艺术性评价 (25分)	阅读爽感及美感	10.00
	艺术创新力	7.50
	作品的生命力	7.50

续　表

一级指标与权重	二级指标	二级指标权重/分
网络性评价 (15 分)	作品的互动及交流	3.00
	粉丝干预效应	3.00
	网络文本的特异性	3.00
	网络人气	3.00
	网络道具	3.00
产业性评价 (15 分)	作品销售	4.50
	产业开发	4.50
	粉丝经济	3.00
	作家自主经营	3.00
影响力评价 (20 分)	作者影响力	2.00
	作品影响力	4.00
	文化影响力	2.00
	读者影响力	2.00
	社会影响力	4.00
	产业影响力	4.00
	媒体影响力	2.00

从表 7-6 中我们可以看出以下几点。一是思想性评价与艺术性评价并重,这是因为网络文学也是一种审美的意识形态,我们有必要强调思想性和艺术性的统一、并行。二是影响力评价的权重高于网络性评价与产业性评价,这是因为影响力评价是一种综合评价,从某种角度来说,事实上也内含着对思想性、艺术性、网络性、产业性等的考量;还有就是网络文学评价始终是文学评价,不能把网络文学评价简化或物化为纯粹的商业价值判断或产业价值评价;再有就是与传统文学相比,网络性是网络文学的独有特征,在网络文学评价中必须兼顾网络性评价,但网络文学的网络性或网生性不能成为拒斥文学的借口,在具体评价中当然不能忽视,但也不能过分倚重或抬高。三是在所有二级指标中,"政治导向"的权重是最高的,这是因为在新时

代,我们当然不能奉行"政治标准唯一",但"政治标准第一"还是要践行的;我们当然也不能机械地奉行"文艺为政治服务",但我们也坚决反对"以文学的名义"传播错误的政治思想、反对政治甚至掏空中华民族伟大复兴的政治之基。四是在所有二级指标中,"阅读爽感及美感"的权重也是较高的,这实际上充分考虑了网络文学的网络性或网生性,以及网民在"爽文化机制"、碎片化阅读、消费文化语境下的独特的阅读期待与审美体验。

| 第八章 |

网络文学引导机制的"国家方案"

　　网络文学既是一种产业,也是一种事业。不管是产业,还是事业,都内蕴着承担着思想引领、价值引导、服务国家、服务人民的责任担当和公器底色。《诗大序》有云:"先王以是经夫妇,成孝敬,厚人伦,美教化,移风俗。"曹丕《典论·论文》亦云:"盖文章,经国之大业,不朽之盛事。年寿有时而尽,荣乐止乎其身,二者必至之常期,未若文章之无穷。"列宁在《党的组织和党的出版物》一文中明确指出:"写作事业应当成为整个无产阶级事业的一部分,成为由整个工人阶级的整个觉悟的先锋队所开动的一部巨大的社会民主主义机器的'齿轮和螺丝钉'。写作事业应当成为社会民主党有组织的、有计划的、统一的党的工作的一个组成部分。"①毛泽东《在延安文艺座谈会上的讲话》一文中也明确强调:"无产阶级的文学艺术是无产阶级整个革命事业的一部分,如同列宁所说,是整个革命机器中的'齿轮和螺丝钉'。因此,党的文艺工作,在党的整个革命工作中的位置,是确定了的,摆好了的;是服从党在一定革命时期内所规定的革命任务的。"②从这些经典论述中,我

---

　　① 〔俄〕列宁:《党的组织和党的出版物》,《列宁选集》第1卷,人民出版社1995年版,第663页。

　　② 毛泽东:《在延安文艺座谈会上的讲话》,《毛泽东选集》第3卷,人民出版社1991年版,第865—866页。

们可以看出,作为写作事业,网络文学的公共性与公器性决定了网络文学不可能漂移或超越在整个国家机器之外。所以,在网络文学的行业生态出现良莠并存或价值偏失现象时,国家介入、政府规范、行业引导、产业治理、作家自律等就显得十分有必要。

一、网络文学的乱象与通病

从整体上说,中国网络文学 20 多年的发展,成绩是有目共睹的,不仅打造了世界网络文学的"中国时代",而且使中国网络文学成为继美国的好莱坞电影、日本的动漫、韩国的电视剧之后的"世界文化第四极"。但是,中国网络文学 20 多年的发展也是乱象丛生、病变不断,有时甚至到了非整治不可的地步。比如著名作家陈村尽管曾经用"前途无量"来描述网络文学的前景,但也一针见血地指出了网络文学素材空白和雷同化的问题,也就是说"类型"不是"雷同"与"抄袭"的托词。还有著名评论家李敬泽在质疑网络文学能否存在的同时,也尖锐地指出了网络文学的自我陶醉膨胀、过分私人化的问题,也就是说网络是公共场合不是个人空间,网络文学是公共作品不是私人日记。再如南帆等一大批传统性、保守性较强的学者认为,网络文学缺乏终极关怀,是一种快餐文化、大众游戏,一些所谓"网络原创文学"充斥着写作的随意化、语言的粗鄙化等负面文化因素,这对汉语言的审美化表达和年轻一代的汉语言修养会造成伤害,并且他们还指出网络文学的技术革命、媒介革命不能等同于艺术革命、审美创造。

近年来,在网络文学火爆的背后确实存在着一些乱象。《中国青年报》记者章正《揭开网络作家群四大乱象的背后!》一文显示,网络文学行业有"四大乱象":一是"生态问题:少数作品'劣币驱逐良币'";二是"抄袭问题:

跟风,借鉴,与抄袭无异";三是"工作室转包问题";四是"行业盈利问题"。①
这主要是从网络文学创作主体的角度来审视的。而网络文学内容也存在以
下乱象:一是"内容过度商业化",这主要体现在创作动机不纯和平台评价标
准不当等方面;二是"内容抄袭现象严重",这主要体现在网络文学平台生产
端和作者写作端等方面;三是"内容质量低下",这主要体现在内容价值观紊
乱和语言表现形式低俗等方面;四是"作品类型单一",这主要体现在脱离现
实题材多,"装神弄鬼"和写作类型化、同质化等方面。② 对此,欧阳友权认
为,网络文学在迅猛发展的同时,也出现了一些问题,反映在内容方面,具体
有内容商业化严重、抄袭、质量低下、作品类型单一等问题,如果不及时进行
有效治理,会进一步阻碍网络文学产业的可持续发展。③ 这些网络文学的乱
象,其实也是整个网络文学行业和产业的共相与通病,究其原因就在于网络
文学从本质上说是一种商业化写作,其"逐利赚钱"的功利性指向,是所有网
络文学作家群、平台群都难以摆脱的"家族病"。当然,除商业利益的驱动之
外,过分迎合读者需求、政府治理困难、技术手段滥用等,也是造成这些乱象
的重要原因。

作为国内对网络文学大力"鼓与呼"的著名学者,欧阳友权在不断肯定
网络文学的成绩的同时,依然清醒地诊断出网络文学的乱象与病症,这是一
位有公正良知的批评家。在《网络文学这十年:追风时代,砥砺前行》一文
中,欧阳友权精练地指出了网络文学行业四个方面的问题:"内容的丰富和
功能的多元,也让网络文学的行业生态出现良莠并存或价值偏失现象,那些
同质化、格调不高或导向偏差的作品,影响了网络文学的声誉。部分作品存

---

① 章正:《揭开网络作家群四大乱象的背后!》,http://news. cyol. com/content/
2018-03/21/content_17039254. htm。

② 许晓倩:《网络文学内容问题及其治理研究》,硕士学位论文,内蒙古大学,2022
年,第20—22页。

③ 欧阳友权:《新媒体文学:现状、问题与动向》,《湘潭大学学报(哲学社会科学
版)》2022年第6期。

在洗稿、融梗、跟风写作现象,还有抄袭盗版、畸形审美、不良亚文化渗透,以及'三俗'和历史虚无主义等,已经干扰了网络文学的健康发展。在网文 IP分发的泛娱乐领域,流量至上、偷税漏税、'饭圈'掐架,以及偶像膜拜、水军控评等污染了网络空间。有的网站平台垄断版权,或签订'霸王合同',广告分成数据不透明,行业管理机制不够健全,主体责任落实不到位,对内容审核和传播环节把关不严,有时为了经济利益放弃社会责任,给网络文学环境和青少年成长带来负面影响。"①

当然,对网络文学乃至文艺创作的乱象概括得最充分的当数习近平总书记于 2014 年 10 月 15 日发表的《在文艺工作座谈会上的讲话》。他指出:"改革开放以来,我国文艺创作迎来了新的春天,产生了大量脍炙人口的优秀作品。同时,也不能否认,在文艺创作方面,也存在着有数量缺质量、有'高原'缺'高峰'的现象,存在着抄袭模仿、千篇一律的问题,存在着机械化生产、快餐式消费的问题。在有些作品中,有的调侃崇高、扭曲经典、颠覆历史,丑化人民群众和英雄人物;有的是非不分、善恶不辨、以丑为美,过度渲染社会阴暗面;有的搜奇猎艳、一味媚俗、低级趣味,把作品当作追逐利益的'摇钱树',当作感官刺激的'摇头丸';有的胡编乱写、粗制滥造、牵强附会,制造了一些文化'垃圾';有的追求奢华、过度包装、炫富摆阔,形式大于内容;还有的热衷于所谓'为艺术而艺术',只写一己悲欢、杯水风波,脱离大众、脱离现实。"②

尽管网络文学的乱象与通病表现多样、表征多态,但归根结底,就是价值偏失或价值失措。马克思认为:"'价值'这个普遍的概念是从人们对待满足他们需要的外界物的关系中产生的。"③网络文学表面繁华,却也很难抵挡网络社会的实用主义、拜金主义、休闲主义、享乐主义、欲望主义、消费主义、

---

①　欧阳友权:《网络文学这十年:追风时代,砥砺前行》,《文艺报》2022 年 9 月 26 日。

②　习近平:《在文艺工作座谈会上的讲话》,人民出版社 2015 年版,第 8—9 页。

③　〔德〕马克思:《评阿·瓦格纳的"政治经济学教科书"》,《马克思恩格斯全集》第19 卷,人民出版社 1963 年版,第 406 页。

情感主义的裹挟,从而滑向价值偏失或价值失措。所谓"价值偏失或价值失措",不是说某些价值不可有,而是说某些价值不该丢的丢了,不该退的退了,不该隐的隐了,不该得到认同的却得到了无底线的认同,不该得到彰显的却得到了无限制的彰显,不该得到拥趸的却得到了无节制的拥趸。杨剑龙在谈到包括网络文学在内的新世纪文学时认为:"在过于强调个人欲望的满足中,往往忽略某些社会的责任;在注重文学娱乐性时,又常常以过于随意的恶搞、戏谑展开戏说,使文学有时简单化地变异为一种笑料;在注重创作的个人化时,有时却极端突出个人的物欲追求,而忽略自我的修养;在注重文学的平民性时,往往又降格以求,缺乏对于平民社会的批评与针砭;在关注文学的平易性、世俗化时,有时将文学等同于生活的录写,甚至将世俗化等同于庸俗化,文学变得粗疏、粗糙,缺乏对于文学精致化、经典化的追求。"[①]对此,笔者在《媒体化语境下新世纪文学的转型研究》一书中对"价值偏失或价值失措"进行了具体的阐述:一是"文学之误:从'虚构'到'构虚'";二是"文学之弊:'从陈述历史'到'消费历史'";三是"文学之忧:从'向善'到'纵欲'";四是"文学之病:从'崇美'到'拜金'"。[②]所以,价值修复或价值纠偏也许是网络文学行业治理的第一要务。

二、健全网络文学行业治理的政策法规

著名作家二月河曾经说过这样一段话:"从总体上,我觉得网络文学还是处于无序状态,是大河奔流、泥沙俱下、鱼龙混杂。我感觉到网络文学对整个中国人民来讲都是一个全新的事、全新的业。应当允许在这个过程中

---

①　杨剑龙等:《新世纪初的文化语境与文学现象》,中央编译出版社 2012 年版,第 7 页。

②　张邦卫:《媒体化语境下新世纪文学的转型研究》,中国社会科学出版社 2017 年版,第 226—237 页。

有一个清理、整顿的过程。"①有道是,有"乱"就得"整",有"病"就得"治"。为打造清朗的网络空间,党和政府应采取多项措施,加大整顿和治理的力度,以改善和优化网络文学生态。

(一)作为网络文学精神光标的中央指示

党的十八大以来,网络文学创作与传播借力 4G、5G 商用技术的加持,释放出巨大活力。2014 年 10 月 15 日习近平总书记《在文艺工作座谈会上的讲话》赓续了毛泽东在《在延安文艺座谈会上的讲话》,具体从五个方面做了指示:一是"实现中华民族伟大复兴需要中华文化繁荣兴盛";二是"创作无愧于时代的优秀作品";三是"坚持以人民为中心的创作导向";四是"中国精神是社会主义文艺的灵魂";五是"加强和改进党对文艺工作的领导"。习近平总书记指出:"我国作家艺术家应该成为时代风气的先觉者、先行者、先倡者,通过更多有筋骨、有道德、有温度的文艺作品,书写和记录人民的伟大实践、时代的进步要求,彰显信仰之美、崇高之美,弘扬中国精神、凝聚中国力量,鼓舞全国各族人民朝气蓬勃面向未来。"习近平总书记还指出:"文艺不能在市场经济大潮中迷失方向,不能在为什么人的问题上发生偏差。"在批评了文艺创作中的种种乱象及"浮躁"通病之后,习近平总书记认为:"人类文艺发展史表明,急功近利,竭泽而渔,粗制滥造,不仅是对文艺的一种伤害,也是对社会精神生活的一种伤害。低俗不是通俗,欲望不代表希望,单纯感官娱乐不等同于精神快乐。文艺要赢得人民认可,花拳绣腿不行,投机取巧不行,沽名钓誉不行,自我炒作不行,'大花轿,人抬人'也不行。"并且习近平总书记对什么是文艺精品进行了精准界定,他说:"精品之所以'精',就在于其思想精深、艺术精湛、制作精良。"对于日渐繁荣的网络文艺,习近平总书记指出:"互联网技术和新媒体改变了文艺形态,催生了一大批新的文

---

① 转引自马季:《读屏时代的写作:网络文学 10 年史》,中国工人出版社 2008 年版,第 143 页。

艺类型,也带来文艺观念和文艺实践的深刻变化。由于文字数码化、书籍图像化、阅读网络化等发展,文艺乃至社会文化面临着重大变革。要适应形势发展,抓好网络文艺创作生产,加强正面引导力度。""我们要扩大工作覆盖面,延伸联系手臂,用全新的眼光看待他们,用全新政策和方法团结、吸引他们,引导他们成为繁荣社会主义文艺的有生力量。"①自此,"抓好网络文艺创作生产,加强正面引导力度",以及"引导他们成为繁荣社会主义文艺的有生力量",为中国网络文学的发展确定航标,从而使新时代的网络文学引导工程得以全面贯彻实施。

继习近平总书记《在文艺工作座谈会上讲话》之后,2015 年 10 月 3 日,中共中央出台了《关于繁荣发展社会主义文艺的意见》(后简称"《意见》"),这是一个繁荣发展社会主义文艺的顶层设计。《意见》既体现了马克思主义文艺观的一脉相承,也彰显着强烈的中国特色与时代特征,为进一步繁荣发展中国特色社会主义文艺事业勾勒出清晰可行的路线图,注入激浊扬清的正能量。《意见》分为 6 部分 25 条,6 个部分分别是:一是"做好文艺工作的重大意义和指导思想";二是"坚持以人民为中心的创作导向";三是"让中国精神成为社会主义文艺的灵魂";四是"创作无愧于时代的优秀作品";五是"建设德艺双馨的文艺队伍";六是"加强和改进党对文艺工作的领导"。仅就网络文学而言,《意见》的相关表述是这样的:"大力发展网络文艺。网络文艺充满活力,发展潜力巨大。坚持'重在建设和发展、管理、引导并重'的方针,实施网络文艺精品创作和传播计划,鼓励推出优秀网络原创作品,推动网络文学、网络音乐、网络剧、微电影、网络演出、网络动漫等新兴文艺类型繁荣有序发展,促进传统文艺与网络文艺创新性融合,鼓励作家艺术家积极运用网络创作传播优秀作品。充分发挥新媒体的独特优势,把握传播规律,加强重点文艺网站建设,善于运用微博、微信、移动客户端等载体,促进优秀作品多渠道传输、多平台展示、多终端推送。加强内容管理,创新管理

---

① 习近平:《在文艺工作座谈会上的讲话》,人民出版社 2015 年版。

方式,规范传播秩序,让正能量引领网络文艺发展。"①《意见》中有以下几点尤其值得关注：一是明确提出"大力发展网络文艺"；二是明确坚持"重在建设和发展、管理、引导并重"的方针；三是明确实施网络文艺精品创作和传播计划,鼓励推出优秀网络原创作品,推动网络文学等有序发展；四是明确提出"加强内容管理,创新管理方式,规范传播秩序,让正能量引领网络文艺发展"。自此,新兴的中国网络文学有了清晰的时代坐标,有了正确的价值引领,有了规范的指导方针,有了可持续发展的路线图和方法论。

2016 年 11 月 30 日,习近平总书记在中国文联十大、中国作协九大开幕式上发表重要讲话。在讲话中,习近平总书记强调："广大文艺工作者要坚持以人民为中心的创作导向,坚持为人民服务、为社会主义服务,坚持百花齐放、百家争鸣,坚持创造性转化、创新性发展,高擎民族精神火炬,吹响时代前进号角,把艺术理想融入党和人民事业之中,做到胸中有大义、心里有人民、肩头有责任、笔下有乾坤,推出更多反映时代呼声、展现人民奋斗、振奋民族精神、陶冶高尚情操的优秀作品。"②在讲话中,习近平总书记要求："广大文艺工作者要把握时代脉搏,承担时代使命,聆听时代声音,勇于回答时代课题""要把培育和弘扬社会主义核心价值观作为根本任务,坚定不移用中国人独特的思想、情感、审美去创作属于这个时代、又有鲜明中国风格的优秀作品""要高扬爱国主义主旋律,用生动的文学语言和光彩夺目的艺术形象,装点祖国的秀美河山,描绘中华民族的卓越风华,激发每一个中国人的民族自豪感和国家荣誉感。对中华民族的英雄,要心怀崇敬,浓墨重彩记录英雄、塑造英雄,让英雄在文艺作品中得到传扬,引导人民树立正确的历史观、民族观、国家观、文化观,绝不做亵渎祖先、亵渎经典、亵渎英雄的事情。要抒写改革开放和社会主义现代化的蓬勃实践,抒写多彩的中国、进步

---

① 《中共中央关于繁荣发展社会主义文艺的意见》,《人民日报》2015 年 10 月 20 日。
② 习近平：《在中国文联十大、中国作协九大开幕式上的讲话》,人民出版社 2016 年版,第 5 页。

的中国、团结的中国,激励全国各族人民朝气蓬勃迈向未来"。① 在讲话中,习近平总书记指出:"要坚持不忘本来、吸收外来、面向未来,在继承中转化,在学习中超越,创作更多体现中华文化精髓、反映中国人审美追求、传播当代中国价值观念、又符合世界进步潮流的优秀作品,让我国文艺以鲜明的中国特色、中国风格、中国气派屹立于世。"②

2017年10月18日,习近平总书记在中国共产党第十九次全国代表大会的报告中明确"繁荣发展社会主义文艺"的方针。习近平总书记强调:"社会主义文艺是人民的文艺,必须坚持以人民为中心的创作导向,在深入生活、扎根人民中进行无愧于时代的文艺创造。要繁荣文艺创作,坚持思想精深、艺术精湛、制作精良相统一,加强现实题材创作,不断推出讴歌党、讴歌祖国、讴歌人民、讴歌英雄的精品力作。发扬学术民主、艺术民主,提升文艺原创力,推动文艺创新。倡导讲品位、讲格调、讲责任,抵制低俗、庸俗、媚俗。加强文艺队伍建设,造就一大批德艺双馨名家大师,培养一大批高水平创作人才。"③

(二)确保网络文学规范治理的政府文件

建立健全政策法规,可以确保网络文学行业治理有法可依、有规可循。事实上,涉及中国网络文学行业规范的部门和团体很多,包括中央宣传部、国务院新闻办、国家网信办、工信部、文化和旅游部、国家新闻出版署、国家广播电视总局、国家版权局、商务部、公安部、全国"扫黄打非"办、中国文联、中国作协等。诚然,多部门监管确实存在一些无法避免的相互掣肘、步调不

---

① 习近平:《在中国文联十大、中国作协九大开幕式上的讲话》,人民出版社2016年版,第7—9页。

② 习近平:《在中国文联十大、中国作协九大开幕式上的讲话》,人民出版社2016年版,第10页。

③ 习近平:《决胜全面建成小康社会,夺取新时代中国特色社会主义伟大胜利》,中共中央党史和文献研究院编:《十九大以来重要文献选编(上)》,中央文献出版社2019年版,第30—31页。

一的局限,或者说政策落实不到位甚至变味的窘境,以及"上有政策,下有对策"的怪象,但如果能真正形成合力,网络文学规范治理还是指日可待的。事实上,从2005年至2021年,国家陆陆续续出台了一系列相关政策法规,从而为网络文学规范治理构建了"法规墙""文件库"。这些主要的政策法规如表8-1所示。

表8-1   网络文学相关政策法规一览表

年度	部门	政策法规
2005	文化部、广电总局、新闻出版总署、国家发展改革委、商务部	《关于文化领域引进外资的若干意见》
2007	全国"扫黄打非"工作小组办公室、新闻出版总署	《关于严厉查处网络淫秽色情小说的紧急通知》
2011	文化部	《互联网文化管理暂行规定》
2013	国务院	《中华人民共和国著作权法实施条例》
2013	国务院	《信息网络传播权保护条例》
2015	国家新闻出版广电总局	《关于推动网络文学健康发展的指导意见》
2015	中共中央	《关于繁荣发展社会主义文艺的意见》
2016	国家版权局、国家网信办、工信部、公安部	《关于开展打击网络侵权盗版"剑网2016"专项行动的通知》
2016	国家版权局	《关于加强网络文学作品版权管理的通知》
2017	国家新闻出版广电总局	《网络文学出版服务单位社会效益评估试行办法》
2019	国家网信办	《网络信息内容生态治理规定》
2020	国家新闻出版署	《关于进一步加强网络文学出版管理的通知》
2021	中央宣传部、文化和旅游部、国家广播电视总局、中国文联、中国作协	《关于加强新时代文艺评论工作的指导意见》
2021	中央宣传部	《关于开展文娱领域综合治理工作的通知》
2021	中国作协	《关于进一步加强文学工作者职业道德建设的意见》

　　总之，一系列监管政策和法规文件的出台，以及一连串综合治理专项行动的实施，让网络文学行业步入了有序发展、健康发展以及高质量发展的轨道。这主要体现在以下两点：一是"网络文学平台规范化"。以打击网络文学盗版行为，推进网络文学平台规范化。2004年，伴随着起点中文网、红袖添香、晋江文学城等网文站点的发展，网络文学市场日渐成熟，然而易复制的特性使得盗版猖獗，且呈现出集团化、专业化、程序化、流水化的特点，集中体现为"盗贴"（截图盗版）和"盗打"（打字盗版）。此后，国家打击网络文学盗版的力度逐年增强。2011年，"小说520"等大型盗版网站被打击，从此大型盗版网站没落。2016年，国家版权局等四部委组织发起的"剑网2016"专项行动，重点整治网络文学盗版行为。2017年2月，国家版权局发布《版权工作"十三五"规划》，加大版权执法监管力度，进一步规范平台。二是"网络文学内容高端化"。以整治网络文学的低俗、庸俗、粗俗、鄙俗为契机，限制欲望化书写，取缔色情化书写，净化、清化网络文学空间，推进网络文学内容高质、高尚、高端。2004年7月，网络文学第一次遭遇"扫黄"，中国成人文学城、成人文学俱乐部等网站被取缔，天鹰网、翠微居、读写网等因存在色情内容被要求关闭整顿，起点中文网、幻剑书盟等网站展开自查。2007年8月，全国"扫黄打非"工作小组办公室、新闻出版总署发布《关于严厉查处网络淫秽色情小说的紧急通知》，348家刊载淫秽色情小说的网站被查，或被关闭，或删除作品缴纳罚款。2014年4月至11月，全国"扫黄打非"工作小组办公室等四部门开展了"扫黄打非·净网2014"专项行动，20多家知名文学网站因涉黄被关停整顿，起点中文网、纵横中文网等网站开启敏感信息自查。2017年6月，国家新闻出版广电总局推出《网络文学出版服务单位社会效益评估试行办法》，对从事网络文学原创业务、提供网络文学阅读平台的网络文学出版服务单位进行社会效益评估考核，自此，社会效益成为网络文学评价体系中的首位标准。

(三)推动网络文学行业整治的专项行动

针对网络文学行业存在的数量大、质量低,有"高原"缺"高峰"和片面追求经济效益的突出问题和不良倾向,有关部门采取了一系列行之有效的专项整治行动。一是加强网络环境治理。如 2010 年开始的打击网络侵权盗版专项治理"剑网行动",2011 年开始的净化网络环境专项行动——"净网行动",有效整治了网上有害信息和不良内容。二是加强作品内容治理。如 2007 年,全国"扫黄打非"工作小组办公室、新闻出版总署发布了《关于严厉查处网络淫秽色情小说的紧急通知》,对网络淫秽色情小说进行了专项清理整顿。2018 年,国家新闻出版署和全国"扫黄打非"工作小组办公室共同发布了《关于开展网络文学专项整治行动的通知》,严肃处理了传播低俗网络文学作品的行为,查处了传播恶搞红色经典、抹黑革命英雄、解构歪曲历史等网络文学作品的不法分子,下架了那些充满低俗、庸俗、媚俗内容的网络文学作品,查处了传播淫秽色情文学的网站平台和网络文学作品,斩断利益链条,屏蔽了淫秽色情文学网站,还依法查处了涉嫌侵权盗版的文学网站。可以说,此次网络文学专项整治行动,不仅规范了网络文学网站,也净化了网络文学行业,更主要是优化了网络文学作品。三是加强作家使命担当。如 2020 年底,136 位网络作家联合签署《提升网络文学创作质量倡议书》,倡议书共有 6 条:(1)坚持正确的创作导向,弘扬社会主义核心价值观,抵制低俗、庸俗、媚俗,强化社会责任感,积极弘扬正能量,打造网络文学的绿水青山;(2)走出书斋,不做"码字工",深入生活,扎根人民,增强脚力、眼力、脑力、笔力,在火热的生活中发现素材,塑造新时代新人物新形象;(3)勇挑时代重担,传承中华文脉,向老一辈作家学习,提升文学素养,遵循创作规律,提倡"降速、减量、提质",为读者奉献更多的精品力作;(4)强化创新精神,拒绝跟风写作,克服功利心态,反对同质化、抄袭风、粗制滥造,加强现实题材、科幻题材创作,推动网络文学百花齐放,努力反映时代精神;(5)注重社会影响,恪守职业道德,不以点击量和收入论英雄,抵制侵权盗版行为,积极参与社会公益活动,做有担当、有情怀、有温度的网络作家;(6)坚定文化自信,拓展国际视野,讲好中国故事,推进网文出海,向世界展示中华文明的精神价值和当代中国的良好形象。① 四是加强编审质量把关。如 2021 年 5 月在重庆举办的"2021 中国网络文学论坛"上,晋江文学城总裁刘旭东代表网络文学网站宣读了《提升网络文学编审质量倡议书》,倡议书共有 7 条:(1)全国网络文学网站要坚持以人民为中心的创作导向,坚持"二为"方向,贯彻"双百"方针,弘扬社会主义核心价值观,坚决抵制低俗、庸俗、媚俗,反对历史虚无主义,坚持正确的国家观、民族观、宗教观、文化观,努力实现社会效益和经济效益的统一,推出更多反映时代精神的精品力作;(2)积极推动网络文学高质量发展,鼓励创新,尊重原创,抵制粗制滥造,避免同质化、套路化,大力推进精品化创作,为读者提供文质兼美的精神食粮;(3)全国网络文学网站应建立编辑资格准入制度,加强编辑管理和培训,提升编辑水平,防止过度依赖机器审核,提高把关能力,杜绝问题作品上线;(4)规范作品推介,不以点击量论英雄,抵制畸形审美,拒绝黑榜营销;(5)保护作者权益,反对霸王合同,与作者建立公平、公正、共赢的合作关系;(6)强化职业操守,反对洗稿、注水,坚决抵制剽窃,打击盗版行为;(7)坚定文化自信,讲好中国故事,推动网文出海,扩大中华文化的海外影响力,促进文明互鉴。② 其后,阅文集团、掌阅科技、中文在线、纵横中文网、晋江文学城、连尚文学等知名网络文学平台纷纷开展自查自纠,整改落实,以制度建设和把关人意识营造风清气正的网络文学的阵地、平台与环境,从而大大促进了网络文学行业的生态优化。

---

① 《136 位网络作家在沪发出〈提升网络文学创作质量倡议书〉》,https://sghexport. shobserver. com/html/baijiahao/2020/12/31/326194. html.

② 《呼吁提升网络文学创作质量和编审质量　2021 中国网络文学论坛发布倡议书》,http://art. cqnews. net/html/2021-05/28/content_51361161. html.

三、完善网络文学行业引导的组织机构

(一)加强对"文艺两新"的团结引导

所谓"文艺两新",是指新文艺组织和新文艺群体。所谓"新文艺组织",主要是指民营文化工作室、民营文化经纪机构、网络文艺社群等民营的文艺团体和网络虚拟社群,主要以文艺创作、交流、发布、推广等职能为主。所谓"新文艺群体",是相对于在国有文艺院团、艺术馆、高校等机构中从事艺术工作的传统群体而言的,以网络作家、签约作家、自由撰稿人、独立制片人、独立演员歌手、自由美术工作者等为代表,是随着文化产业、网络新媒体技术以及市场化发展而兴盛起来的文艺从业者,其特点是自由职业和不依附于相应政府机构的"独立性",往往以个体形式散落在文化产业的各个层面,如在北京、景德镇、横店等地聚集的新文艺群体被称为"北漂""景漂""横漂"等。从总体上看,"文艺两新"之"新",主要体现在六个方面:一是"文艺类型新";二是"从业身份新";三是"创作机制新";四是"艺术思维新";五是"受众层面新";六是"运营模式新"。[①] 在中国特色社会主义新发展阶段,"文艺两新"快速崛起并发展壮大,不仅覆盖文艺全领域、涉及文艺全环节、影响文艺全流程,而且数量众多、分布广泛、作用突出,已经成为文艺领域的有生力量。

党的十八大以来,以习近平同志为核心的党中央高度重视"文艺两新"的团结引导工作。习近平总书记在 2014 年 10 月 15 日的《在文艺工作座谈会上的讲话》中指出:"繁荣文艺创作、推动文艺创新,必须有大批德艺双馨的文艺名家。要把文艺队伍建设摆在更加突出的重要位置,努力造就一批

---

① 陈光宇:《"两新"文艺的六个特征》,http://www.cflac.org.cn/xw/bwyc/202007/t20200720_487097.html。

有影响的各领域文艺领军人才,建设一支宏大的文艺人才队伍。"①这既是习近平总书记的重要指示,也是习近平总书记的殷切嘱托。习近平总书记《在文艺工作座谈会上的讲话》中还专门谈到了新的文艺组织和新的文艺群体,殷切希望"引导他们成为繁荣社会主义文艺的有生力量"。习近平总书记《在中国文联十大、中国作协九大开幕式上的讲话》中强调,中国文联、中国作协"要加强联络,延伸工作手臂,加强对新文艺组织、新文艺群体的团结引导,把千千万万文艺从业者、爱好者凝聚起来,不断增强组织吸引力"②。《中共中央关于繁荣发展社会主义文艺的意见》也明确提出:"做好新的文艺组织和文艺群体工作。新的文艺组织和文艺群体已经成为文化艺术领域的有生力量。要扩大工作覆盖面,延伸联系手臂,完善工作机制,创新组织方式,做好团结、引导、服务工作,发挥好新的文艺组织和文艺群体在繁荣发展社会主义文艺中的积极作用。"③

近年来,中国文联高度重视"文艺两新"团结引领工作。通过召开全国文联"文艺两新"工作座谈会,探讨交流工作思路、举措和经验,部署全国文联系统团结引领"文艺两新"工作;举办各类面向新文艺群体人才的培训班,大力提升新文艺群体思想理论武装;提高"文艺两新"在协会理事、主席团中的比例,制定出台团结服务"文艺两新"的制度举措,提升工作规范化、科学化水平;成立各文艺家协会新文艺群体专业委员会,积极搭建形式多样的服务平台;建立新文艺群体代表人士人才库,不断拓宽新文艺群体优秀人才入会渠道;设立"文艺两新"健康发展专项扶持基金,逐年提高新文艺群体文艺创作项目的扶持力度;积极推动专业技术职称评定工作,着力畅通新文艺群体职业发展通道;完善政府购买服务相关政策规定,大力支持"文艺两新"作为社会力量参与公共文化服务;密切关注"文艺两新"聚集区,指导基层文联

① 习近平:《在文艺工作座谈会上的讲话》,人民出版社 2015 年版,第 11 页。

② 习近平:《在中国文联十大、中国作协九大开幕式上的讲话》,人民出版社 2016 年版,第 20 页。

③ 《中共中央关于繁荣发展社会主义文艺的意见》,《人民日报》2015 年 10 月 20 日。

与其建立经常性联系制度;以推进新文艺组织行业评价体系建设为切口,深入开展调查研究,形成新文艺组织评价体系建设的思路对策等一系列扎实有效的举措,推动团结凝聚"文艺两新"工作迈出新步伐。①

总之,"'文艺两新'创新能力强,善于接受新生事物,市场导向明确,经营意识灵活,但同时也面临着规模散而小、展示空间少、生存压力大、创作引导扶持不足等发展困境。少数文艺从业人员还受到资本和利益裹挟诱惑,出现浮躁低俗、急功近利、偷税漏税、恶意炒作等不良现象。这就迫切要求我们在工作理念、工作方式、工作作风等方面做出全新改变,积极思考、研究探索各种可能的体制机制、思路举措,在联络服务中实现有效引导,在团结引领中推动扬长避短"②。所以,我们要在"团结"上下功夫,打造"文艺两新"温馨之家,强化"文艺两新"的归属感;我们要在"引导"上下功夫,加强"文艺两新"思想引领,强化"文艺两新"的价值观;我们要在"培育"上下功夫,让"文艺两新"成为繁荣社会主义文艺的有生力量,强化"文艺两新"的贡献度。

(二)加强对"网络作家"的凝聚引导

网络作家是"文艺两新"的主力军。诚如欧阳友权所说:"网络文学的社会传播力和文化影响力彰显了网络作家的贡献,也提升了他们的地位,不仅完成了从'写手'到'作家'的转变,那些卓有成就的作者还步入'主流文学'殿堂,先后有 400 多位网络作家获得了中国作家协会会员身份。"③在推动网络写手向网络作家华丽蜕变的进程中,中国作协及各省级作协、市级作协甚至是县级作协所做的队伍建设、组织建设、群团建设工作是卓有成效的。

一是省级网络作家协会纷纷组建。国内第一家省级网络作家协会是浙

①　文新达:《团结凝聚"文艺两新"成为有生力量》,《中国艺术报》2021 年 5 月 21 日。

②　文新达:《团结凝聚"文艺两新"成为有生力量》,《中国艺术报》2021 年 5 月 21 日。

③　欧阳友权:《网络文学这十年:追风时代,砥砺前行》,《文艺报》2022 年 9 月 26 日。

江省网络作家协会,于 2014 年 1 月 7 日正式成立。麦家任名誉主席,曹启文任主席,夏烈、流潋紫、傅晨舟、沧月、曹三公子、烽火戏诸侯、天蚕土豆、陆琪、燕垒生、蒋胜男、梦入神机任副主席。首批会员有 84 人,其中年龄 35 岁以下的 57 人,占比为 68%;女会员 39 人,占比为 46%;本科学历以上的 64 人,占比为 76%;自由撰稿人 30 人,占比为 36%。协会出台了《浙江省网络作家协会组织章程》。对于在国内率先成立的浙江省网络作家协会,圈内给予了高度评价。如中国作协书记处原书记陈崎嵘赋诗点赞,诗曰"西子湖畔报春花,神州文苑第一家。虚拟世界处女秀,江南网军领头马",并明确指出"浙江是中国网络文学的重镇"。再如中国作协副主席莫言亲笔题字——"网络无边界,文学有精神"。还有著名网络作家、浙江省网络作家协会副主席流潋紫认为,"以前我们都是网上的流浪作家,从此我们有了自己的家",并希望改变以往网络作家无组织的状态,多一些采风活动,让网络作家有更多机会交流创作经验。继浙江省网络作家协会成立之后,上海、广东、江苏、四川、安徽、湖南、湖北、山东、江西、重庆、贵州、河南、河北、陕西、甘肃、青海、辽宁、吉林、海南等也相继成立了网络作家协会。截至 2021 年,全国已有省级网络作家协会 20 家。即使是没有成立网络作家协会的省(市),也在省(市)级作协下成立了网络文学专门委员会,各级网络文学组织近 200 个。各地采取多种举措,加强对网络作家的服务引导和业务培训,仅 2021 年全国举办的线上线下网络作家和相关人员培训就达 3480 人次。值得一提的是,省级网络作家协会均挂在省级作家协会之下,是省级作家协会这个"大部队"的"特战部队",这也意味着,昔日被视为"草根游兵""散兵游勇"的网络写手有了正式的官方队伍"编制",或者说获得了"官方认证"和"主流认可"。

二是中国作协成立网络文学委员会。中国作协网络文学委员会于 2015 年 12 月 17 日在北京成立,是继小说委员会、散文委员会、诗歌委员会等之后成立的第 11 个专项委员会。主任为陈崎嵘,副主任为何弘、陈村、欧阳友权、唐家三少,委员有马季、马文运、王朔、王祥、月关、风凌天下、朱钢、血红、庄庸、刘旭东、杨晨、肖惊鸿、何平、张富丽、阿菩、邵燕君、周冰、周志雄、周志强、夏烈、黄发有、桫椤、曹启文、蒋胜男、程天翔、谢思鹏、跳舞等。中国作协副主席李敬泽认为,网络文学委员会的成立标志着网络文学作家、网站、批评家、学者拥有了自己的组织,委员会将充分发挥平台作用,整合各方资源,推动网络文学创作和评论的发展。当然,中国作协成立网络文学委员会,其最大的意义在于主流文坛对网络文学的态度转变、立场转换,即从"拒斥"到"接受",从"听之任之"到"收编集结"。还有就是作为一个组织机构,中国作协网络文学委员会是网络作家的"加冕圣殿"。诚如中国作协网络文学委员会主任陈崎嵘所说的,网络文学委员会要在中国作协党组书记处领导下,围绕全党全国工作大局,围绕中国作协党组书记处工作,围绕网络文学行业的重要问题,充分发挥作协助手、新型智库、行业平台的作用,逐步探索建立中国网络文学理论体系、评价体系和话语体系,采用多种形式和渠道团结联络服务网络作家,搭建多种社会交流沟通平台,推动网络文学繁荣有序发展。①

　　以中国作协网络文学委员会为引擎与引领,中国作协创设了"中国网络文学影响力榜",截至 2022 年共推选出 183 部优秀网络文学作品;中国作协开展重点作品扶持工作,截至 2022 年共扶持网络文学重点作品 308 部;截至 2022 年,中国作协和国家新闻出版署联合推介全国优秀网络文学作品共 112 部;《他从暖风来》《秦吏》《樱花依旧开》等作品入选"优秀现实题材和历史题材网络文学出版工程";《写给鼹鼠先生的情书》《蹦极》等作品入选"中国好书";《网络英雄传》《大国重工》等作品获"中国出版政府奖";《庆余年》《斗罗大陆》《琅琊榜》《全职高手》《盗墓笔记》等 144 部网络文学优秀作品被国家图书馆收藏。此外,中国作协从 2021 年起发布网络文学重点选题指南,时代先锋、强国梦、人民美好生活、科技创新与科幻、中华文化精神、人类命运共同体等主题受到网络作家关注。还有,中国作协推出"新时代山乡巨变创作计

---

　　①　史竞男、王阳:《中国作协成立网络文学委员会　推动网络文学繁荣发展》,
https://www.grabsun.com/news/2015/7147.html。

划"和"新时代文学攀登计划",吸引了一大批网络作家"文以载道"。①

三是积极助推网络作家"入主流"。在网络文学野蛮生长和自主生长的时代,网络作家还只能称为"网络写手",在各省级网络作家协会纷纷成立和中国作协敞开大门接纳网络作家之后,网络作家完成了从"写手"到"作家"的身份转变,或者说,他们身上的"主流"的文化标签得以实化、固化。2011年11月,在中国作协第八届全国代表大会上,著名网络作家唐家三少、当年明月当选为中国作协全国委员会委员;2018年5月,在中国作协第九届全国代表大会上,著名网络作家天蚕土豆、阿菩等9人当选中国作协全国委员会委员;2021年12月,在中国作协第十届全国代表大会上,著名网络作家风御九秋、马伯庸、血红等17人当选中国作协全国委员会委员。近年来,有一批网络作家当选全国或省区市人大代表、政协委员或青联委员,这表明网络作家的社会认可度已经从"文学认同"拓展到"社会认同",从"网民认同"拓展到"公民认同",从"民间认同"拓展到"官方认同",从"文化认同"拓展到"政治认同",从"非主流认同"拓展到"主流认同"。事实上,浙江、湖南、上海、海南等地还为网络作家开放职称评审通道,让网络作家享受到与传统作家一样的平等待遇,这不仅仅是助推网络作家"入主流",更是大大消解了网络作家的"后顾之忧"和"身份焦虑"。

四、加大网络文学行业引导的扶持力度

中国作家协会重点作品扶持项目从 2010 年开始就将网络文学创作选题列入扶持范围,给予经费上的支持。从 2010 年到 2022 年,连续 13 年共扶持了 87 部网络文学作品。如果加上中国作家协会网络文学中心在 2021 年专项扶持的 30 部网络文学重点作品选题和 2022 年专项扶持的 40 部网络文学

---

① 肖惊鸿:《创造精品力作　书写时代巨变——网络文学十年回顾》,《文艺报》2022 年 9 月 26 日。

重点作品选题的话,那么,作为中国文坛"当家人"和"掌门人"的中国作家协会,先后扶持的网络文学重点作品的数量达到了 157 部,这种扶持力度可谓盛况空前。扶持是一种关心关爱,也是一种认可认同。所以,我们认为:中国作家协会对网络文学的"扶持力度"其实就是中国作家协会对网络文学"合法性"的"认可强度"。

中国作家协会扶持网络文学具体情况如下:(1)2010 年有周西篱(西篱)的《昼的紫,夜的白》、孙丽萍的《举人庄》、王虹莲(雪小禅)的《十年》等 3 部;(2)2011 年有宋丽眶(携爱再漂流)的《酒店风云》、聂丹的《我们的青春》、刘英亭的《暗斗》等 3 部;(3)2012 年有刘晔(骁骑校)的《春秋故宅》、张院萍(院萍)的《风吹草动》、沙爽的《深的蓝,浅的蓝》、叶春萱(红茶叶)的《官场风云 30 年》、胡冰玉(白槿湖)的《新式 8090 婚约》、陈锦文(神七)的《晋升》等 6 部;(4)2013 年有张威(唐家三少)的《绝世唐门》、朱洪志(我吃西红柿)的《莽荒纪》、吴美美(墨舞碧歌)的《传奇》、苗振雷(萧子云)的《秀才用兵》、王普宁(求无欲)的《诡案组系列》、杨勇(杨阿里)的《桃花潭》、刘耀辉的《山有扶苏》、朱克恒的《返回地球的前生》等 8 部;(5)2014 年有李金荧(云霓)的《吉时医到》、丁宗磊(失落叶)的《斩龙》、蒙虎(酒徒)的《烽烟尽处》、陆晓宁(苍天白鹤)的《无敌唤灵》、李小静(仙人掌的花)的《回归家园》、袁野(爱潜水的乌贼)的《奥术神座》、于海霞(柳暗花溟)的《律政先锋》等 7 部;(6)2015 年有杨振东(辰东)的《完美世界》、周健良(最后的游骑兵)的《斗兽》、张荣会(风凌天下)的《天域苍穹》、王辉(无罪)的《剑王朝》、徐彩霞(承九)的《医道凰图》、李睿(殷寻)的《茉香的夏》、宋阳(昭)的《蚁族:北京生存日记》、陈春仁(侠客飞鹰)的《小小冒险王》系列、曹一帆(南希北庆)的《北宋小厨师》、吴书剑(未苍)的《近身武王》等 10 部;(7)2016 年有丁凌滔(忘语)的《无界之门》、柏跃跃(观棋)的《万古仙穹》、梁芸(随清风去)的《大明狂士》、彭启勋(八爪章鱼)的《超级修理大师》、董程(燕赤侠)的《神州志》、周艳乔(苏曼凌)的《染染纤尘》等 6 部;(8)2017 年有龚江辉(齐橙)的《大国重工》、何昌锟(火树)的《向胜利前进》、姚传国(争斤论两花花帽)的《我的 1979》、于翔翔(华胥云)的

《疾控地带》、蒙虎(酒徒)的《大汉光武》、张年平(更俗)的《大地产商》、吴家浩(半鱼磐)的《山海经·瀛图纪》、徐震(天使奥斯卡)的《盛唐风华》、王鹏(多一半)的《第五名发家》、王钟(梦入神机)的《龙符》等10部,其中《大国重工》《向胜利前进》为"庆祝党的十九大胜利召开"主题专项,《我的1979》为"中国梦"主题专项;(9)2018年有崔浩(何常在)的《浩荡》、战雅慧(戈壁绿影)的《大漠航天人》、杨振东(辰东)的《圣墟》、云宏(孑与2)的《汉乡》、晓峰(猫腻)的《大道朝天》、赵浚凯(东岳不苦)的《黑白禁区》、张爽(巧嫣然)的《海上升明月》、董俊杰(骠骑)的《太行血》等8部,其中《浩荡》为"讴歌新时代、庆祝改革开放40周年、庆祝中华人民共和国成立70周年"主题专项,《大漠航天人》为"中国梦"主题专项;(10)2019年有秦胜涛(华东之雄)的《大国航空》、陈珊珊(陈酿)的《旷世烟火》、赵磊(我本疯狂)的《铁骨铮铮》、王凌英(却却)的《孤军》、闫敏(沙包)的《匠心》、邓元梅的《成浩宇的幸福生活》、刘金龙(胡说)的《山根》、谭敏(小姐姐安如好)的《致我们勇敢的年华》等8部,其中《大国航空》《旷世烟火》《铁骨铮铮》为"讴歌新时代、庆祝中华人民共和国成立70周年"主题专项;(11)2020年有陈杰(夜神翼)的《特别的归乡者》、龚江辉(齐橙)的《何日请长缨》、肖堃(五志)的《大疫大医》、谢佳奇(薪意)的《战疫之守护我的城》、浩瀚馨语的《大国名片》、苏畅(行知)的《2.24米的天际》、高晨茗(志鸟村)的《大医凌然》、蒋达理(蒋离子)的《糖婚:人间慢步》等8部,其中《特别的归乡者》为"决胜全面小康、决战脱贫攻坚"主题专项,《何日请长缨》为"庆祝中国共产党成立100周年"主题专项,《大疫大医》《战疫之守护我的城》为"抗击疫情"主题专项,《大国名片》为"一带一路"主题专项;(12)2021年有张栩(匪迦)的《北斗星辰》、张炜炜(心中有清荷)的《南北通途》、袁锐(静夜寄思)的《火种》、甘海晶(麦苏)的《我的黄河我的城》、殷寻的《他以时间为名》等5部,均为"庆祝建党百年、纪录全面小康"主题专项;(13)2022年有张栩(匪迦)的《关键路径》、甘海晶(麦苏)的《陶三圆的春夏秋冬》、童敏敏(童童)的《洞庭茶师》、乌衣的《春风里》、吴志超(吴半仙)的《丰碑》等

5 部。① 如表 8-2 所示。

表 8-2　中国作家协会重点作品扶持项目之网络文学情况简表

年度	作品与作家	数量/部
2010	《昼的紫,夜的白》(西篱) 《举人庄》(孙丽萍) 《十年》(雪小禅)	3
2011	《酒店风云》(携爱再漂流) 《我们的青春》(聂丹) 《暗斗》(刘英亭)	3
2012	《春秋故宅》(骁骑校) 《风吹草动》(院萍) 《深的蓝,浅的蓝》(沙爽) 《官场风云 30 年》(红茶叶) 《新式 8090 婚约》(白槿湖) 《晋升》(神七)	6
2013	《绝世唐门》(唐家三少) 《莽荒纪》(我吃西红柿) 《传奇》(墨舞碧歌) 《秀才用兵》(萧子云) 《诡案组系列》(求无欲) 《桃花潭》(杨阿里) 《山有扶苏》(刘耀辉) 《返回地球的前生》(朱克恒)	8
2014	《吉时医到》(云霓) 《斩龙》(失落叶) 《烽烟尽处》(酒徒) 《无敌唤灵》(苍天白鹤) 《回归家园》(仙人掌的花) 《奥术神座》(爱潜水的乌贼) 《律政先锋》(柳暗花溟)	7

----

① 　根据中国作家网发布的中国作家协会重点作品扶持办公室的公告整理,http://www.chinawriter.com.cn。

续 表

年度	作品与作家	数量/部
2015	《完美世界》(辰东) 《斗兽》(最后的游骑兵) 《天域苍穹》(风凌天下) 《剑王朝》(无罪) 《医道凰图》(承九) 《茉香的夏》(殷寻) 《蚁族:北京生存日记》(昭) 《小小冒险王》系列(侠客飞鹰) 《北宋小厨师》(南希北庆) 《近身武王》(未苍)	10
2016	《无界之门》(忘语) 《万古仙穹》(观棋) 《大明狂士》(随清风去) 《超级修理大师》(八爪章鱼) 《神州志》(燕赤侠) 《染染纤尘》(苏曼凌)	6
2017	《大国重工》(齐橙) 《向胜利前进》(火树) 《我的1979》(争斤论两花花帽) 《疾控地带》(华胥云) 《大汉光武》(酒徒) 《大地产商》(更俗) 《山海经·瀛图纪》(半鱼磐) 《盛唐风华》(天使奥斯卡) 《第五名发家》(多一半) 《龙符》(梦入神机)	10
2018	《浩荡》(何常在) 《大漠航天人》(戈壁绿影) 《圣墟》(辰东) 《汉乡》(孑与2) 《大道朝天》(猫腻) 《黑白禁区》(东岳不苦) 《海上升明月》(巧嫣然) 《太行血》(骠骑)	8

续　表

年度	作品与作家	数量/部
2019	《大国航空》(华东之雄) 《旷世烟火》(陈酿) 《铁骨铮铮》(我本疯狂) 《孤军》(却却) 《匠心》(沙包) 《成浩宇的幸福生活》(邓元梅) 《山根》(胡说) 《致我们勇敢的年华》(小姐姐安如好)	8
2020	《特别的归乡者》(夜神翼) 《何日请长缨》(齐橙) 《大疫大医》(五志) 《战疫之守护我的城》(薪意) 《大国名片》(浩瀚馨语) 《2.24米的天际》(行知) 《大医凌然》(志鸟村) 《糖婚:人间慢步》(蒋离子)	8
2021	《北斗星辰》(匪迦) 《南北通途》(心中有清荷) 《火种》(静夜寄思) 《我的黄河我的城》(麦苏) 《他以时间为名》(殷寻)	5
2022	《关键路径》(匪迦) 《陶三圆的春夏秋冬》(麦苏) 《洞庭茶师》(童童) 《春风里》(乌衣) 《丰碑》(吴半仙)	5

2021年3月16日,中国作家协会网络文学中心发布《中国作家协会网络文学重点作品扶持工作公告》,公布《2021年网络文学重点作品扶持选题名单》,确定30项选题入选。其中"时代先锋主题"7部,"强国梦主题"2部,"科技创新与科幻主题"2部,"中华文化精神主题"6部,"人民美好生活主

题"11 部,"人类命运共同体主题"2 部。① 如表 8-3 所示。

表 8-3　2021 年网络文学重点作品扶持选题名单一览表

主题类型	作品与作家	数量/部
时代先锋主题	《风骨》(应景小蝶) 《刚毅坚卓的他们》(推敲夜僧) 《胶东往事》(肥胖的可乐) 《老战士》(梁宇寒) 《守鹤人》(吴半仙) 《天降神医》(百世经纶) 《长乐里:盛世如我愿》(骁骑校)	7
强国梦主题	《南海一家人》(李慕江) 《熙南里》(姞文)	2
科技创新与科幻主题	《群星为谁闪耀》(千里握兵符) 《研究者也》(柠檬羽嫣)	2
中华文化精神主题	《春雨》(灵犀无翼) 《嗨,古建修复师先生》(梨花颜) 《人间暖阳四月天》(乱世狂刀) 《山海经三山神传》(阿菩) 《狮舞者》(玉帛) 《予你良辰美景》(焚柏、沐清公子)	6
人民美好生活主题	《百年沧桑华兴村》(凌烨) 《繁星织我意》(画骨师) 《故巷暖阳》(鱼人二代) 《每天都离现形更近一步》(陈词懒调) 《你与时光皆璀璨》(顾唤华) 《请和优秀的我谈恋爱》(丁十三) 《山人行》(风圣大鹏) 《说说心里话》(燕赵散人) 《向前进》(张鼎鼎) 《幸福在家理》(知更) 《枳生》(月斜影清)	11
人类命运共同体主题	《回不去的远方》(张芮涵) 《铁路繁星》(易阳)	2

---

① 根据中国作家网发布的中国作家协会网络文学中心的公告整理。《2021 年网络文学重点作品扶持选题名单》,http://www.chinawriter.com.cn/n1/2021/0316/c403937-32052885.html。

　　2022 年 6 月 17 日,中国作家协会网络文学中心发布《中国作家协会网络文学重点作品扶持工作公告》,公布《2022 年网络文学重点作品扶持选题名单》,确定 40 项选题入选。其中"新时代山乡巨变主题"18 部,"科技创新和科幻主题"7 部,"中华民族复兴主题"8 部,"人类命运共同体主题"3 部,"优秀历史传统主题"4 部。[①] 具体如表 8-4 所示。

表 8-4　2022 年网络文学重点作品扶持选题名单一览表

主题类型	作品与作家	数量/部
新时代山乡巨变主题	《十月缨子红》(雾外江山) 《七色堇》(李子燕) 《人间有微光》(楚清) 《儿孙绕心》(仇若涵) 《大河之源有人家》(懿小茹) 《小山恋》(八匹) 《山河》(风御九秋) 《千年飞天舞》(王熠) 《月亮在怀里》(囧囧有妖) 《风华时代》(本命红楼) 《沪漂媳妇》(季灵) 《高阳》(海胆王) 《野马屿的星海》(姚璎) 《琼音缭绕》(湘竹 MM) 《粤食记》(三生三笑) 《富起来吧,神农架》(陆月樱) 《新英雄湾村》(静夜寄思、山涧清秋月) 《澄碧千顷》(李子谢谢)	18
科技创新和科幻主题	《中轴》(柠檬羽嫣) 《当分子原子起舞时》(唐墨) 《安得广厦》(月下狼歌) 《我们生活在南京》(天瑞说符) 《夜的命名术》(会说话的肘子) 《党员李向阳》(王鹏骄) 《镜面管理局》(横扫天涯)	7

---

　　① 根据中国作家网发布的中国作家协会网络文学中心的公告整理。《2022 年网络文学重点作品扶持选题名单》,http://www.chinawriter.com.cn/n1/2022/0617/c403993-32449443.html。

主题类型	作品与作家	数量/部
中华民族复兴主题	《万里黄河第一隧》（飞天） 《小城大医》（暗香） 《女检察官》（冰可人） 《每个人的人生总会燃烧一次Ⅱ》（高楼大厦） 《虎警》（黑天魔神） 《穿越星河热爱你》（刘金龙） 《桃李尚荣》（竹正江南） 《贾道先行》（水边梳子）	8
人类命运共同体主题	《万里敦煌道》（凉城虚词） 《沧海归墟》（我本纯洁） 《逆行的不等式》（风晓樱寒）	3
优秀历史传统主题	《赤壤》（七月新番） 《吾家阿囡》（闲听落花） 《琉璃朝天女》（锦沐） 《登堂入室》（吱吱）	4

| 第九章 |

网络文学引导机制的"浙江模式"

　　虽说"网络无边界",但网络文学有部落性,网络作家有区域性。对于这一点,加拿大著名学者马歇尔·麦克卢汉在《理解媒介——论人的延伸》一书中认为,"人类从远古至今经历了一个部落化—非部落化—重新部落化的过程"①。当然,这个过程有其衍生的变体,如"整合化—分割化—重新整合化""有机化—机械化—重新有机化""前印刷文化—印刷文化—无印刷文化""前现代化—现代化—后现代化"等。毫无疑问,纵观媒介发展史,没有任何一种媒介能像网络媒介这样深刻地影响到整个社会。换言之,网络媒介一边在扩大公共领域的疆界和范围,将越来越多的人卷入其中,但一边又以定向传播、信息源的垄断及程序化等形式,在暗中萎缩和削弱潜在的视域和领域。也就是说,网络媒介所催生的"虚拟社区""朋友圈""微信群"等,又让网络时代的众生在无限广阔的虚拟空间中"圈层化""圈子化"和"重新部落化"。所以,从这个角度来深度思考的话,我们认为网络文学的区域性还是有其内在逻辑的,毕竟作为"游牧民"的网络作家在线下还是有着鲜明的区域性和地理属性的。从文化地理学的角度来看,中国网络文学的发展确

---

　　①　何道宽:《中译本第一版序》,〔加〕马歇尔·麦克卢汉:《理解媒介——论人的延伸》,何道宽译,商务印书馆 2000 年版,第 2 页。

实存在不平衡的问题,无论从哪个角度来审视,北京、上海、浙江、广东、江苏、湖南、安徽等省(市)都称得上是中国网络文学的头部省(市)域。其中,浙江省因其新媒体公司头部企业多、"最多跑一次"改革、数字化改革、服务型政府的精心打造等,在"网络文学引导工程"的构想与实践上也是卓尔不群,以一种所谓"浙江模式"为人津津乐道。

一、从"文化浙江"到"网文浙江"

浙江既是一个文化大省,也是一个文化强省,独特的区域文化让世人瞩目,素有"诗画江南、活力浙江"的美誉。早在2000年,浙江省就出台了《浙江省建设文化大省纲要(2001—2020年)》,还根据该纲要配套出台了《关于建设文化大省若干文化经济政策的意见》。2003年,浙江开始实施"八八战略",其中一项重要举措就是"进一步发挥浙江的人文优势,积极推进科教兴省、人才强省,加快建设文化大省"。2005年,中共浙江省委十一届八次全会通过了《关于加快建设文化大省的决定》,提出重点实施"八项工程",包括文明素质工程、文化精品工程、文化研究工程、文化保护工程、文化产业促进工程、文化阵地工程、文化传播工程、文化人才工程,从而搭建起了建设文化大省的"四梁八柱"。自此之后,浙江省以"八八战略"为总纲,把文化的力量深深融入全省创新创造,从文化大省向文化强省迈进,打造新时代文化高地。2018年,浙江省又出台了《关于推进文化浙江建设的意见》,提出深入实施"十大工程",包括马克思主义理论研究和建设工程、社会主义核心价值观引领和公民文明素质提升工程、优秀传统文化传承发展工程、媒体融合发展工程、文艺繁荣发展和高峰攀登工程、万亿级文化产业推进工程、网络内容建设工程、基本公共文化服务工程、文化走出去工程、文化人才和文化名家培育工程,从而搭建一批文化大平台、做强一批文化大企业、培育一批文化新品牌、打造一批文化新标识、抓好一批重点文化项目,着力提升浙江文化的引领力、创造力、传播力、服务力、竞争力,使浙江文化改革发展各项主要指标走在全国前列,把浙江建设成为公民素质优良、社会文明进步的示范区,文化事业繁荣、文化产业发达、文化名家荟萃、文化氛围浓郁、文化印记鲜明的文化发展先行区,成为在全国具有重要影响的文化高地、文明高地。"两个区"(示范区、先行区)和"两个高地"(文化高地、文明高地)的建设,既立足文化大省、文化强省的坚实基础,又从更高层次、更宽视野布局文化改革发展,有继承、有创新、有突破,确保浙江文化建设继续走在前列、勇立潮头。事实上,"文化浙江"建设让浙江文化在新时代有了新的内涵,包括以党的创新理论为引领的先进文化、以红船精神为代表的红色文化、以浙江历史为依托的优秀传统文化、以浙江精神为底色的创新文化、以数字经济为支撑的数字文化。总之,从"文化大省"到"文化强省"再到"文化浙江","文化浙江"已成为浙江的"金色名片"和"重要窗口"。繁荣鼎盛的"文化浙江",必将进一步赋能"中国特色社会主义共同富裕先行和省域现代化先行",即在共同富裕中实现精神富有,在现代化先行中实现文化先行。

浙江既是一片文学沃土,也是一个文学重镇。在中国现代文学史上,浙江籍作家可以说占了半壁江山,浙江文学可以说是大家辈出、大作迭出,像鲁迅、茅盾、周作人、徐志摩、郁达夫等,无不是中国现代文学史上最璀璨的星辰。在中国当代文学史上,同样涌现了像金庸、木心、李杭育、余华、王旭峰、麦家等一大批名家。在如此丰厚的文学厚土、文学资源之上,以及浓郁的文学语境和文学情怀中,浙江的网络文学创作也是成绩喜人。毫不夸张地说,浙江是中国网络文学的重镇,而且无愧于"重镇"的名号,或者说,"网文浙江"实至名归。之所以给"文化浙江"赋予"网文浙江"的文化标签,是因为浙江在推进网络文学健康有序及高质量发展方面的成绩是有目共睹的。浙江以网络文学引导工程的"浙江经验",推动了网络文学引导机制的"浙江模式"的高水平建构。

二、网络文学引导工程的"浙江经验"

网络文学有着天然的网络性,依托网络媒介而渐次发展壮大的网络文学,因其自由性而有散漫性,因其平民性而有庸俗化,因其市场性而有非政治化,因其娱乐性而有欲望化,因其逐利性而有粗放化,所以,网络文学需要规范、引导,这是由上到下、由下到上的共识。在这一点上,浙江作为网络大省、网络文学重镇及网络文学产业开发的高地,早早就在规范、引导上未雨绸缪,真正做到"干在实处、走在前列、勇立潮头",从而在网络文学引导工程的实施与绩效上取得了丰富的经验,即所谓"浙江经验"。

(一)浙江网络文学的组织工作"走在前列"

2009 年 6 月,浙江省作家协会成立全国首个省级网络类型文学创作委员会。2011 年 2 月,浙江省作家协会、中国作协《文艺报》社、杭州市委宣传部和杭州师范大学设立了国内首个面向网络文学和类型文学的文学专业奖项——"西湖·类型文学双年奖"。2014 年 1 月,浙江在全国率先成立第一个省级网络作家协会——浙江省网络作家协会。2014 年 3 月,浙江在全国率先成立第一个市级网络作家协会——宁波市网络作家协会。紧接着,浙江的网络文学组织工作向县(区)及基层延伸,在全国率先实现省、市、县(区)三级网络作家协会线性贯通和垂直覆盖。浙江的网络文学组织工作,在团结网络作家、引导网文创作、传递主流价值、繁荣网文产业等方面起到了很好的示范立标作用。

(二)浙江网络文学的作家作品"走在前列"

浙江有一大批知名的网络作家,正是这一大批知名的网络作家及其创作夯实了浙江网络文学在全国的领跑地位。浙江省网络作家协会原主席曹启文曾经指出,活跃在国内主要网络文学网站的浙江籍网络作家和写手有

900 余人,出现了南派三叔、流潋紫、沧月、曹三公子、燕垒生、陆琪、天蚕土豆、烽火戏诸侯、桐华、蒋胜男、管平潮、牛犇等一批有影响力的网络作家。有学者不无肯定地说,浙江网络作家活跃、敏锐、勤奋,秉承了浙江人敢为天下先的精神,积极顺应大众多元的阅读需求,汲取绵厚的地域文化营养,以自己的文学才华和辛勤劳动,创作了一大批涵盖历史、玄幻、仙侠、架空、魔幻、穿越、言情、女性、都市、悬疑、推理等当今网络文学主流类型的作品及现实主义题材作品,受到了广大读者的喜爱。部分作品改编成影视、动漫和戏剧作品,产生了广泛社会影响。事实上,时至今日,浙江的网络作家创作了一大批具有"准经典性"的网络文学作品,如南派三叔的《盗墓笔记》、流潋紫的《后宫·甄嬛传》、天蚕土豆的《斗破苍穹》、沧月的《听雪楼》《镜》、烽火戏诸侯的《雪中悍刀行》、桐华的《步步惊心》、蒋胜男的《芈月传》、管平潮的《仙剑奇侠传》、牛犇的《大唐不良司》《春雷 1979》、曹三公子的《流血的仕途:李斯和秦帝国》、燕垒生的《天行健》、陆琪的《潜伏在办公室》等。可以说,这些作品都是既叫好又叫粉还叫卖的优秀网络文学作品,堪称"网文标杆""时代经典"。

(三)浙江网络文学的暖心工程"走在前列"

2017 年 12 月 9 日,由中国作协授牌,中国网络作家村在杭州滨江白马湖畔正式成立。这是全国首个,也是唯一一个冠名"中国"的网络作家村,中国作协网络文学委员会主任、中国作协网络文学研究院院务委员会主任陈崎嵘担任"名誉村长",知名网络作家唐家三少担任"首任村长",第一批"村民"有唐家三少、月关、管平潮、蝴蝶蓝、猫腻等 5 名知名网络作家。除此之外,还有玄色、沧月、匪我思存、少封、善水、疯丢子、苍天白鹤、谋逆、寂寞剑客、莲青漪、司马圣杰、风少羽等知名网络作家签约入驻。2020 年 12 月 10 日,中国网络作家村成立 3 周年,已经有 179 名网络作家入驻。截至 2022 年底,中国网络作家村聚集了来自五湖四海的 234 位网络作家,真正从一个"小村落"成长为"大家园"。中国网络作家村的创建意义非凡,加上省、市、区一系列配套政策的精准扶持,中国网络作家村已然成为一个拥有网络文学作品创作、项目孵化、版权交易、作品改编、互动交流、影视动漫游戏衍生开发等完整的产业生态链的中国网络文学事业和网络文学产业发展的核心区和示范区。中国网络作家村,既是网络作家们物理意义上的集聚地,也是网络作家们心灵意义上的归属地,还是网络文学作品"文创爆款"的萌发地。对此,唐家三少认为:"作家村的成立,意味着网络作家有了一个温暖的大家庭,对网络作家帮助很大,为我们创造了彼此交流的机会,包括和衍生企业交流合作的机会。"月关认为:"作家村不仅仅是政策上对我们扶持支持,还搭起一个平台,让我们之间的互动和交流更多。现在不仅仅是作家圈子内部的沟通和往来变多了,整个产业上下游的接触也变多了,这对每一位网络作家来说都有巨大意义。"①

(四)浙江网络文学的品牌活动"走在前列"

由中国作家协会、浙江省委宣传部、杭州市委宣传部共同主办的"中国网络文学周",其首届、第二届分别于 2018 年 5 月、2019 年 5 月在杭州滨江白马湖举办。在第一届"中国网络文学周",中国作协首次发布《中国网络文学蓝皮书(2017)》,并揭晓"2017 中国网络小说排行榜"。在第二届"中国网络文学周",中国作协发布《中国网络文学蓝皮书(2018)》,启动首届网络文学博览会,并创建网络文学多元化交流平台,而且重点研讨了"网文出海"事宜。2021 年 9 月,由中国作家协会和浙江省人民政府共同主办的"2021 中国国际网络文学周"在浙江乌镇举行,围绕主题"网络文学的世界意义",网络文学作家、评论家及网络文学平台代表和文化产业代表齐聚一堂,共研网络文学高质量发展路径,共话中国网络文学"扬帆出海"。在会上,中国作家协会发布《中国网络文学国际传播发展报告》,举办了中国网络文学发展成就

---

　① 飞鸟与禾:《中国网络作家村,是个什么村》,https://new.qq.com/rain/a/20220905A08HTG00。

展、数字时代网络内容创新高端论坛、网络文学 IP 发展大会及高峰对话等一系列活动。两次高规格、高水平的"杭州会议"和一次高规格、国际化的"乌镇会议",足以说明浙江网络文学在中国网络文学版图中的地位和分量,另外也充分印证了浙江网络文学是"文化浙江"面向中国、走向世界的一个重要窗口。

(五)浙江网络文学的产业开发"走在前列"

我们知道,网络文学能有当下的繁荣局面,主要源于三种推力,即技术优势、市场催生、娱乐品格。所以,对网络文学的考察必然要引入市场的杠杆与产业的元素。事实上,网络文学的商业模式是文化经济的一个创举,给网络文学的发展壮大注入了强大的经济驱动力。这样,衡量和评价某个区域网络文学的发展状况,产业开发的深度、广度、效度就成为最有说服力的镜鉴。浙江网络文学的产业开发十分成功,诚然已是浙江"万亿文化产业"的主力军之一。仅以中国网络作家村为例,据统计,截至 2021 年底,中国网络作家村已有 56 部作品通过 IP 转化改编,累计申报版权收入 4.32 亿元。截至 2023 年 6 月底,中国网络作家的品牌活动"网络文学 IP 直通车",也已经连续举办 20 期,服务作者 250 多人,对接企业 200 多家,促成合作 75 项,实现的累计交易金额突破 13.4 亿元。个体作品领域,由猫腻的同名小说改编的电视剧《庆余年》播放量居高不下,连登腾讯、爱奇艺 3 年年报;南派三叔的《盗墓笔记》更是仅以一部改编电影就拿下 10.03 亿元票房,位居 2016 年票房榜前十;还有如蒋胜男的《芈月传》、蝴蝶蓝的《全职高手》、祈祷君的《开端》、晓风弦月的《今生有你》、匪我思存的《来不及说我爱你》、顾漫的《你是我的荣耀》、酒徒的《烽烟尽处》、长洱的《天才基本法》等,在产业开发上都取得了不俗的成绩。

(六)浙江网络文学的理论批评"走在前列"

早在 2014 年 1 月,浙江省网络作家协会在成立之初,就提出了开展网络文学理论批评的工作思路,包括创办《中国类型文学研究》杂志(后改为《华语网络文学研究》),刊登网络作家特别是会员作品的介绍评论,评价当前网络文学现场和热点问题,增强网络文学评论引导力和话语权,努力建设网络文学评价体系。

2015 年 10 月,由浙江省作家协会、浙江传媒学院共同主办的"2015 网络文学高峰论坛暨网络文学创作与研究中心成立大会"在浙江传媒学院桐乡校区隆重举行,参会人员有浙江省作家协会党组书记臧军,浙江传媒学院校长彭少健教授,浙江省主要知名的网络作家如烽火戏诸侯、蒋胜男、管平潮、牛凳、傅晨舟等,以及国内从事网络文学研究的专家学者 50 余人,会上明确提出了"网络作家驻校制"的设想,会后出版了论文集《网络时代的文学书写》。

2019 年 12 月,由浙江省作家协会、浙江传媒学院多方共建成立"浙江网络文学院",标志着我国首家由作协和高校共建的网络文学院正式成立,明确设立"网络文学与创意写作"本科专业,填补了国内网络文学学历教育的空白。出席成立大会的有中国作家协会党组成员、副主席、书记处书记何建明,浙江省作家协会党组副书记曹启文,浙江省作家协会党组成员、秘书长晋杜娟,中文在线数字出版集团股份有限公司执行总裁戴和忠等。会上,浙江传媒学院党委书记杨立平表示,学校将以浙江网络文学院成立为契机,在中国作家协会、浙江省作家协会和中文在线的大力支持下,认真落实各项合作要求,把"网络文学高地在浙江"的文章做足、做精、做深、做透,推动浙江传媒学院网络文学教学、创作、研究取得更大进步,力争将浙江传媒学院打造为浙江省乃至全国高校网络文学教育领头羊,以优秀的成果助力中国网络文学新发展。

2020 年 12 月,由浙江传媒学院主办的"'后疫情时代的影视美学'暨2020 年影视文化与批评高峰论坛"在浙江德清隆重举行,与会专家学者如徐岱、靳大成、潘一禾、王建刚、易前良、杨向荣、何国平、李胜清、莫运平等 70 余人围绕"网络文学的影视改编"进行了多维度的阐释。

在网络文学理论批评的学术领域,浙江同样涌现了一批在全国颇有知名度的专家及成果,如单小曦的《现代传媒语境中的文学存在方式》《数字文学:从文本到超文本及其超越》《新媒介文艺生产论》《媒介与文学:媒介文艺学引论》《网络文学的合作式批评(浙江篇)》等,夏烈的《天蚕土豆与〈斗破苍穹〉》《大神们——我和网络作家这十年》等,笔者的《媒介诗学:传媒视野下的文学与文学理论》《大众媒介与审美嬗变——传媒语境中新世纪文学的转型研究》《网络时代的文学书写》《媒体化语境下新世纪文学的转型研究》等,葛娟的《亚文学生产与消费研究》《网络文学审美范式之构建》等,胡友峰的《媒介生态与当代文学》等,基本上形成了聚焦网络文学作家访谈、网络文学作品评论、网络文学评价体系、网络文学理论批评、网络文学发展史的研究高地,以及以杭州师范大学、浙江传媒学院为集聚地的学术平台。

总之,在新世纪 20 多年的当代文学版图之中,浙江网络文学因骄人的创作优势、队伍优势、组织优势、品牌优势、产业优势和研究优势,陆续涌现出了烽火戏诸侯、天蚕土豆、蒋胜男、管平潮等网络文学领军人物,以及《大江大河》《欢乐颂》《都挺好》《网络英雄传》《天下网安:缚苍龙》《传国功匠》等一系列优秀现实题材网络文学作品,既"走在前列"又"勇立潮头",逐渐形成了广受认可的中国网络文学发展的"浙江经验"。

三、网络文学引导机制的"浙江模式"

浙江是互联网大省,同时也是文化大省。在网络文学领域内,学界与业界对"浙江现象"津津乐道并赞誉有加。在网络文学 20 多年的发展进程中,"浙江现象"作为一个典型样本,不断拓新精进,从国内第一个省级网络文学作家协会成立,到中国作家协会网络文学研究院、中国网络文学作家村、中国网络文学周的陆续落地,以及浙江省网络文学研究院的成立、网络文学与创意写作本科专业的设置,当下大批网络作家集聚浙江而形成"网络浙军"的文学空间、文学地理,不仅生机勃勃,而且蔚为大观。依托网络文学引导工程的"浙江现象"与"浙江经验",具有浙江标识度与浙江辨识度的"浙江模式"得以水到渠成。从"浙江经验"到"浙江模式",表征的是浙江在网络文学培育、规范、引导、服务、拓展上的持续发力和卓有成效。概括地说,浙江目前已形成了网络文学正确引导、有效服务、科学管理、机制创新的"浙江模式"。这种"浙江模式"为全国同行提供着方向与经验、样式与规范。如今,面对网络文学向产业化与国际化方向发展的趋势,面对网络文学如何更好地书写中国故事、塑造中国形象、传播中国价值的当代课题,对网络文学引导机制的"浙江模式"的研究探讨也成为业界内外关注的议题。

(一)正确引导:浙江网络文学的主流化规制

浙江网络文学的迅猛发展是有目共睹的,绝不是浪得虚名,而是有着内在机制的驱动。浙江是文化大省,其实与浙江是经济大省是密切相关的。诚如马克思在《〈政治经济学批判〉序言》《〈政治经济学批判〉导言》中所强调的,物质生产决定艺术生产,经济基础决定上层建筑。据统计,2021 年浙江全省生产总值 7.35 万亿元,一般公共预算收入 8262.57 亿元,均居全国第 4位。包括网络文学、影视"浙军"等在内的文化产业是浙江一直以来孜孜以求、久久为功的"八大万亿产业"之一。所以,浙江网络文学的高质量发展与丰硕成就,绝不是无本之木、无源之水,它有着属于自己的发展逻辑。据之江轩《浙江发展的大逻辑是什么》一文,浙江发展的大逻辑实质上就是中共浙江省委十五届二次全会提炼总结的"六个一":一个"根本指引",即以习近平新时代中国特色社会主义思想为根本指引;一个"主题主线",即以忠实践行"八八战略"、努力打造"重要窗口"为主题主线;一个"目标任务",即以推进"两个先行"为目标任务;一个"基本路径",即以推动创新发展、转型升级和改革攻坚、开放提升为基本路径;一个"精神动力",即以干在实处、走在前列、勇立潮头为精神动力;一个"根本保障",即以全面从严治党和高素质干部队伍建设为根本保障。这"六个一",揭示了浙江全部工作的逻辑体系,打开了应变局、育先机、开新局的前行之道,形成了浙江勇挑大梁的坚实支撑。① 事实上,这"六个一"也是浙江网络文学占先机、开新局的大逻辑。

不可否认,浙江网络文学与全国网络文学的发展有着相似的轨迹,即从"野蛮生长"到"有序成长"、从"边缘"向"中心"、从"散"到"聚"、由"乱"到"治"、由"在野叛逆"到"主流归附"的转换与嬗变。在浙江网络文学 20 多年的发展进程中,问题诚然不少。从整体上说,浙江网络文学确实有着数量大、质量低即所谓"量大质不高",泥沙俱下、鱼龙混杂,"三俗"泛滥,有"高原"缺"高峰",抄袭模仿、内容雷同,机械化生产、快餐式消费,以及片面追求市场效益,侵权盗版屡禁不绝,市场主体良莠不齐,管理规则不健全,市场监管不完善等一系列突出问题。具体来讲,浙江网络文学确实有着意识形态淡化、"三观坠地"、历史虚无主义,甚至是崇西去中的倾向。比如许多作品"以渎圣为美""以叛逆为美""以低俗为美""以纵欲为美"等,十分明显。再如许多作品"妖魔化中国""祛魅英雄""解构领袖""历史虚无主义""民族精神断根"等,十分明显。还如个别作品充斥着黄赌毒甚至是反党反社会主义的内容。

面对问题,浙江敢于正视,勇于解决,在扶正祛邪、激浊扬清、去疴养正上干在实处、走在前列,在"主流化规制"上勇立潮头。一是在指导政策上,坚持为人民服务、为社会主义服务的根本方向,高扬社会主义核心价值观旗帜,追求真善美,传播正能量;紧跟时代发展,把握人民需求,以中国梦为时代主题,以爱国主义为主旋律,以中国精神为灵魂,以中华优秀传统文化为根基,始终把创作生产优秀作品作为中心环节,推出更多人民喜闻乐见的优秀作品,使人民群众精神文化生活更加丰富和积极向上。二是在基本原则上,坚持百花齐放、百家争鸣,提倡体裁、题材、形式、手段充分发展;把社会效益和社会价值放在首位,实现社会效益与经济效益、社会价值与市场价值相统一;坚持深化改革与促进发展并重,规范管理与扶持引导并举,形成精

---

① 之江轩:《浙江发展的大逻辑是什么》,《浙江宣传》2022 年 12 月 26 日。

品力作不断涌现、优秀人才脱颖而出的生动局面;加快科技创新和成果运用,以精品战略、品牌战略和重点项目为带动,激发网络文学产业链各个环节的创造热情,构建优势互补、良性竞争、有序发展的产业格局。换言之,引导网络文学创作者牢固树立马克思主义文艺观,坚持以人民为中心的创作导向,把人民作为创作表现的主体,作为审美的鉴赏者和评判者,把满足人民精神文化需求作为内容创作和传播的出发点、落脚点;引导网络文学创作植根现实生活,为人民抒写、为人民抒情、为人民抒怀;倡导网络文学创作塑造美好心灵、引领社会风尚,使网络文学价值引导、精神引领、审美启迪等方面的作用得到充分发挥。正因为这样,近年来,浙江涌现了一大批有号召力、正能量的网络文学作家,如全国人大代表蒋胜男、省政协委员管平潮等;涌现了一大批有影响力、社会效益与经济效益双丰收、现实主义题材的"新主流"的网络文学作品,如《在远方》《山海情》《春雷》《县委大院》等。

(二)规范引导:浙江网络文学的组织化规制

网络文学与生俱来具有匿名性及"网络写作"或"云端写作"的独特质性。作为新的社会阶层人士,网络作家的"组织化规制"不能不说是一个挑战。事实上,网络作家多依托于商业网络平台,在体制外进行商业化写作,虽有一定的集体化生产,但更多的是个人化生产。换言之,单枪匹马、单打独斗、游移游离、独居宅家等是网络作家创作生活的一种常态。就网络作家的整体存在状态而言,确实是"一盘散沙"或"一网散点",宛如寥廓天际中忽隐忽现的疏星。但是随着网络文学的迅猛发展以及产业化的强劲势头,如何将网络作家,尤其是像南派三叔、流潋紫、天蚕土豆、烽火戏诸侯、蒋胜男、桐华、管平潮、燕垒生等"大神"的影响力转化为社会治理的"软动力""软驱动",诚然是值得重视的问题。

在这一点上,浙江延伸工作手臂,主动走进网络作家新文学群体,团结吸纳,服务引导,全力推进浙江网络文学的组织化规制。2013年,浙江省作家协会启动实施网络文学引导工程,抓住了团结网络作家新文学群体的重要窗口期,着手建立网络作家之家。2014 年 1 月,浙江成立了全国首家省级网络作家协会。省网络作协成立后,开始建立省、市、县(区)三级网络作协联动机制。到 2018 年底,浙江的 11 个市已有 10 个市、7 个县成立了网络作家协会,吸纳各级网络作协会员 1300 多人。省、市、县(区)三级网络作协联动机制建立后,资源共享,联动服务,及时发现、培养网络作家人才,形成了有效的组织工作抓手。为加强网络文学组织工作力量,省作协党组副书记兼任网络作协主席,此后,省作协设立网络文学中心,保障网络文学日常工作有序开展。作为新文艺群体的排头兵,浙江省网络作家协会从"有组织的引导"的角度做了以下几件事。

一是引导网络作家深入基层、体验生活、关注现实。在所有关于网络文学的质疑当中,像所谓"玄幻穿越架空""装神弄鬼""闭门造车"等是备受针砭的,许多作品以张扬色情、暴力、反智、祛魅、反英雄、黑领袖、伪历史等获取点击量与轰动效应,并且在平面化、低俗化、鄙俗化与同质化上竞逐。对此,浙江省网络作家协会为引导网络作家树立正确的历史观、价值观、文艺观,创作更多"既叫卖又叫好""既接地气又接天气"的正能量、主旋律、新主流的作品,先后组织了"红色故土行""进边防军营""重走红军路""下海岛进军营""江韵乡愁""穿越历史""瓷心剑胆""传垦荒精神、扬和合文化"等主题体验活动,有约 200 名网络作家参与。这充分展现了"有组织的引导"的号召力、凝聚力。

二是引导网络作家学习榜样、走近主流、珍惜荣誉。作为新的文学群体,网络作家诚然有着浓厚的民间底色,但网民的认同未必是官方的认可,自在的撒欢未必是庙堂的欣赏。为引导浙江网络作家从边缘走向中心、从旁系走向主流、从体制外走向体制内,浙江在建立网络作家荣誉机制上用力用情。推荐优秀网络作家加入各级青年联合会和党外知识分子联谊会,推荐网络作家成为省委统战部重点联系人选,推荐网络作家申报中宣部"四个一批"人才、浙江省"万人计划"青年拔尖人才、浙江省"五个一批"人才,推荐网络作家参加年度"青春领袖"评选等。树榜样、立标杆,以一棵树摇动一片树,以一批人影响另一批人,一种网络文化语境下的"归化"与"怀柔"自成独特风景。这恰如唐太宗李世民所说的"天下英雄,尽入吾彀中矣",让网络作家向体制内看齐、向主流靠近,为"文化大省""文化强省"建设献智出力,不能不说是一种高明之举。

三是引导网络作家认同体制、申报职称。网络作家多为体制外从业人员,网络平台依照商业规则和市场收益给不同的网络作家分等级、分层次,但这种纯粹的市场评判并不能为当下的事业规则所认可。所以,引导网络作家积极参加职称评定,并将之纳入省人力资源和社会保障厅的资质体系,这也是浙江的一种创新举措。近年来,浙江全面开展网络作家职称评定,有一大批网络作家获得文学创作三级职称、二级职称。

(三)用心引导:浙江网络文学的服务下沉规制

近年来,浙江省作家协会就网络作家生存现状、网络文学发展各方面情况展开了调研,抓住了网络作家作者年轻化、体制外居多、归属感缺乏的特点,量身定制服务,用心用情服务。强化服务意识,与网络作家广交朋友、真交朋友、深交朋友,服务下沉,温暖到家,用心引导。浙江网络文学的服务下沉规制,从某种角度来讲,其实就是一种行业治理、作家集聚的"软规范""软法度"。

一是开展网络文学原创作品扶持计划。网络写作从本质上说,是一种商业化写作,也是一种功利化写作,逐利和赚钱足以让写作异化、创作变味,这样,在网络文坛,必然是粗制滥造者居多、精益求精者偏少。精品力作绝对要摒弃复制、粘贴、雷同、抄袭以及灌水等不良行为,而更多需要沉浸,需要打磨,需要扶持,不管是文化资本式的扶持还是写作基金式的扶持。从某种角度上讲,主流文坛的扶持,其实就是一种"合法化"、权威化认同,它对网络作家的精品写作必然是一种难得的鼓励。在这一点上,浙江也是动作频仍、亮点颇多。如出台《浙江省网络文学优秀作品扶持奖励办法》,持续扶持优秀原创作品尤其是现实题材精品力作,扶持工作已连续开展至今。再如开展《红色芳华——革命历史题材网络文学创作计划》,扶持推出一批讴歌党、讴歌祖国、讴歌人民、讴歌英雄的网络文学精品力作。

二是开展网络作家素质提升计划。针对网络作家普遍文化水平不高的事实,浙江省作家协会、浙江省网络作家协会与浙江传媒学院三方依托于"浙江省网络文学创作与研究中心",共同实施"浙江省网络作家培训与培育工程",包括写作业务培训、成人本科教育、在职专硕教育等。浙江省作家协会还将网络作家纳入浙江省青年文学人才培养"新荷计划",与其他青年作家一同享受扶持政策;开设网络作家培训班,组织网络作家参加培训;推荐网络作家参加中国作协、中国文联、统战部、共青团的学习培训;邀请律师为网络作家培训授课,普及法律知识,提升网络作家权益保护意识。

三是开展网络作家交流互鉴计划。由于网络写作的特殊性,网络作家多为"宅家族""键盘控"。如何让网络作家从线上走向线下、从书斋走向社会、从文献走向生活、从玄幻架空走向真情实感、从独思苦想走向交流互鉴,这是一个必须重视的问题。在这一点上,浙江也是干在实处。搭建交流平台,为网络作家参与国内、国际作家交流提供机会。2018年,浙江网络作家与湖南作家代表团、辽宁作家代表团、湖北作家代表团、台湾作家代表团以及尼泊尔作家代表团、北美南加州华人写作协会等开展交流活动;参加海峡两岸青年发展论坛、"桥——两岸青年文学汇"等活动。

四是开展网络文学评价引导计划。开展评论引导,打造网络文学的"评价工程"。充分发挥文学评论褒优贬劣、激浊扬清的作用,在艺术质量和水平上实事求是,在大是大非问题上表明立场,说真话、讲道理;遵循网络文学创作传播的规律和特点,积极开展多种形式的网络文学作品内容研讨和评论,坚持把人民群众满意认可作为衡量标准,综合作品价值取向、艺术水准、审美情趣、读者口碑,凝聚社会共识,逐步建立科学的网络文学作品评价体系,切实改变文学网站单纯追求点击量的倾向。浙江设立网络文学双年奖,探索网络文学作品科学评价机制,努力评出思想性、艺术性和可读性相统一的优秀网络文学作品。截至2022年开展了4届评奖,一大批获奖作品得以脱颖而出,成为一种示范和标识。开展网络文学作品研讨,编辑出版《华语网络文学研究》,建设业态智库,引导网络文学走向精品化。出版了一批有影响力的评论成果,像单小曦的《网络文学的合作式批评(浙江篇)》、夏烈的《大神们——我和网络作家这十年》、葛娟的《亚文学生产与消费研究》、笔者的《媒体化语境下新世纪文学的转型研究》、何坦野的《新媒体写作论》等。

(四)务实引导:浙江网络文学的资源整合规制

一是建立网络文学内容资源集聚高地。网络文学是一种内容资源,特别是网络原创作品,其产业化开发需要整合各方资源,包括上游资源、下游资源及衍生资源等。对此,浙江通过项目合作、活动合作等方式,联合各方资源,构筑了党委指导、政府支持、社会推进、各方协同的网络文学发展新格局。浙江作协与中国作协、杭州市文联、滨江区政府等单位合作,高水平打造了"中国作家协会网络文学研究院""中国网络作家村""中国网络文学周"等文化标牌。如"中国作家协会网络文学研究院"已聘请网络文学领域10位知名学者为特约专家、15位知名作家为特约作家。再如"中国网络作家村"重点围绕网络作家,提供政策扶持、专业服务、知识产权保护、产业对接延伸服务等,目前已有唐家三少、酒徒、月关等百余位网络作家入驻。还如第一届和第二届"中国网络文学周"在杭州滨江白马湖举行,2021年更名为"中国国际网络文学周",在嘉兴桐乡乌镇举行。首届"中国网络文学周"有全国知名网络作家和业界代表400多人出席,中国作协主席铁凝等领导出席开幕式并致辞。①

二是实施知名网络作家进高校工程。积极推进浙江省高校和知名网络作家结对,推进知名网络作家进校讲学讲课与驻校创作,开创一种互派共荣的引导机制,从而进一步扩大网络作家的影响力与知名度,让网络作家的传

---

① 《团结引导网络作家　探索服务新文学群体新机制》,《文艺报》2019年1月28日。

播效应最大化。积极推进"客座教授制"与"讲座教授制",并在高校内打造有影响力的工作室作为文化标识。在这一点上,如夏烈与杭州师范大学、蒋胜男与温州大学、管平潮与浙江工商大学以及烽火戏诸侯、牛甍、刘业伟与浙江传媒学院等,确实达到了一种双赢共荣的效果。

　　三是打造属于浙江的"年鉴品牌"。在浙江省网络作家协会旗下,《华语网络文学研究》在业界和学界有较大影响力。浙江拟依托浙江传媒学院的"浙江省网络文学院"编辑出版《华语网络文学年度创作年鉴》《华语网络文学年度研究年鉴》《浙江省网络文学白皮书》,并推出"浙江网络文学排行榜",打造属于浙江的"年鉴品牌"。如《华语网络文学年度创作年鉴》,以年度为限,主要包括创作综述、创作大事记、网坛热点、重要作家简介、重要作品简介、作家访谈录、产业成果(含改编)等。再如《华语网络文学年度研究年鉴》,以年度为限,主要包括研究综述、研究大事记、重大研讨会、热点与聚点、按影响因子排序的代表性论文列表、代表性论文的内容摘要、对重要网络文学作家作品及现象的笔谈等。还如《浙江省网络文学白皮书》,以年度为限,重点关注浙江省的网络文学及其产业现状,综述与述评并重,力争图文并茂、数据翔实、有引导价值等。

| 附录一 |

新世纪以来网络文学阅读状况调查问卷表

1. 您的性别？

A. 男

B. 女

2. 您的学历？

A. 专科生

B. 本科生

C. 研究生

3. 您的专业？

A. 理工

B. 文史

C. 艺体

D. 其他

4. 您对网络文学的喜欢程度？

A. 非常喜欢,经常会阅读

B. 一般喜欢,不算热衷但有兴趣时会阅读

C. 不喜欢

5. 您接触网络文学的最早时间?

A. 小学

B. 初中

C. 高中

D. 大学

6. 您阅读网络文学的主要动因?

A. 个人兴趣爱好

B. 娱乐消遣、打发时间

C. 逃离现实、舒缓压力

D. 获取知识、提升文学素养

E. 其他

7. 您阅读网络文学的时间安排?

A. 没有固定阅读时间,百无聊赖的时候就会看

B. 每天会安排特定的时间阅读"追更"

C. 会屯文等到更新较多或者更完了之后再阅读

D. 通常晚上熬夜看或在上课时阅读

E. 其他

8. 您每周阅读网络文学的时长?

A. 0—5 小时

B. 6—10 小时

C. 11—15 小时

D. 16—20 小时

E. 20 小时以上

9. 您目前阅读过的网络文学作品数量？

A. 1—10 篇（部）

B. 11—20 篇（部）

C. 21—50 篇（部）

D. 50 篇（部）以上

10. 您最喜欢阅读的网络文学类型？（可多选）

A. 纯文学

B. 都市言情

C. 青春校园

D. 耽美同人

E. 历史战争

F. 奇幻玄幻

G. 悬疑推理

H. 恐怖惊悚

I. 游戏竞技

J. 武侠仙侠

K. 科幻末世

L. 架空穿越

M. 种田日常

N. 其他

11. 影响您选择网络文学作品的主要因素？（可多选）

A. 主题类型

B. 内容情节

C. 文笔风格

D. 作者偏好

E. 篇幅长短

F. 完结状态

G. 付费价格

12. 您认为优秀的网络文学作品应具备哪些特质?(可多选)

A. 精彩丰富的情节内容

B. 丰满立体的人物形象

C. 细腻优美的文笔

D. 真实强烈的情感

E. 天马行空的想象力

F. 新颖深刻的主题视角

G. 充满艺术美感的氛围塑造

H. 贴近社会现实、反映人间百态的故事

I. 其他

13. 您认为下列网络文学作品中堪称优秀的有哪些?(可多选)

A.《琅琊榜》

B.《庆余年》

C.《步步惊心》

D.《后宫·甄嬛传》

E.《鬼吹灯》

F.《盗墓笔记》

G.《大江大河》

H.《开端》

I.《最好的我们》

J.《你好，旧时光》

K.《斗破苍穹》

L.《全职高手》

M.其他

14.您阅读网络文学的常用渠道？

A.读书软件

B.文学网站

C.论坛贴吧

D.纸质书籍

E.博客微博

F.其他

15.您阅读网络文学的常用网站？

A.微信读书

B.起点中文网

C.晋江文学城

D.掌阅文学

E.QQ阅读

F.长佩文学

G.书旗小说

H.阿里文学

I.其他

16.您阅读网络文学时是否会发帖评论？

A.经常会

B. 偶尔会

C. 完全不会

17. 您怎么看待网络文学的付费阅读?

A. 非常愿意付费,应该尊重和保护作者版权

B. 看情况付费,只要内容优质也愿意付费

C. 不太在意,免费的阅读内容已经足够

D. 完全不愿意,不会在这方面花钱

18. 您在阅读网络文学时是否有付费行为?

A. 经常

B. 偶尔

C. 几乎不

19. 您一年在网络文学上的花费大约是多少?

A. 0 元

B. 100 元以内

C. 100—500 元

D. 500 元以上

20. 您认为网络文学有哪些优势?（可多选）

A. 作品类型丰富,选择空间大

B. 内容精彩有趣,情节跌宕起伏

C. 贴近日常生活,容易引发共鸣

D. 表现形式更自由,脑洞更大

E. 阅读方式便捷,可以随时随地观看

F. 阅读体验轻松愉悦,能够消磨空闲时间

G.其他

21.您认为当前的网络文学存在哪些不足？（可多选）

A.市场浮躁，快餐作品多，内容质量良莠不齐

B.情节缺乏特色和新奇性，模式千篇一律，情节老套

C.过于商业化、媚俗化，充斥暴力和色情内容

D.审核不够严格，内容涉嫌抄袭、融梗等

E.作家文学素养不高，文笔逻辑较差，缺乏思想深度

F.其他

22.您认为阅读网络文学会给大学生带来哪些积极影响？（可多选）

A.能够传递积极乐观的生活态度，缓解现实生活中的压力

B.有助于形成理性的爱情认知，正确处理现实中的恋爱关系

C.有利于提升个人审美和写作水平，丰富自身的文化素养

D.能够学习到有益的思想观念和文化，提升深度思考能力

E.能够开拓个人视野，增进人与人之间的交流互动

F.其他

23.您认为阅读网络文学可能会给大学生带来哪些消极影响？（可多选）

A.传递消极思想与低俗内容，扭曲价值观与审美取向

B.过度沉溺于虚拟世界，疏离现实世界人际关系

C.占用学习和休息时间，影响身体健康和生活学业

D.受浮夸虚假故事影响，弱化爱情和道德责任意识

E.作品内容质量参差不齐，影响语言逻辑和表达能力

F.其他

24.您对网络文学的未来发展有什么样的期待?(可多选)

A.进一步加强网络文学作品的文学性、可读性

B.作品的思想内涵和立意深度能持续提升

C.不断增强创意性,减少同质化、模式化内容

D.更加贴近真实社会生活,与现实接轨

E.加强完善产业监管,保障优质内容产出

F.加大版权保护力度,全力打击盗版和抄袭

G.其他

25.您如何看待当前中国网络文学作品的对外输出?

A.非常支持,有利于中国文化的对外传播

B.比较支持,但会担心输出的内容质量

C.不关心

26.您认为网络文学作品要实现跨国传播和文化输出需要具备哪些方面的优势?(可多选)

A.题材多元、形式新颖,剧情生动跌宕,故事情节有深度

B.具备娱乐性、趣味性、轻松性,在精神和情感上满足读者需求

C.拥有更专业的翻译团队,提升网络文学整体翻译水平

D.以中国文化为基础,融合中国风元素,丰富文化内涵

E.全产业链的 IP 化内容生态,形成完整的产业生态

F.其他

27.您觉得当前网络文学是否需要引导?

A.非常需要,可以推动网络文学高质量发展

B.比较需要,能让网络阅读环境变得更好

C.无所谓,引导的作用不是很大

D. 不需要

28. 您认为网络文学应该如何进行引导？（可多选）

A. 国家加强网络环境监管力度，质化与量化相结合规范网络文学

B. 学术层面强化相关实践研究，探索切实可行的引导策略

C. 规范网络文学作品发布平台，提升网络文学整体质量水平

D. 建立科学完善的评估体系，开设评价专区监督网络文学

E. 规范开拓国内国外两个市场，为网络文学讲好中国故事创造条件

F. 其他

| 附录二 |

新世纪以来网络文学影视改编调查问卷表

1. 您的性别？

A. 女

B. 男

2. 您的年龄？

A. 20 岁以下

B. 20—30 岁

C. 31—40 岁

D. 40 岁以上

3. 您的受教育程度？

A. 初中及以下

B. 高中或大专

C. 本科

D. 硕士及以上

4. 您的职业?

A. 学生

B. 企业职员

C. 自由职业者

D. 公务员

E. 个体经营者

5. 您有追网络小说的习惯或经历吗?

A. 有

B. 没有

6. 您对网络小说的态度?

A. 喜欢

B. 不喜欢

7. 您是否知道或了解网络文学的影视改编?

A. 是

B. 否

8. 您是否支持网络小说的影视化改编?

A. 是,期待更多创新

B. 否,还是要尊重原著

9. 您是否观看过由网络小说改编的影视剧?

A. 是

B. 否

10.您对网络小说影视化改编的态度？

A.接受

B.无所谓

C.不接受

11.您认为网络小说改编成电视剧是否是大势所趋？

A.是

B.否

12.您看过多少部由网络小说改编而成的电影或电视剧？

A.1 部

B.2 部

C.3 部

D.4 部

E.5 部及以上

13.您认为什么类型的小说适合被影视改编？（选二）

A.现实主义类型（如《蜗居》《欢乐颂》等）

B.纯爱言情类型（如《匆匆那年》《最好的我们》等）

C.悬疑犯罪类型（如《心理罪》《坏小孩》等）

D.修仙玄幻类型（如《斗罗大陆》《花千骨》等）

E.宫斗权谋类型（如《后宫·甄嬛传》《琅琊榜》等）

F.奇幻穿越类型（如《步步惊心》《庆余年》等）

G.其他

14.您认为适合进行影视改编的小说应该具备什么样的条件？（选二）

A.具有庞大的粉丝基础和知名度

B. 文学性强,可读性高

C. 人物塑造多元立体,引发想象

D. 主题契合受众情感,让人有代入感

E. 题材内容具备影视化的条件

F. 版权价格相对较低

15. 在您看来,下列网改剧中,哪一部最好?

A.《庆余年》

B.《裸婚时代》

C.《琅琊榜》

D.《甄嬛传》

E.《花千骨》

F.《盗墓笔记》

G.《最好的我们》

H.《隐秘的角落》

I.《大江大河》

J.《步步惊心》

16. 您认为高分网改剧成功的原因有哪些?(选二)

A. 忠于原著思想内核,改编后不突兀

B. 人物演绎真实生动,贴合原著形象

C. 叙事内容通俗易懂,情节丰富

D. 主题满足受众需求,引发共鸣

E. 场景道具制作精良,符合视听需求

F. 具备一定粉丝基础,利于粉丝转化

G. 重视粉丝诉求,与受众进行良性互动

17.您在观看由网络小说改编而成的影视剧时的选择依据是什么？
（选二）

　　A.作者知名度

　　B.作品口碑

　　C.点击量和人气

　　D.题材和内容质量

　　E.明星效应（有喜欢的明星参演或喜欢的明星推荐）

　　F.个人兴趣

　　G.是否收费或者是否有该网站的会员

18.在观看网改剧后，您是否还会阅读其原著？

　　A.会

　　B.不会

19.已经改编成影视剧的网络小说重新出版实体书，您是否还会购买？

　　A.视喜爱程度而定

　　B.看定价是否合适以及是否有赠品

　　C.不会购买，因为不喜欢或已经看过缺乏新鲜感

20.您认为网改剧中的内容呈现是否会影响您阅读原著？

　　A.非常影响

　　B.影响

　　C.无所谓

　　D.不影响

　　E.非常不影响

21.网改剧中人物角色的演绎是否会影响您对原著人物的想象?

A. 非常影响

B. 影响

C. 无所谓

D. 不影响

E. 非常不影响

22.您是否会购买网改剧的衍生产品(例如演唱会门票、周边产品等)?

A. 会

B. 不会

23.您认为当前网络小说影视化的过程中存在什么问题?(多选)

A. 影视制作粗制滥造,漏洞不断

B. 内容和人物选择与原著存在巨大差异

C. 类型题材高度雷同,造成审美疲劳

D. 宣传力度不足或虚假宣传

E. 审核制度存在问题,行业杂乱无序

F. 文学性和商业性无法平衡,植入广告太多

24.您认为应该如何规范网络小说的影视化改编?(多选)

A. 影视剧制作方提高制作技术,尽力还原原著

B. 选角和改编内容时,注重粉丝的互动和反馈

C. 拓宽小说题材选择范围,避免扎堆跟风

D. 加大宣传力度,提高作品知名度

E. 放宽准入门槛,明确审核标准

参考文献

一、译著

[1] 马克思,恩格斯.马克思恩格斯选集:第 2 卷[M].中共中央马克思恩格斯列宁斯大林著作编译局,编.北京:人民出版社,1972.

[2] 艾布拉姆斯.镜与灯:浪漫主义文论及批评传统[M].郦稚牛,张照进,童庆生,译.北京:北京大学出版社,1989.

[3] 贝尔.资本主义文化矛盾[M].赵一凡,蒲隆,任晓晋,译.北京:生活·读书·新知三联书店,1989.

[4] 尼葛洛庞帝.数字化生存[M].胡泳,范海燕,译.海口:海南出版社,1996.

[5] 詹明信.晚期资本主义的文化逻辑[M].北京:生活·读书·新知三联书店,1997.

[6] 汤林森.文化帝国主义[M].冯建三,译.上海:上海人民出版社,1999.

[7] 亚里士多德.诗学[M].陈中梅,译注.北京:商务印书馆,1999.

[8] 马克思.1844 年经济学哲学手稿[M].中共中央马克思恩格斯列宁斯大林著作编译局,译.北京:人民出版社,2000.

[9] 波德里亚.消费社会[M].刘成富,全志钢,译.南京:南京大学出版社,2000.

[10] 麦克卢汉.理解媒介:论人的延伸[M].何道宽,译.北京:商务印书馆,2000.

[11] 波斯特.第二媒介时代[M].范静哗,译.南京:南京大学出版社,2000.

[12] 克兰.文化生产:媒体与都市艺术[M].赵国新,译.南京:译林出版社,2001.

[13] 斯特里纳蒂.通俗文化理论导论[M].阎嘉,译.北京:商务印书馆,2001.

[14] 史蒂文森.认识媒介文化:社会理论与大众传播[M].王文斌,译.北京:商务印书馆,2001.

[15] 波斯特.信息方式:后结构主义与社会语境[M].范静哗,译.北京:商务印书馆,2001.

[16] 费斯克.理解大众文化[M].王晓珏,宋伟杰,译.北京:中央编译出版社,2001.

[17] 布迪厄.艺术的法则:文学场的生成与结构[M].刘晖,译.北京:中央编译出版社,2001.

[18] 马尔库塞.审美之维[M].李小兵,译.桂林:广西师范大学出版社,2001.

[19] 梅罗维茨.消失的地域:电子媒介对社会行为的影响[M].肖志军,译.北京:清华大学出版社,2002.

[20] 哈贝马斯.公共领域的结构转型[M].曹卫东,王晓珏,刘北城,等,译.上海:学林出版社,2002.

[21] 韦尔施.重构美学[M].陆扬,张岩冰,译.上海:上海译文出版社,2002.

[22] 蒂博代.六说文学批评[M].赵坚,译.北京:生活·读书·新知三联书店,2002.

[23] 本雅明.机械复制时代的艺术作品[M].王才勇,译.北京:中国城市出

版社,2002.

[24] 艾尔雅维茨.图像时代[M].胡菊兰,张云鹏,译.吉林:吉林人民出版社,2003.

[25] 费斯克.关键概念:传播与文化研究辞典[M].李彬,译注.北京:新华出版社,2004.

[26] 波兹曼.娱乐至死[M].章艳,译.桂林:广西师范大学出版社,2004.

[27] 戈德罗.从文学到影片:叙事体系[M].刘云舟,译.北京:商务印书馆,2010.

[28] 考斯基马.数字文学:从文本到超文本及其超越[M].单小曦,译.桂林:广西师范大学出版社,2011.

[29] 杰洛瑞.文化资本:论文学经典的建构[M].江康宁,高魏,译.南京:南京大学出版社,2011.

二、专著

[1] 童庆炳.文学理论教程[M].北京:高等教育出版社,1998.

[2] 王君超.媒介批评:起源·标准·方法[M].北京:北京广播学院出版社,2001.

[3] 黄鸣奋.网络媒体与艺术发展[M].厦门:厦门大学出版社,2001.

[4] 南帆.双重视域:当代电子文化分析[M].南京:江苏人民出版社,2001.

[5] 南帆.文学理论:新读本[M].杭州:浙江文艺出版社,2002.

[6] 潘知常,林玮.传媒批判理论[M].北京:新华出版社,2002.

[7] 黄发有.准个体时代的写作:20世纪90年代中国小说研究[M].上海:三联书店,2002.

[8] 徐岱.边缘叙事[M].上海:学林出版社,2002.

[9] 陈晓明.表意的焦虑:历史祛魅与当代文学变革[M].北京:中央编译出版社,2002.

[10] 张来民.作为商品的艺术[M].北京:中国社会科学出版社,2002.

[11] 黄鸣奋.超文本诗学[M].厦门:厦门大学出版社,2002.

[12] 欧阳友权.网络文学论纲[M].北京:人民文学出版社,2003.

[13] 邵燕君.倾斜的文学场:当代文学生产机制的市场化转型[M].南京:江苏人民出版社,2003.

[14] 王一川.文学理论[M].成都:四川人民出版社,2003.

[15] 于洋,汤爱丽,李俊.文学网景:网络文学的自由境界[M].北京:中央编译出版社,2004.

[16] 王岳川.媒介哲学[M].开封:河南大学出版社,2004.

[17] 蒋原伦.媒体文化与消费时代[M].北京:中央编译出版社,2004.

[18] 蒋荣昌.消费社会的文学文本:广义大众传媒时代的文学文本形态[M].成都:四川大学出版社,2004.

[19] 欧阳友权.数字化语境中的文艺学[M].北京:中国社会科学出版社,2005.

[20] 金惠敏.媒介的后果:文学终结点上的批判理论[M].北京:人民出版社,2005.

[21] 李岩.媒介批评:立场・范畴・命题・方式[M].杭州:浙江大学出版社,2005.

[22] 周宪.文化现代性与美学问题[M].北京:中国人民大学出版社,2005.

[23] 朱国华.文学与权力:文学合法性的批判性考察[M].上海:华东师范大学出版社,2006.

[24] 张邦卫.媒介诗学:传媒视野下的文学与文学理论[M].北京:社会科学文献出版社,2006.

[25] 路善全.中国传媒与文学互动研究[M].北京:中国社会科学出版社,2007.

[26] 李红秀.新时期的影像阐释与小说传播[M].成都:四川大学出版社,2007.

[27] 李明德.仿像与超越:当代文化语境中的文学期刊[M].北京:中国社会科学出版社,2007.

[28] 高字民.从影像到拟像:图像时代视觉审美范式研究[M].北京:人民出版社,2008.

[29] 周立民.精神探索与文学叙述:新世纪文学论稿[M].桂林:广西师范大学出版社,2008.

[30] 马季.读屏时代的写作:网络文学 10 年史[M].北京:中国工人出版社,2008.

[31] 周海波.现代传媒视野中的中国现代文学[M].北京:中华书局,2008.

[32] 单小曦.现代传媒语境中的文学存在方式[M].北京:中国社会科学出版社,2008.

[33] 欧阳友权.网络文学概论[M].北京:北京大学出版社,2008.

[34] 欧阳文风.博客文学论[M].北京:中国文史出版社,2008.

[35] 毛凌滢.从文字到影像:小说的电视剧改编研究[M].成都:四川大学出版社,2009.

[36] 陈伟军.传媒视域中的文学:建国后十七年小说的生产机制与传播方式[M].桂林:广西师范大学出版社,2009.

[37] 蒋述卓,李凤亮.传媒时代的文学存在方式[M].桂林:广西师范大学出版社,2010.

[38] 杨守森,孙书文,李辉,等.数字化时代与文学艺术[M].济南:齐鲁书社,2010.

[39] 赵勇.大众媒介与文化变迁:中国当代媒介文化的散点透视[M].北京:北京大学出版社,2010.

[40] 刘茂华.媒介化时代的文学镜像[M].武汉:武汉出版社,2010.

[41] 范国英.新时期以来文学制度研究:以茅盾文学奖为中心的考察[M].成都:巴蜀书社,2010.

[42] 欧阳文风.短信文学论[M].北京:中国社会科学出版社,2011.

[43] 苏晓芳.网络与新世纪文学[M].北京:中国社会科学出版社,2011.

[44] 禹建湘.网络文学产业论[M].北京:中国社会科学出版社,2011.

[45] 张丽军.谔谔之声:关于新世纪文学的理性思考[M].北京:中国社会科学出版社,2011.

[46] 姚文放.审美文化学导论[M].北京:社会科学文献出版社,2011.

[47] 陈定家.比特之境:网络时代的文学生产研究[M].北京:中国社会科学出版社,2011.

[48] 孟繁华.文学革命终结之后:新世纪文学论稿[M].北京:现代出版社,2012.

[49] 陶东风.文学理论与公共言说[M].北京:中国社会科学出版社,2012.

[50] 杨剑龙等.新世纪初的文化语境与文学现象[M].北京:中央编译出版社,2012.

[51] 房伟.中国新世纪文学的反思与建构[M].北京:中国社会科学出版社,2012.

[52] 王绯.21世纪新媒体与文学发展[M].北京:社会科学文献出版社,2012.

[53] 黎杨全.数字媒介与文学批评的转型[M].上海:三联书店,2013.

[54] 葛娟.亚文学生产与消费研究[M].北京:人民出版社,2013.

[55] 雷达主编.新世纪小说概观[M].太原:北岳文艺出版社,2014.

[56] 中国作家协会创作研究部.网络文学评价体系虚实谈[M].北京:作家出版社,2014.

[57] 张立,介晶,高宁,等.网络文学发展现状及其评价体系研究[M].北京:中国书籍出版社,2016.

[58] 张邦卫.大众媒介与审美嬗变:传媒语境中新世纪文学的转型研究[M].北京:中央编译出版社,2016.

[59] 张邦卫.媒体化语境下新世纪文学的转型研究[M].北京:中国社会科学出版社,2017.

［60］庄庸,王秀庭.网络文学评价体系构建:从"顶层设计"到"基层创新"
　　　［M］.福州:福建教育出版社,2017.

［61］单小曦.新媒介文艺生产论［M］.北京:中国社会科学出版社,2020.

［62］单小曦.网络文学的合作式批评(浙江篇)［M］.杭州:浙江工商大学出
　　　版社,2022.

三、期刊与报纸

［1］单小曦.网络文学评价标准问题反思及新探［J］.文学评论,2017(2):
　　24-30.

［2］赵小雷.文学为体,网络为用:建构网络文学评价体系的两难境遇［J］.西
　　北大学学报(哲学社会科学版),2018(3):151-157.

［3］陈海.网络文学评价体系的三个痼疾及相关建议［J］.文艺评论,2019
　　(1):25-30.

［4］欧阳友权.建立网络文学评价标准的必要与可能［J］.学术研究,2019
　　(4):172-176.

［5］欧阳友权.网络文学评价体系的"树状"结构［J］.当代文坛,2021(6):
　　4-14.

［6］周根红.当前网络文学评价标准建构的批评与反思［J］.江苏大学学报
　　(社会科学版),2021(1):36-43.

［7］黎杨全.新媒介的"连接主义"与网络文学评价范式变革［J］.中国文学批
　　评,2021(3):132-140.

［8］周志雄.网络文学经典化与评价体系建构［J］.中国文学批评,2021(3):
　　123-131.

［9］禹建湘.构建网络文学网站社会效益评价体系:基于25家网站数据分析
　　［J］.中国文学批评,2021(3):141-160.

［10］禹建湘.建构中国网络文学多维评价体系［J］.中国社会科学评价,2021

(4):148-158.

[11] 欧阳友权.网络文学亟待建立自己的评价体系和标准[J].社会科学辑刊,2022(2):161-166.

[12] 欧阳友权.网络文学这十年:追风时代,砥砺前行[N].文艺报,2022-09-26.

[13] 欧阳友权.网络文学评价体系的实践与理论依凭[J].网络文学研究,2022(4):1-11.

[14] 欧阳友权.网络文学评价体系:维度·指标·实践[N].新媒介文艺,2022-12-13.

[15] 吴长青.构建网络文学批评融合发展机制[J].中国文学批评,2022(3):161-167.

四、网络资源

[1] 中国知网:http://www.cnki.net/.

[2] 中国作家网:http://www.chinawriter.com.cn/.

[3] 中国文学网:http://www.literature.org.cn/.

[4] 浙江网络作家网:http://www.zjwlzx.org/.

后　记

　　2022 年的岁末,在新冠疫情防控陡然放开、社会面的"防控墙"被一扇一扇拆除之际,表面的自由流动换来的不是称心惬意和随心所欲,而是巨大的焦虑与恐慌,"宅家"与"静坐书斋"似乎成了一种别无选择。所谓"祸兮,福之所倚",对于我来说,却有了更多的时间与精力来做点自己想做的事情。当 2023 年即将拉开大幕,虽仍有许多时艰与困厄,但书稿《维度・尺度・法度:网络文学评价体系及引导机制研究》的完篇,也算是我在岁末年初的冷风苦雨的间隙中渴望的冬日暖阳吧。

　　本书是浙江省哲学社会科学规划项目"网络文学评价体系及引导机制研究——以'网络浙军'及'浙江模式'为例"(批准号:17NDJC187YB)的最终成果,也是国家社会科学基金重点项目"媒介融合视域下新世纪文学的伦理规制研究"(批准号:22AZW023)的阶段性成果。之所以命名为《维度・尺度・法度:网络文学评价体系及引导机制研究》,是基于以下考虑:"维度",对应的是网络文学评价体系的"标准问题";"尺度",对应的是网络文学评价体系的"指标问题";"法度",对应的是网络文学引导机制的"规范问题"。"三度合一",相互关联,融通一体,从而彰显了本书的学理逻辑与内容机理。

2016年年初,我在完成了我所主持的国家社会科学基金项目"媒体化语境下新世纪文学的转型研究"之后,即着手申报当年的国家社会科学基金年度项目,由于当时正是网络文学评价体系讨论十分火热之际,而且自认为颇有研究价值与现实意义,故当时精心准备了"网络文学评价体系及引导机制研究"的选题进行申报,只可惜未能遂愿。遗憾之余,转而申报了浙江省哲学社会科学规划项目,只是"投机取巧"式地加了"以'网络浙军'及'浙江模式'为例",未承想竟然意外获批。在当时,确实有"失之东隅,收之桑榆"的感叹,所谓"天道酬勤",努力总算没有白费,有收获总比没收获要好。

在项目正式立项之后,本想凭着自己多年的研究积累应该可以按时结项,谁承想竟是一拖再拖,被逼到了"退无可退""拖无可拖"的"绝境"。之所以如此,一是心生懒惰,二是做事拖拉,三是事务缠身。2018年7月,我从浙江传媒学院文学院院长转任学科建设与研究生管理处处长,接手浙江传媒学院"申硕"重任。从2018年7月至2021年10月,浙江传媒学院终于如愿获批硕士学位授予单位和新闻与传播硕士、艺术硕士、汉语国际教育硕士3个硕士学位授权点,实现了学校历史性跨越和全体浙传人的夙愿。三年来,我出谋划策、竭尽所能、兢兢业业、凝心聚力,从不敢有半丝懈怠、半点马虎、些许分心。也正是如此,个人的科研荒废了不少。好在近一年来,学校领导杨立平书记、徐小洲校长、姚争副校长等不再给我"加压加担",在常态化的行政管理中给了我比较宽松的环境和更多自主的时间,让我终于有时间和精力来做一些属于自己个人的事。当然科研也不仅仅是个人的事,从某种角度上来说,高校教师的科研"主观上是为自己,客观上是为学校"。本书《维度·尺度·法度:网络文学评价体系及引导机制研究》就是在这样的境遇下仓促完成的。

此时此刻,唯有一个字可以表达我的心境和感想,那就是:难! 太难了! 从"国家社科"申报失利到"省哲社"申报成功,从意外立项到艰难结项,个中酸甜苦辣唯有自知。这也许就是每个高校教师都会有的一种"科研焦虑"吧。有人曾经戏谑地说,在高校,教师拿项目其实就是"高兴三天,痛苦三年"。现在想来,此话还真有一定的道理,毕竟光鲜的背后总是无尽的沉重。尽管如此,我依然坚信"一分耕耘一分收获""有付出总会有回报",任何些许的成功都不是轻而易举的,而是坚持不懈、负重前行的结果。正所谓"书山有路勤为径,学海无涯苦作舟",一个"勤"字,一个"苦"字,道尽了做人做事的个中真谛。

　　本书的完成,首先要感谢我的博士生导师、浙江大学的徐岱先生,是他在我读博期间给我指明了"媒介诗学"的选题与领域。在此基础之上,我先后主持了国家社科基金重点项目 1 项和一般项目 1 项、教育部项目 1 项、国家广播电视总局项目 2 项、省哲社项目 1 项、省社科联项目 2 项,出版了《媒介诗学:传媒视野下的文学与文学理论》《大众媒介与审美嬗变——传媒语境中新世纪文学的转型研究》《网络时代的文学书写》《媒体化语境下新世纪文学的转型研究》《朱湘论稿》《智能包装广告》等专著,还发表了数十篇论文。可以说,正是徐岱先生的"授之以渔",让我在"媒介诗学"的厚土上不断"开枝散叶"和"开花结果",也让我的学术人生像模像样。确切地说,本书《维度·尺度·法度:网络文学评价体系及引导机制研究》依然是"媒介诗学"的一种延续与深耕。本书的完成,还要感谢中南大学的欧阳友权先生、厦门大学的黄鸣奋先生,作为国内网络文学研究的引领者、前辈学者,他们的论著和思想对本书影响颇深,并有许多直接的呈现,在此深表敬意。

　　最后想说明的是,我的三位硕士研究生也参与了本书部分章节的撰写工作。具体情况是:(1)叶铭撰写了《新世纪以来网络文学阅读状况的调查报告》,约 10000 字,外加附录一《新世纪以来网络文学阅读状况调查问卷表》;(2)王雅琪撰写了《新世纪以来网络文学影视改编的调查报告》,约 8000 字,外加附录二《新世纪以来网络文学影视改编调查问卷表》;(3)王志元撰写了《"用户至上":基于用户行为的"BAT 评价"》,约 5000 字。此外,浙江省衢州市常山县实验幼儿园徐志雅老师也参与了本书部分章节的撰写工作,具体是《网络文学评价体系建构的思想资源》,约 8000 字。在此一并说明并致谢忱。

是为之记。

张邦卫

2022 年 12 月于杭州云水苑